Ullstein Großdruck

Alexander Solschenizyn

Matrjonas Hof

und andere Erzählungen

Ullstein Großdruck

Ullstein Großdruck
ein Ullstein Buch
Nr. 40132
im Verlag Ullstein GmbH,
Frankfurt/M – Berlin
Deutsch von Aggy Jais
und Alexander Kaempfe

Umschlagentwurf:
Theodor Bayer-Eynck
unter Verwendung eines
Gemäldes von A. Lewschtschenko,
»Winterlandschaft«
Archiv für Kunst und
Geschichte, Berlin

Printed in Germany 1991
Gesamtherstellung:
Ebner Ulm
ISBN 3 548 40132 5

Januar 1992

Vom selben Autor in der
Reihe der Ullstein Bücher:

Ein Tag im Leben des
Iwan Denissowitsch (20474)

Die Deutsche Bibliothek –
CIP-Einheitsaufnahme

Solženicyn, Aleksandr I.:
Matronjas Hof und andere Erzählungen /
Aleksandr Solschenizyn. [Dt. von Aggy
Jais und Alexander Kaempfe]. –
Frankfurt/M; Berlin: Ullstein, 1992
(Ullstein-Buch; Nr. 40132:
Ullstein-Großdruck)
ISBN 3-548-40132-5
NE: GT

Inhalt

Zwischenfall auf dem Bahnhof Kretschetowka 7

Matrjonas Hof 110

Zum Nutzen der Sache 176

Zwischenfall auf dem Bahnhof Kretschetowka

»Hallo, ist dort der Fahrdienstleiter?«

»Ich höre.«

»Wer genau? Djatschichin?«

»Ich höre.«

»Ich möchte wissen, ob ich mit Djatschichin spreche.«

»Schieb die Zisternen von Gleis sieben auf Gleis drei. Ja, ich bin's, Djatschichin.«

»Ich bin der diensthabende Stellvertreter des Militärkommandanten, Leutnant Sotow. Hören Sie, was geht bei Euch vor? Warum ist der Militärzug nach Lipezk noch immer nicht abgefertigt? Ich meine den Zug Nummer sechshundert . . . Walja, sechshundert und wieviel?«

»Achtundsiebzig.«

»Sechshundertachtundsiebzig.«

»Wir haben nichts zum Ziehen da.«

»Wie soll ich das verstehen?«

»Wir haben keine Lok, verstehen Sie? Warnakow, hör mal her! Warnakow, siehst du drüben auf Gleis sechs die vier Güterwagen mit Kohle? Alles auf Gleis drei!«

»Sie sagen, Sie hätten keine Lokomotive. Aber wenn ich aus dem Fenster schaue, sehe ich sechs Stück in Reih' und Glied.«

»Die kommen vom Lok-Friedhof. Die werden evakuiert.«

»Außerdem verfügen Sie über zwei Rangierlokomotiven.«

»Genosse Leutnant! Ich habe sogar drei gesehen.«

»Neben mir steht der Chef der Begleitmannschaft dieses Zuges. Er hat mich eben berichtigt. Er hat drei Rangierlokomotiven gesehen. Geben Sie ihm eine!«

»Die Rangierloks kann ich nicht rausrücken.«

»Was heißt: Kann ich nicht! Sind Sie sich im klaren über die Dringlichkeit dieser Fracht? Der Zug darf nicht eine Minute länger aufgehalten werden . . .«

»Na, wird's bald auf Gleis drei?«

». . . und Sie halten ihn schon fast zwölf Stunden zurück!«

»Soviel sind es noch nicht.«

»Ist dort bei Ihnen eine Kinderkrippe oder die Fahrdienstleitung? Warum höre ich Säuglinge schreien?«

»Hier ist es proppenvoll. Genossen, wie oft soll ich es noch sagen? Verlassen Sie den Dienstraum. Ich kann niemanden weiterbefördern. Sogar die Militärtransporte bleiben stecken.«

»Dieser Zug bringt Blutkonserven nach vorn. Für ein Lazarett. Begreifen Sie doch!«

»Ich begreife alles. Warnakow? Häng jetzt ab, fahr zur Wasserpumpe, nimm jene zehn Waggons mit.«

»Hören Sie mal! Wenn Sie innerhalb einer halben

Stunde den Militärzug nicht abfertigen, werde ich das nach oben melden. Ich meine das ganz ernst! Man wird Sie zur Verantwortung ziehen!«

»Wassilij Wassiljewitsch, geben Sie mir den Hörer, ich werde selber . . .«

»Ich übergebe den Hörer an den Militär-Fahrdienstleiter.«

»Nikolaj Petrowitsch? Hier spricht Podschebjakina. Hör mal, was ist im Depot los? Eine Lok hatte doch bereits Kohlen gefaßt?«

»Genosse Sergeant, Sie gehen jetzt also in den Mannschaftswaggon. Und wenn in vierzig Minuten . . . Na, sagen wir, wenn Sie um halb sieben noch hier stehen, dann machen Sie bei mir Meldung.«

»Jawohl, ich mache Meldung. Kann ich gehen?«

»Gehen Sie.«

Der Chef der Begleitmannschaft des Militärzugs machte eine scharfe präzise Kehrtwendung, entfernte gleich beim ersten Schritt die Hand von der Mütze und ging hinaus.

Leutnant Sotow rückte seine Brille zurecht, die seinem keineswegs strengen Gesicht einen strengen Ausdruck verlieh, schaute auf den Militär-Fahrdienstleiter Podschebjakina, ein Mädchen in Eisenbahner-Uniform und üppiger strohblonder Lockenpracht, das in den altmodischen Hörer des altmodischen Telefons hineinsprach, und ging aus ihrem kleinen Zimmer in sein eigenes genauso kleines

Zimmer hinüber. Von hier aus führte keine Tür mehr weiter.

Das Zimmer der Streckenkommandantur lag im Erdgeschoß und war ein Eckzimmer. Oberhalb, direkt über dieser Ecke, war das Regenabflußrohr beschädigt. Der dicke Wasserstrahl, der laut hörbar jenseits der Wand plätscherte, wurde durch Windstöße abwechselnd vors linke Fenster auf den Bahnsteig oder vors rechte Fenster abgelenkt, wo ein schmaler Gang entlanglief. Nach frostklaren Oktobernächten, die den ganzen Bahnhof gegen Morgen in Rauhreif kleideten, war es in den letzten Tagen feucht geworden. Seit gestern goß dieser kalte Regen unaufhörlich vom Himmel. Es war unerfindlich, wieso der Himmel soviel Wasser barg.

Dafür hatte der Regen Ordnung geschaffen. Das sinnlose Menschengewimmel auf den Bahnsteigen, das Überqueren der Gleisanlagen durch Zivilpersonen, alles das, was den Eindruck eines geregelten Bahnhofs verletzte und die Arbeit behinderte, hatte aufgehört. Alle hatten sich versteckt, niemand kletterte unter den Eisenbahnwaggons durch, niemand stieg auf den Wagenleitern über die Waggons, die Ortseinwohner boten keine Eimer mit gekochten Kartoffeln mehr zum Verkauf an. Die Fahrgäste der Güterzüge schlenderten nicht mehr mit Kleidern, Unterwäsche und Stricksachen auf Schultern und Armen zwischen den Zügen einher, so als befänden sie sich auf einem Trödelmarkt. (Diese Handelsgeschäfte brachten Leutnant Sotow in große Verlegenheit. Man durfte sie nicht gestatten, man konnte sie aber auch nicht verbieten, denn an die Evakuierten wurden keinerlei Nahrungsmittel ausgegeben.)

Nur die diensthabenden Personen hatte der Regen nicht zu verjagen vermocht. Durchs Fenster sah man einen Wachtposten. Er stand auf einem offenen Waggon, dessen Fracht mit Zeltplanen bedeckt war. Der strömende Regen begoß den Soldaten, aber er stand da und versuchte nicht einmal, das Wasser abzuschütteln. Übers dritte Gleis schob eine Rangierlokomotive mehrere Zisternenwagen. Ein Weichensteller in einem Regenmantel mit Kapuze winkte ihr mit einem Fähnchen zu. Außerdem war die dunkle kleinwüchsige Gestalt eines Wagenmeisters zu sehen. Sie ging am Gleis zwei entlang und schlüpfte unter jeden Waggon des Zuges, der dort stand.

Ansonsten beherrschte der schräg strömende Regen das Feld. Er schlug im kalten hartnäckigen Wind auf die Dächer und Seitenwände der Eisenbahnwagen ein und schubste den Lokomotiven vor die Brust. Er klatschte gegen die brandroten verbogenen Eisenrippen von vielleicht zwanzig Wagenskeletten (das Holz war irgendwo bei einem Luftangriff verbrannt, aber die Fahrgestelle waren heil geblieben, sie wurden jetzt ins Hinterland gebracht). Er ergoß sich über vier offen auf Wagenplattformen stehende Divisionsgeschütze. Er verschmolz mit der anrükkenden Dämmerung und schob sich grau vor den grünen Kreis eines Bahnsignals sowie vor die hellroten Funken, die da und dort aus den Schornsteinen ofenbeheizter Personenwaggons flogen. Der Asphalt von Bahnsteig eins war ganz mit glasig perlendem Wasser überflutet, das keine Zeit zum Abfließen fand. Sogar noch in der Dämmerung glitzerten die nassen Gleise. Sogar das dunkelbraune Gestein des Bahnkörpers brachte das stehende Wasser in den Pfützen zum Vibrieren.

Das Ganze gab keinerlei Laute von sich, abgesehen vom dumpfen Zittern der Erde und vom schwachen Weichenstellerhorn. Das Pfeifen der Lokomotiven war bereits am ersten Kriegstag abgeschafft worden.

Nur der Regen röhrte im schadhaften Abflußrohr.

Vor dem anderen Fenster, am schmalen Durchlaß neben dem Zaun des Lagerhauses, wuchs eine kleine Eiche. Der Regen zauste an ihr und machte sie naß. Die Eiche hatte noch einige dunkle Blätter behalten, aber heute flogen die letzten vom Stamm.

Zum Dastehen und Glotzen blieb keine Zeit. Sotows Aufgabe bestand darin, das Fenster mit dem Papierrollo zu verdunkeln, das Licht anzumachen und sich an die Arbeit zu setzen. Bis zur Ablösung um neun Uhr abends wollte noch mancherlei getan sein.

Sotow zog das Rollo indessen nicht herunter. Er legte seine Offiziersmütze mit dem grünen Rand ab, die während der Dienststunden sogar im geschlossenen Raum stets auf seinem Kopf saß, nahm die Brille ab und rieb sich mit den Fingern langsam die Augen, die durch das Übertragen der chiffrierten Zugnummern aus einer bleistiftgeschriebenen Liste in eine andere angestrengt waren. Nicht die Müdigkeit war es, die sich jetzt im vorzeitig verdämmernden Tag an ihn heranschlich, nein: Es war die Schwermut. Sie begann an seinem Herzen zu kratzen.

Die traurigen Gedanken galten nicht einmal seiner Frau, die mit ihrem noch ungeborenen Kind weit weg in Belorußland, dort wo jetzt die Deutschen waren, zurückgeblieben war. Sie galten keinem verlorenen Gestern, denn in Sotows Leben hatte es noch kein Gestern gegeben. Genausowenig galten sie dem verlorenen Eigentum. Sotow besaß keines und wünschte sich keines.

Sotows Niedergeschlagenheit, das Bedürfnis, laut aufzuheulen, rührte vom Kriegsverlauf her, der ganz einfach unbegreiflich war. Die Heeresberichte des Informbüros erlaubten es nicht, sich die Frontlinie vorzustellen. Man konnte darüber streiten, in wessen Hand sich Charkow oder Kaluga befindet. Aber unter den Eisenbahnern war es wohlbekannt, daß die Züge Richtung Rula über Uslowaja nicht hinauskommen, daß die Strecke über Jelez allenfalls noch bis Werchowje befahren wird. Da und dort brachen deutsche Bomber bis zur Strecke Rjasan-Woronesch durch und warfen ein paar Bomben ab. Auch Kretschetowka hatte was abbekommen. Vor etwa zehn Tagen waren wer weiß woher zwei einzelne deutsche Kradfahrer nach Kretschetowka hineingestürmt und hatten im Fahren aus ihren MGs geschossen. Einen hatte man erschossen, der andere war davongebraust.

Auf dem Bahnhof hatte die Schießerei ein großes Durcheinander ausgelöst. Der Chef einer Sondereinheit, die im Evakuierungsfall die Sprengungen durchführen sollte, hatte gerade noch Zeit gefunden, den bereits mit Sprengstoff gespickten Wasserturm in die Luft zu jagen. Sie hatten dann einen Bauzug angefordert, der nun schon drei Tage am Wiederaufbau des Wasserturms arbeitete.

Freilich ging es nicht um Kretschetowka. Aber warum nahm der Krieg diesen Verlauf? Nicht nur war in ganz Europa keine Revolution ausgebrochen, nicht nur war nichts davon zu merken, daß wir unter geringen Verlusten und gegen jede beliebige Kombination von Feinden dort einmarschierten, nein, ganz im Gegenteil. Wie lange sollte es so weitergehen? Was auch immer er tat, zu jeder Tageszeit und abends beim Zubettgehen, hatte Sotow nur den einen Gedanken: Wie lange noch? Auch wenn er nicht im Dienst war, wenn er zu Hause schlief, wachte er jedesmal um sechs Uhr früh, bei Sendebeginn, auf. Jedesmal erwachte er mit der quälenden Hoffnung, diesmal würde der Rundfunk eine Siegesmeldung bringen. Aber aus dem schwarzen Lautsprecher krochen die Frontabschnitte von Wjasma und Wolokolamsk. Sotows Herz krampfte sich beim Gedanken zusammen, daß vielleicht auch Moskau fallen würde. Sotow fürchtete sich, diese Frage zu stellen, nicht nur anderen Leuten, was gefährlich war, sondern auch sich selbst. Er dachte immerzu daran und versuchte, nicht daran zu denken.

Diese dunkle Frage war indessen nicht die letzte. Moskau aufzugeben wäre nicht einmal das größte Unglück, immerhin war Moskau einst Napoleon überlassen worden. Qualvoller war die Frage: Und was dann? Würden wir bis zum Ural zurückgehen?...

Bereits das Vorbeihuschen dieser in ihm zitternden Gedanken hielt Wassja Sotow für ein Verbrechen. Das war eine Schmähung und Beleidigung des allmächtigen, allwissenden Vaters und Lehrers, der stets an seinem Platz steht, alles voraussieht, alle Maßnahmen ergreifen, das Schlimmste nicht zulassen wird.

Aber es kamen aus Moskau Eisenbahner angefahren, sie waren Mitte Oktober dort gewesen, und erzählten ungeheuerliche, unausdenkbare Dinge über fliehende Fabrikdirektoren, über die Plünderung irgendwelcher Kassen und Geschäfte.

Und wieder wurde Leutnant Sotows Herz von stummer Qual zusammengepreßt.

Kürzlich, auf dem Weg hierher, verbrachte Sotow zwei Tage in der Kommandeursreserve. Dort gab es einen Laienkunstabend. Ein hagerer blasser Leutnant mit schlechtliegendem Haar trug seine Gedichte vor. Es waren unzensierte offenherzige Verse. Wassja hätte zunächst nicht gedacht, daß er einiges davon behalten hatte. Aber dann tauchten die Zeilen jenes Leutnants plötzlich in seinem Bewußtsein auf. Und jetzt, ob er durch Kretschetowka spazierte, ob er mit dem Zug ins Hauptquartier des Knotenpunkts oder mit dem Pferdewagen in den Dorfsowjet fuhr, wo er die militärische Ausbildung der Halbwüchsigen und Invaliden leitete: überall und immerzu wiederholte er diese Worte, als wären es seine eigenen:

Unsere Dörfer sind in Feuer,
unsere Städte in Rauch gehüllt . . .
Und es bohrt und bohrt wie besessen
Der eine Gedanke: Wann endlich, wann, ja wann
Werden wir ihren Vormarsch aufhalten?!

Und noch an zwei weitere Zeilen glaubte er sich zu erinnern:

Wenn Lenins Werk in diesen Tagen fällt:
Wozu soll ich dann leben bleiben?

Auch Sotow ging es seit Kriegsbeginn keineswegs darum, heil und unversehrt zu bleiben. Sein kleines Leben hatte nur Bedeutung, sofern es der Revolution Hilfe erweisen konnte. Aber wie sehr er auch darum bat, an die vorderste Frontlinie geschickt zu werden – man hielt ihn hier im Hinterland fest.

Um seiner selbst willen zu überleben hatte keinen Sinn. Auch um seiner Frau und ihres werdenden Kindes willen mußte es nicht unbedingt sein. Wenn die Deutschen jedoch bis zum Baikalsee vorgedrungen wären und er, Sotow, wäre wie durch ein Wunder am Leben geblieben, so würde er, das wußte er genau, zu Fuß über Kjachta nach China oder Indien oder über den Ozean ziehen, aber nur, um sich dort irgendwelchen neuformierten Armee-Einheiten anzuschließen und mit der Waffe in der Hand nach Rußland und Europa zurückzukehren.

So stand er in der Dämmerung da, während es draußen goß, peitschte und stürmte, und wiederholte die Verse jenes Leutnants.

Je mehr sich im Zimmer die Dunkelheit verdichtete, desto klarer glühte die kirschrote Ofentür, desto deutlicher fiel das gelbe zerstreute Lichtbündel durch die oben verglaste Tür aus dem Nachbarraum, wo die diensthabende Militär-Fahrdienstleiterin (sie unterstand dem Volkskommissariat für Verkehr) bereits Licht gemacht hatte.

Sie war dem diensthabenden Stellvertreter des Militär-Kommandanten zwar nicht unterstellt, konnte ihn bei ihrer Arbeit jedoch keinesfalls entbehren, denn sie durfte weder Inhalt noch Bestimmungen der Frachten wissen, sondern nur die Waggonnummern. Diese Nummern brachte ihr die Waggonlistenführerin Tante Frossja. Gerade jetzt trat sie ein und trat ihre schweren Füße ab.

»Der Regen macht mich fertig«, klagte sie. »Es gießt wie aus dem Eimer. Aber es läßt schon etwas nach.«

»Aber siebenhundertfünfundsechzig muß umgeschrieben werden, Tante Frossja«, sagte Walja Podschebjakina.

»Mach ich, mach ich, laß mich erst die Laterne anzünden.«

Die Tür war nicht dick und schloß nicht ganz dicht.

Sotow konnte ihr Gespräch hören.

»Wie gut, daß ich Kohlen aufgetrieben habe«, sprach Tante Frossja. »Jetzt fürchte ich mich vor nichts, mit Kartoffeln bringe ich die Kinder schon durch. Denk dir, die Daschka Melentjewa hat ihre noch nicht ausgebuddelt. Jetzt wird sie sich abrakkern müssen, in dem Dreck.«

»Ich glaube, es gibt bald Frost. Sieht ganz nach Kälte aus.«

»Heuer kommt der Winter früh. Ein solcher Krieg und dann noch ein früher Winter ... Und wieviel Kartoffeln habt ihr geerntet?«

Sotow seufzte und ging daran, die Fenster zu verdunkeln. Er preßte das Rollo sorgfältig gegen den Rahmen, damit ja kein Lichtspalt nach außen dringt.

Hier war etwas, das er nicht begreifen konnte. Es kränkte ihn und weckte in ihm sogar das Gefühl von

Einsamkeit. Alle diese Menschen aus dem Arbeiterstand rings um ihn herum schienen genauso finster wie er die Heeresberichte zu hören, sie gingen hinterher mit dem genau gleichen stummen Schmerz auseinander. Aber Sotow sah den Unterschied. Die ihn umgebenden Menschen hatten offenbar noch ein zweites Leben außer den Nachrichten von der Front. Sie gruben Kartoffeln aus, melkten Kühe, sägten Brennholz, machten ihre Fenster winterfest. Bisweilen erfüllte das sie und ihre Gespräche viel mehr als die Geschehnisse an der Front.

Dieses dumme Weib! Hat Kohlen aufgetrieben und »fürchtet sich vor nichts«. Nicht einmal vor den Panzern Guderians?

Der Wind zauste das Bäumchen neben dem Lagerhaus und klirrte mit einer Scheibe des dorthin hinausgehenden Fensters.

Sotow zog das letzte Rollo herunter und schaltete das Licht ein. In dem warmen, sauber gekehrten, wenn auch kahlen Raum wurde es sofort gemütlich und irgendwie hoffnungsvoll. Sotows Gedanken nahmen eine heitere Wendung.

Direkt unter der Lampe, mitten im Zimmer, stand der Tisch des Diensthabenden, dahinter neben dem Ofen befand sich das Safe, zum Fenster hin stand ein altes Bahnhofssofa aus Eichenholz, dreisitzig und mit Rückenlehne. (Auf der Rückenlehne war mit dikken geschnitzten Buchstaben die Eisenbahndirektion angegeben.) Auf diesem Sofa konnte man sich nachts ausstrecken, was infolge der vielen Arbeit allerdings nur höchst selten geschah. Außerdem standen im Raum noch zwei grobgezimmerte Stühle. Zwischen den Fenstern hing ein farbiges Porträt von Kaganowitsch in Eisenbahner-Uniform. Früher hatte auch eine Eisenbahn-Übersichtskarte dort gehangen, aber der Bahnhofskommandant, ein Mann im Hauptmannsrang, hatte ihre Entfernung angeordnet, denn ins Zimmer kommen allerhand Leute, und wenn sich unter ihnen ein Feind einschleichen sollte, dann könnte er mit ein wenig Schielen spitzkriegen, welche Bahnlinie wohin führt.

»Ich hab Strümpfe eingetauscht«, prahlte im Nebenzimmer Tante Frossja. »Ich nahm das Paar Seidenstrümpfe für fünf Kartoffelpuffer. Strümpfe wird's vielleicht bis Kriegsende nicht mehr geben. Sag es der Mama, daß sie rechtzeitig zugreift. Sie soll was aus Kartoffeln machen und damit zu den Personenwaggons gehen. Die reißen es ihr aus den Händen. Die Grunjka Mostrjukowa hat vorhin irgend so ein komisches Hemd eingetauscht, angeblich ein Frauennachthemd, mit Schlitzen an solchen Stellen . . . du lachst dich krank. Die Weiber kamen in ihr Haus gelaufen, um zuzuschauen, wie sie das Hemd anpaßt, die wären vor Lachen fast gestorben. Seife kann man bei denen auch nehmen, und billig. Seife ist jetzt Mangelware, du treibst sie nirgends auf. Sag es deiner Mutter, sonst ist nachher alles weg.«

»Ich weiß nicht, Tante Frossja . . .«

»Brauchst du etwa keine Strümpfe?«

»Und ob ich die brauche! Aber ich schäme mich irgendwie. Es sind doch Evakuierte . . .«

»Von wem sonst soll man's nehmen? Die führen Stoffballen mit sich, Herrenanzüge, Seife. Als ob sie auf den Jahrmarkt fahren! Und Fressen haben sie: Sooo dick! Die wollen gleich ein gekochtes Huhn haben, darunter machen sie es nicht. Und manche, das haben Leute wirklich gesehen, haben Geldscheine eingepackt. Ganze Bündel von Hundertern, und das gleich kofferweise. Ob die wohl eine Bank leergemacht haben? Aber das Geld brauchen wir nicht, damit sollen sie weiterreisen.«

»Aber deine Untermieter . . .«

»Scher die nicht über einen Kamm. Das sind die Ärmsten der Armen, die haben aus Kiew nur das mitgebracht, was sie auf dem Leib hatten. Ein Wunder überhaupt, daß sie bis zu uns gekommen sind. Polinka arbeitet jetzt bei der Post und bekommt dort ein paar Groschen, aber was soll sie damit anfangen? Ihrer Oma hab ich die Kellerluke gezeigt und gesagt: Nimm die Kartoffeln und nimm das Sauerkraut, und fürs Zimmer braucht ihr mir auch nichts zu zahlen. Weißt du, Walja, die Armen tun mir immer leid, aber mit den Reichen hab ich kein Erbarmen!«

Auf Sotows Schreibtisch standen zwei Telefone, ein Bahntelefon, genauso eine altertümliche Drehorgel in einem gelben Holzkasten wie beim Militär-Fahrdienstleiter, und dann noch Sotows eigener Apparat, ein Feldtelefon, das die Verbindung zum Arbeitsraum des Hauptmanns sowie zum Wachraum des Lebensmittellagers herstellte. Die dort stationierten Soldaten waren die einzige Feuerkraft der Kommandantur von Kretschetowka, obwohl ihre Hauptaufgabe darin bestand, die Lebensmittel zu bewachen. Außerdem heizten sie die Öfen und kehrten die Räume. Sie hatten auch den Eimer mit Koks hingestellt, der vor dem Ofen stand.

Das Bahntelefon klingelte. Sotow, der seine kurze Dämmerstundenschwäche bereits überwunden hatte, lief eifrig herbei, griff nach dem Hörer, setzte sich mit der anderen Hand die Mütze auf und begann, ins Telefon hineinzuschreien. Das tat er immer, wenn er ein Ferngespräch führte, manchmal deshalb, weil der andere schlecht zu hören war, hauptsächlich aber aus Gewohnheit.

Der Anruf kam aus Bogojawlenskaja. Der Anrufer bat Sotow zu bestätigen, welche Begleitpapiere er schon erhalten hatte, welche noch nicht. Die Begleitpapiere waren chiffriert, sie kamen aus der jeweils letzten Kommandantur, teilten mit, welche Transporte wohin abgehen, und wurden telegrafisch übermittelt. Erst vor einer Stunde hatte Sotow einige solcher Papiere der Telegrafenbeamtin übergeben und andere von ihr entgegengenommen. Die erhaltenen Begleitpapiere mußten rasch gesichtet werden. Sotow mußte feststellen, wie die Transporte zu gruppieren sind und mit welchem Ziel, er mußte dem militärischen Fahrdienstleiter der Eisenbahn Anweisungen geben, welche Waggons zusammengekuppelt werden sollen. Er mußte neue Begleitpapiere aufstellen und absenden, die Kopien aber zurückbehalten und abheften.

Sotow legte den Hörer auf und ließ sich behend auf seinen Stuhl fallen.

Er neigte sich kurzsichtig über den Tisch und vertiefte sich in die Begleitpapiere.

Aber er wurde wieder ein wenig aus dem Nebenzimmer gestört. Dort trat, laut mit den Stiefeln stapfend, ein Mann ein. Er warf seine Tasche mit Eisenteilen auf den Boden. Tante Frossja fragte ihn, ob der Regen nachlasse. Der Mann murmelte etwas vor sich hin und nahm offenbar irgendwo Platz.

(Das Wasser im beschädigten Abflußrohr machte sich nicht mehr so laut bemerkbar, aber dafür hatte sich der Wind verstärkt.)

»Was hast du gesagt, Alter?« rief Walja Podschebjakina.

»Es wird kalt, sage ich«, ließ sich die noch volle Stimme des alten Mannes vernehmen.

»Du kannst doch hören, Gawrila Nikititsch?« rief jetzt Tante Frossja.

»Kann ich schon«, meinte der Greis, »es schnalzt nur ein wenig in meinem Ohr.«

»Wie kannst du dann die Waggons überprüfen, Großvater? Das muß man doch mit dem Hammer machen.«

»Ich sehe auch so, was los ist.«

»Du mußt wissen, Walja, Gawrila ist unser Landsmann, er ist von Kretschetowka. Alle Wagenmeister auf allen Bahnhöfen sind seine Schüler. Er hat vor dem Krieg schon zehn Jahre auf dem Ofen gesessen. Aber jetzt arbeitet er wieder, du siehst es.«

Dann griff Tante Frossja wieder irgendein anderes Thema auf, ihr Geschwätz ging Sotow auf die Nerven, er wollte hinübergehen und sie zur Ordnung rufen. Aber da kam das Gespräch im Nachbarzimmer auf den gestrigen Vorfall mit dem Truppentransport.

Von diesem Vorfall hatte Sotow durch seinen Schicht-Vorgänger erfahren, der, genau wie er selbst, diensthabender Stellvertreter des Militärkommandanten war. Der andere hatte gestern Dienst gehabt, ihm hatte es obgelegen, irgendwelche Maßnahmen zu ergreifen, denn der Bahnhof Kretschetowka besaß keine Etappen-Kommandantur. Gestern früh waren auf dem Bahnhof zwei Transportzüge nebeneinander zu stehen gekommen. Von Stschigry her über Otroschka fuhren in dreißig Waggons Soldaten, die im Kessel gewesen waren, unter der Bewachung von fünf NKWD-Leuten, die gegen diese wild entschlossenen Männer natürlich nichts ausrichten konnten. Daneben hielt ein in der Gegenrichtung fahrender Transportzug mit Mehl. Das Mehl befand sich zum Teil in plombierten Waggons, zum anderen Teil in offenen Waggons, in Säcken. Die Männer aus dem Kessel begriffen sofort die Lage und attackierten die offenen Waggons. Sie kletterten hinauf, schlitzten die Säcke mit Messern auf, schütteten sich das Mehl ins Kochgeschirr oder in die Armeeblusen, die sie zu kleinen Mehlsäcken verknoteten. Von der Wachmannschaft des Mehlzugs standen zwei Mann auf dem Posten: der eine ganz vorne, der andere ganz hinten. Der vordere Wachtposten, ein blutjunger Bursche, rief ein paarmal, sie sollten das Mehl nicht anrühren. Niemand hörte auf ihn, aus dem Wachwaggon kam ihm niemand zu Hilfe.

Da legte er sein Gewehr an und schoß einem der Mehldiebe, der sich oben auf den Säcken zu schaffen machte, durch den Kopf.

Sotow hörte sich das Gespräch im Nebenzimmer eine Weile an. Sie erzählten die Geschichte falsch und verstanden sie falsch. Er hielt es nicht aus und ging hinüber, um ihnen zu erklären, wie es wirklich war. Er öffnete die Tür, blieb auf der Schwelle stehen und schaute sie alle durch seine einfache runde Brille an.

Rechts, am Tisch, saß die schlanke Walja über einem Stoß von Listen und buntkarierten graphischen Darstellungen.

Am Fenster entlang, das wie Sotows Zimmer mit blauem lichtundurchlässigem Papier verdunkelt war, stand eine einfache Sitzbank. Darauf saß Tante Frossja, eine deftige Frau mittleren Alters mit einem Zug ins Herrschsüchtige und Maskuline, wie ihn russische Frauen, die es gewöhnt sind, bei der Arbeit und daheim selber mit allem fertig zu werden, häufig haben. Der nasse graugrüne Regenumhang aus Zelttuch, der ihr diensthalber zustand, wellte sich an der Wand. Frossja saß in nassen Stiefeln und in einem schwarzen abgeschabten Zivilmantel da und werkelte an einem Windlicht, das sie aus ihrer viereckigen Laterne herausgenommen hatte.

An der Eingangstür hing ein rosafarbenes Plakat mit der Aufforderung: »Hüte dich vor Flecktyphus!« Solche Plakate waren in ganz Kretschetowka angeklebt. Das Papier des Plakats hatte die gleiche rötliche Färbung wie der Ausschlag eines Typhuskranken oder wie die angesengten Eisengerippe jener Eisenbahnwagen, die den deutschen Luftangriff überstanden hatten.

Nicht weit von der Tür, um das Zimmer nicht zu beschmutzen, saß ein kleines Stück zum Ofen hin, gegen die Wand gelehnt, der alte Gawrila Kordubailo. Neben ihm lag eine alte Ledertasche mit schwerem Werkzeug. Er hatte sie so hingeworfen, daß sie keinem im Wege lag. Neben der Tasche lagen Gawrilas mit Schmieröl verschmierten Fausthandschuhe. Der Alte hatte sich offenbar so hingesetzt, wie er hereingekommen war, ohne abzulegen, ohne das Wasser abzuschütteln. Das von den Stiefeln und vom Regenumhang abfließende Wasser hatte auf dem Fußboden mehrere Pfützen gebildet. Zwischen seinen Beinen, die er angezogen hatte, stand auf dem Boden eine ausgelöschte Laterne, genau von der gleichen Art wie die Laterne Tante Frossjas. Unter dem Regenumhang trug der Greis einen schmutzigen Überzieher, der von einem ebenfalls nicht gerade sauberen braunen Gürtel zusammengehalten wurde. Die Kapuze war zurückgeschlagen. Auf dem noch reich behaarten Kopf saß eine uralte Eisenbahner-Mütze. Die Mütze beschattete die Augen. Das Licht der Lampe hob die Konturen der bläulichen Nase und der dicken Lippen hervor, mit denen Kordubailo eben das Zeitungspapier seiner selbstgedrehten Zigarette befeuchtete, um gleich darauf loszupaffen. Der zerzauste Bart hatte stellenweise noch seine Schwärze bewahrt.

»Was blieb ihm denn anderes übrig?« argumentierte Walja und schlug mit dem Bleistift gegen die Tischplatte. »Er stand doch Posten, er ist Wachsoldat!«

»Ganz richtig«, nickte der Greis und ließ die rote grobkörnige Machorka-Asche auf Fußboden und Laternendeckel fallen. »Richtig, sag ich ... Essen wollen alle.«

»Wie meinst du das?« stutzte das Mädchen. »Was heißt: alle?«

»Zum Beispiel du und ich«, seufzte Kordubailo.

»Du hast keinen Verstand, Großvater! Sind die etwa hungrig? Die bekommen doch ihre Ration. Du glaubst wohl, daß man sie ohne Ration transportiert?«

»Ganz richtig«, pflichtete ihr der Alte bei. Diesmal fielen ihm die rotglühenden Machorka-Stückchen direkt aufs Knie und auf den Überzieher.

»Paß auf, daß du nicht abbrennst, Gawrila«, warnte Tante Frossja.

Der Greis schaute gleichmütig zu, wie die Zigarettenasche auf seiner feuchten dunklen Wattehose verglühte, und machte keine Anstalten, sie abzuschütteln. Dann hob er leicht seinen grau gelockten Kopf mit der Mütze und sprach:

»Ihr Mädchen habt wohl noch nie rohes Mehl mit Wasser angerührt gegessen?«

»Wozu denn rohes?« staunte Tante Frossja. »Ich kann das angerührte Mehl doch in den Backofen stecken.«

Gawrila schmatzte mit seinen blassen dicken Lippen und sagte, nicht sofort – bei ihm kamen alle Worte nicht gleich auf einmal hervor –, sondern so, als kämen sie von dort, wo sie entstanden, auf Krükken einhergestelzt:

»Dann wißt ihr nicht, was Hunger ist, meine Lieben.«

Leutnant Sotow trat über die Schwelle und mischte sich ein. »Sag mal, Großvater, hast du eine Ahnung, was Fahneneid ist?«

In Sotows Sprechweise akzentuierte sich das O.

Der Alte blickte Sotow aus trüben Augen an. Er selber war klein; groß und schwer waren seine mit Wasser getränkten, mit Lehm verschmierten Stiefel.

»Das kann man wohl sagen«, brummte er, »ich hab ihn selber fünfmal geleistet.«

»Na, und wem? Vielleicht Zar Nikolaus?«

Gawrila machte eine verneinende Kopfbewegung: »Das ist länger her.«

»Wie? Hast du noch unter Alexander dem Dritten gedient?«

Der Alte schnalzte trübsinnig und rauchte weiter.

»Heute schwört man dem Volk Treue. Ist da ein Unterschied?«

Der Greis verschüttete wieder Asche aufs Knie.

»Und wem gehört das Mehl? Etwa nicht dem Volk?« ereiferte sich Walja. Dabei war sie bemüht, das ihr ins Gesicht fallende lustige Haar nach hinten zu schieben. »Und für wen war das Mehl bestimmt? Vielleicht für die Deutschen?«

»Ganz richtig«, sagte der Greis ohne jeden Widerspruchsgeist. »Und die Burschen im Zug waren auch keine Deutschen. Das war unser Volk.«

Jetzt hatte er seine selbstgedrehte Zigarette fertiggeraucht. Er zerdrückte den Stummel am Laternendeckel. »So ein unverständiger Alter«, konnte sich Sotow nicht zurückhalten. »Begreifst du überhaupt, was Staatsordnung ist? Wenn jeder das nimmt, was ihm gefällt, du, ich: Wie wollen wir dann den Krieg gewinnen?«

»Und warum haben sie die Säcke mit Messern aufgeschlitzt? Wie sieht das aus? Handelt unser Volk so?«

»Die Säcke werden zugenäht gewesen sein«, meinte Kordubailo und wischte sich mit der Hand die Nase ab.

»Diese Kaputtmacher!« entrüstete sich Tante Frossja. »Die haben so viel zerrissen und auf die Gleise verstreut, Genosse Leutnant! Soviel Kinder hätte man davon satt gemacht!«

»Ganz richtig«, sagte der Greis. »Und bei dem Regen in den offenen Waggons wird auch das übrige Mehl naß.«

»Wozu noch mit ihm reden!« beendete Sotow das sinnlose Gespräch über eine ohnehin klare Sache, in das er sich dummerweise hatte hineinziehen lassen. »Macht keinen solchen Lärm! Ihr stört mich bei der Arbeit.«

Tante Frossja hatte indessen den Docht fertiggesäubert, hatte das Licht angezündet und es in der Laterne befestigt. Sie erhob sich, um ihren steif und wellig gewordenen Umhang von der Wand zu nehmen:

»Spitz mir den Bleistift, Walja. Ich will mal den siebenhundertfünfundsechzig abschreiben.«

Sotow ging zu sich hinüber.

Die gestrige Geschichte hätte schlimmer enden können. Die Soldaten ließen, als man ihren Kameraden getötet hatte, die Säcke mit dem Mehl stehen und stürzten sich mit Geheul auf den kleinen Wachtposten. Sie hatten ihm bereits das Gewehr abgenommen, wobei er sich offenbar gar nicht wehrte, und begannen, auf ihn einzuschlagen. Vermutlich hätten sie ihn totgeschlagen, wäre nicht jetzt endlich der Wachführer herbeigeeilt. Er tat so, als würde er den Wachtposten verhaften, und führte ihn ab.

Wenn ein Transport mit Soldaten aus dem Kessel kommt, ist jede Kommandantur bestrebt, ihn so rasch wie möglich wieder loszuwerden. Vorige Nacht hatte Sotow genauso einen Transportzug, den Zug Nr. 245 413 aus Pawelez nach Artscheda, übernommen und gleich weiterbefördert. Der Zug stand in Kretschetowka an die zwanzig Minuten, die Soldaten schliefen und blieben in den Waggons. Wenn viele Kessel-Männer beisammen sind, dann sind sie ein furchtbarer, tollkühner Haufen. Sie gehören zu keiner Einheit, haben keine Waffen mehr, aber sie fühlen sich als die Armee von gestern. Es sind jene Burschen, die im Juli irgendwo bei Bobruisk standen oder im August bei Kiew oder im September bei Orjol.

Sotow empfand diesen Leuten gegenüber ein Gefühl der Scheu, vermutlich das gleiche, mit dem der junge Wachsoldat sein Gewehr herausgerückt hatte. Er schämte sich, Kommandant eines Bahnhofs im Hinterland zu sein. Er beneidete die Soldaten aus dem Kessel und wäre sogar bereit gewesen, ihre Makel auf sich zu nehmen, nur um zu wissen, daß auch hinter ihm Gefechte, Beschüsse und Flußüberquerungen liegen. Wassja Sotows Lehrgangs-Kameraden, seine sämtlichen Freunde waren an der Front.

Und er war hier . . .

Um so verbissener stürzte er sich in die Arbeit. Damit nicht nur bei Schichtwechsel alles in bester Ordnung ist, sondern auch noch manche anderen Dinge verrichtet werden. In diesen Tagen, auf die das bevorstehende vierundzwanzigste Jubiläum bereits sein Licht vorauswarf, wollte Sotow möglichst viele Dinge möglichst gut tun. Der liebste Feiertag im Jahr, der entgegen der Natur Freude ausstrahlte – diesmal zerriß er einem das Herz.

Abgesehen von aller Routinearbeit schleppte Sotow nun schon eine ganze Woche eine Sache mit sich herum, die während seiner Schicht ihren Anfang genommen hatte. Die Deutschen hatten den Bahnhof aus der Luft angegriffen und einen Militär-Transportzug zerbombt. Ein Teil der Fracht bestand aus Lebensmitteln. Wäre der Zug völlig zerstört worden, dann hätte die Sache dabei ihr Bewenden gehabt. Aber glücklicherweise war manches heil geblieben. Und jetzt verlangte man von Sotow in vierfacher Ausfertigung eine genaue Aufstellung, die folgendermaßen aufzugliedern war: Aufzuführen war erstens die Fracht, die völlig unbrauchbar gemacht war (sie war bei den jeweiligen Empfängern abzubuchen und zu ersetzen), zweitens die Fracht, die zu vierzig bis achtzig Prozent unbrauchbar geworden war (über deren Verwendung sollte gesondert entschieden werden), drittens die Fracht, die zu zehn bis vierzig Prozent unbrauchbar war (die sollte, soweit es ging, an den Bestimmungsort weiterbefördert und notfalls partiell ausgewechselt werden), viertens die Fracht, die keinen Schaden genommen hatte. Die Sache wurde dadurch kompliziert, daß die Güter aus dem zerbombten Zug zwar in die Lagerhalle geschafft worden waren, aber nicht sofort. Auf dem Bahngelände streunten Unbefugte und Außenstehende, Fälle von Plünderung waren deshalb nicht auszuschließen. Überdies war die Feststellung des Brauchbarkeitsgrads Sache von Experten (sie kamen aus Mitschurinsk und Woronesch angereist). Das Prüfen erforderte ein endloses Hinundherrücken der Kisten in den Lagerräumen, dafür aber fehlten Arbeiter.

Das Zerbomben bringt auch ein Dummkopf fertig. Das Zerbombte zu sichten ist weitaus schwieriger.

Übrigens war Sotow der höchstmöglichen Genauigkeit in jeder Sache keineswegs feind, vielmehr liebte er sie. Deshalb hatte er einen großen Teil dieser Akten schon durchgearbeitet. Auch heute konnte er sich damit befassen. Innerhalb einer Woche würde er es bestimmt schaffen.

Doch selbst das war für ihn Routine. Indessen hatte sich Sotow noch folgende Arbeit zurechtgelegt. Als ein Mann mit Hochschulbildung und mit einem Hang zur Systematisierung arbeitet er jetzt in der Kommandantur und sammelt nützliche Erfahrungen. Besonders deutlich sieht er sie vor sich: die Mängel der Mobilisierungsbestimmungen, mit denen wir Krieg zu führen begannen, ebenso die fehlerhafte Organisation der Aufsicht über die Nachschubgüter. Auch viele Möglichkeiten für Verbesserungen – kleinere und größere – der Arbeit in den Militär-Kommandanturen entdeckt er. Ist es da nicht geradezu seine Gewissenspflicht, die Augen offenzuhalten, seine Beobachtungen zu notieren und auszuarbeiten, damit er sie endlich in Form einer Eingabe ans Volkskommissariat für Verteidigung schicken kann?

Mag seine Arbeit für diesen Krieg zu spät kommen – für den nächsten wird sie allerhand bedeuten!

Dieses Werk also war es, für das Sotow Zeit und Kraft erübrigen mußte. (Würde er freilich eine solche Idee im Gespräch mit dem Hauptmann oder in der Kommandantur des Knotenpunkts äußern, würde man ihn auslachen. Dort sitzen beschränkte Leute.)

Also rasch die Begleitpapiere fertigmachen! Sotow rieb seine runden Handflächen mit den kurzen dikken Fingern aneinander, nahm einen Tintenstift. Dann begann er, die vielstelligen, manchmal sogar mit Bruchstellen versehenen Nummern der Transportzüge, Güter und Waggons mit seiner klaren rundlichen Handschrift auf einige Blatt Papier aufzutragen. Dabei schaute er immerzu in den chiffrierten Text hinein. Diese Arbeit ließ keinen Schreibfehler zu, das war genauso wie beim Zielen. Beflissen legte er die Stirn in kleine Falten und schob die Unterlippe nach vorn.

Da klopfte Podschebjakina an das Türglas:

»Darf ich, Wassilij Wassiljewitsch?« Ohne erst die Antwort abzuwarten, trat sie ein. In ihrer Hand war gleichfalls eine Liste.

Eigentlich war sie nicht befugt, hier einzutreten, man konnte die Frage auch an der Türschwelle oder im anderen Zimmer lösen, aber Sotows Dienststunden deckten sich öfter mit denen Waljas, und er war einfach zu höflich, sie nicht einzulassen.

Deshalb schlug er bloß den chiffrierten Text zu und bedeckte, scheinbar zufällig, mit einem leeren Blatt Papier die Zahlenreihen, an denen er geschrieben hatte. »Wassilij Wassiljewitsch, ich bin durcheinandergeraten. Da, schauen Sie ...« Ein zweiter Stuhl stand nicht in der Nähe, deshalb lehnte sich Walja gegen die Tischkante und hielt Sotow die Liste mit den schiefen Zeilen und den ungleichmäßigen Zahlen hin. »Hier, im Zug Nummer vierhundertsechsundvierzig war so ein Waggon, Nummer siebenundfünfzigachthunderteinunddreißig. Wohin mit ihm?«

»Einen Augenblick.« Er zog die Schublade heraus, überlegte, welchen der drei Schnellhefter er nehmen sollte (aber nicht so, daß sie hätte hineinsehen können), und fand sofort das Gesuchte: »Waggon siebenundfünfzigachthunderteinunddreißig fährt Richtung Patschlema.«

»Richtig«, sagte Walja, notierte »Patsch«, ging aber nicht hinaus, sondern saugte am stumpfen Ende ihres Bleistifts und fuhr fort, in ihre Liste hineinzuschauen. Dabei lehnte sie weiterhin gegen den Tisch.

»Du hast das undeutlich geschrieben«, rügte Sotow, »und hinterher wirst du es falsch lesen, und der Waggon wandert nach Pawelez.«

»Wirklich?« erwiderte Walja ruhig. »Sie, Wassilij Wassiljewitsch, haben an mir immer etwas auszusetzen.«

Sie blickte ihn durch eine Locke hindurch an.

Aber sie schrieb das Wort jetzt deutlicher.

»Dann wäre noch was . . .«, sagte sie langsam und nahm wieder den Bleistift in den Mund. Ihre üppigen, fast flachsblonden Locken fielen von der Stirn über die Augen, aber sie schob sie nicht zurück. Sie waren sauber gewaschen und wahrscheinlich weich. Sotow stellte sich vor, wie angenehm es wäre, mit der Hand hindurchzufahren. »Folgendes . . . Waggon eins-null-fünfhundert-zehn.«

»Kleiner Waggon?«

»Nein, großer.«

»Glaube ich kaum.«

»Warum?«

»Eine Zahl fehlt.«

»Und was kann man jetzt tun?« Sie warf das Haar zurück. Ihre Wimpern waren genauso flachsblond.

»Na, was wohl? Suchen! Sie müssen aufmerksamer arbeiten, Walja. Ist es der gleiche Zug?«

»Der gleiche.«

Sotow schaute in den Schnellhefter und überflog die Nummern.

Walja blickte auf den Leutnant, auf seine komisch abstehenden Ohren, auf die kartoffelförmige Nase und die blaßblauen Augen mit dem Stich ins Graue, die durch die Brillengläser gut erkennbar waren. Bei der Arbeit war er anspruchsvoll, dieser Wassilij Wassiljewitsch, aber nicht böse. Und was ihr besonders an ihm gefiel: Er ließ sich niemals gehen und wahrte stets die Höflichkeit.

»Ach«, schimpfte Sotow. »Du gehörst verprügelt. Nicht nullfünf, sondern nullnullfünf. Wo steckt dein Kopf?«

»Nullnull?« wunderte sich Walja und trug die zweite Null nach.

»Du hast die Zehnjahresschule beendet, schämst du dich denn nicht?«

»Hören Sie auf, Wassilij Wassiljewitsch. Was hat das mit der Zehnjahresschule zu tun? Und wohin mit dem Waggon?«

»Nach Kirssanow.«

»Nach Kirssanow«, notierte Walja.

Aber sie ging nicht fort. In der gleichen Haltung, zum Tisch hin gebeugt, ganz in seiner Nähe, kam sie ins Sinnieren. Mit einem Finger spielte sie mit einem Stück Holz, das sich von der Tischplatte abgesplittert hatte. Sie bewegte den Splitter zur Seite, aber er schmiegte sich wieder an die Platte.

Die Augen des Mannes wanderten unwillkürlich

über die kleinen mädchenhaften Brüste, die bei dieser Körperhaltung deutlich hervortraten, während die unförmige Eisenbahnerjacke sie sonst schluckte.

»Bald ist der Dienst zu Ende«, sagte Walja mit aufgeworfenen Lippen. Sie waren ganz frisch und blaß rosafarben.

»Bis dahin will noch einiges getan sein«, verfinsterte sich Sotow. Er blickte das Mädchen jetzt nicht mehr an.

»Gehen Sie wieder zu Ihrer Alten . . . ja?«

»Wohin sonst?«

»Gehen Sie nie zu Besuch zu jemand?«

»Die Zeiten sind nicht danach.«

»Und warum gefällt es Ihnen bei der Alten? Sie haben nicht mal ein richtiges Bett. Sie schlafen auf der Truhe.«

»Woher willst du das wissen?«

»Die Leute wissen es und reden davon.«

»Jetzt ist nicht die Zeit, Walja, sich im weichen Federbett zu räkeln. Für mich schon gar nicht. Ich schäme mich, daß ich nicht an der Front bin.«

»Tun Sie etwa nicht Ihre Arbeit? Da gibt es nichts zum Schämen. Sie werden noch lange genug im Schützengraben liegen. Und ob Sie überleben? Aber solang es geht, muß man leben wie andere Menschen auch.«

Sotow nahm die Mütze ab und rieb sich die Stirn. (Die Mütze war ihm zu klein, aber eine andere war in der Kleiderkammer nicht aufzutreiben gewesen.)

An der Ecke ihrer Liste zeichnete Walja mit dem Bleistift eine lange scharfe Schlinge, die wie eine Kralle aussah.

»Warum sind Sie von Awdejews fortgegangen? Dort hatten Sie es doch bequemer.«

Sotow senkte den Blick und wurde rot.

»Ich bin eben fortgegangen.«

(Sollten Awdejews die Geschichte im ganzen Ort verbreitet haben?)

Walja machte die Kralle immer schärfer.

Sie schwiegen eine Weile.

Walja schielte auf seinen runden Kopf. Wenn man die Brille wegnähme, wäre es der Kopf eines kleinen Jungen. Schütteres helles Haar stand da und dort ringelförmig ab. Die Ringel waren wie Fragezeichen.

»Sie gehen auch nicht ins Kino. Sie haben wohl interessante Bücher. Wenn Sie sie mir wenigstens zum Lesen geben würden!«

Sotow fuhr auf. Sein Gesicht blieb verfärbt.

»Woher weißt du was über Bücher?«

»Ich denke es mir.«

»Ich habe keine Bücher. Sie sind zu Hause geblieben.«

»Es ist Ihnen bloß schade darum.«

»Ich sage doch, ich habe keine Bücher. Sollte ich die vielleicht mitschleppen? Ein Soldat hat seinen Wäscheschrank, mehr steht ihm nicht zu.«

»Dann können Sie unsere Bücher zum Lesen nehmen.«

»Habt ihr viele Bücher?«

»Ein Bücherbrett voll.«

»Was für welche?«

»Was für welche? *Der Hochofen, Der silberne Fürst*. Und noch ein paar mehr.«

»Hast du alle gelesen?«

»Einige.« Plötzlich hob sie den Kopf, blickte Sotow ganz klar an und hauchte: »Wassilij Wassiljewitsch! Ziehen Sie doch zu uns! Wowkas Zimmer ist frei, wir geben es Ihnen. Es ist ein warmes Zimmer mit Ofen. Mama wird für Sie kochen. Was sollen Sie bei der Alten?«

Sie blickten einander an, jeder mit seinem Geheimnis im Herzen.

Walja sah, daß der Leutnant ins Schwanken geraten war. Gleich würde er ja sagen. – Warum sollte er auch nicht ja sagen, dieser komische Kauz? Alle Soldaten sagen immer, sie seien ledig, nur er allein ist verheiratet. Alle in Kretschetowka einquartierten Soldaten leben in guten Familien, haben es warm, werden umsorgt . . . Auch Walja hätte es so gern gehabt, daß ins Haus, aus dem Vater und Bruder in den Krieg gezogen waren, wieder ein Mann käme. Dann würden sie spät abends nach der Schicht gemeinsam heimgehen, durch die verdunkelten aufgeweichten Straßen. (Es würde sich kaum vermeiden lassen, sich einzuhaken.) Zu Hause würden sie sich gemeinsam an den Eßtisch setzen, würden sich Späße erzählen oder irgendwelche Geschichten . . .

Wassja Sotow blickte das Mädchen, das ihn ganz offen zu sich ins Haus rief, beinahe erschreckt an. Sie war höchstens drei Jahre jünger als er. Daß sie ihn siezte und mit Namen und Vatersnamen anredete, lag nicht an seinem Alter, sondern an seinem Leutnantsrang. Er begriff, daß es nicht bei wohlschmekkenden, aus seiner Ration zubereiteten Mahlzeiten und nicht bei der Ofenwärme bleiben würde.

Er war erregt. Wie gern hätte er jetzt diese zugänglichen flächsernen Locken genommen und an ihnen gezaust!

Aber das war ganz und gar nicht möglich.

Er schob seinen Kragen mit den roten Würfeln auf den grünen Kragenspiegeln zurecht, obwohl der Kragen gar nicht drückte. Das gleiche tat er mit seiner Brille.

»Nein, Walja, ich werde nirgendwohin umziehen. Außerdem müssen wir arbeiten und nicht plaudern.«

Er setzte seine grüne Mütze auf, wodurch sein schutzloses stupsnäsiges Gesicht sofort viel strenger aussah.

Das Mädchen schaute ihn unter der Stirnlocke hervor an und sagte langsam:

»Hören Sie auf, Wassilij Wassiljewitsch!«

Sie seufzte. Irgendwie nicht jung, sondern mühselig richtete sie sich aus ihrer gebeugten Stellung auf und ging mit der Liste in der gesenkten Hand hinaus.

Sotow blinzelte verlegen. Wäre sie zurückgekehrt,

hätte sie das gleiche mit Festigkeit wiederholt: wer weiß, ob Sotow da nicht nachgegeben hätte.

Aber sie kehrte nicht zurück.

Niemandem konnte Wassja erklären, warum er in einem schlechtbeheizten, unsauberen Holzhaus bei einer alten Frau und ihren drei Enkeln wohnte und auf einer viel zu kurzen unbequemen Truhe schlief. Im gewaltigen grausamen Männergewimmel des Jahres einundvierzig hatte man ihn schon mehr als einmal ausgelacht, als er es allen laut sagte, daß er seine Frau liebt, ihr den ganzen Krieg hindurch treu bleiben wolle und auch ihrer Treue sicher sein könne. Die Kameraden, alles feine Kerle und zuverlässige Freunde, lachten wie ein Mann. Sie lachten wild, klopften ihm auf die Schulter und rieten ihm, den Kopf nicht zu verlieren. Seither pflegte er so etwas nicht mehr laut zu sagen. Er war nur sehr schwermütig, besonders wenn er mitten in der Nacht aufwachte und daran dachte, wie es ihr jetzt dort wohl ging, weit weg im deutschen Gebiet und schwanger.

Aber nicht einmal wegen seiner Frau hatte er jetzt Waljas Angebot ausgeschlagen, sondern wegen Polina ...

Und nicht einmal wegen Polina, sondern wegen ...

Polina, eine brünette, kurzhaarige Kiewerin mit blassem Gesicht, war jene Frau, die bei Tante Frossja wohnte und bei der Post arbeitete. Wenn er

Zeit fand, ging Wassja auf die Post, um die neuesten Zeitungen zu lesen, die immer schubweise und mit einiger Verspätung angeliefert wurden. So bekam er sie noch am frühesten zu Gesicht, und zwar alle auf einmal, nicht bloß eine oder zwei. Natürlich ist die Post kein Lesesaal, und niemand war verpflichtet, ihm die Zeitungen zum Lesen zu geben, aber Polina verstand ihn und brachte ihm alle Zeitungen ans Ende der Schaltertheke, wo er sie im Stehen und in der Kälte las. Genau wie für Sotow war der Krieg für Polina nicht das gefühllose Rotieren eines unabwendbaren Schwungrads, sondern ihr Leben und ihre Zukunft. Um diese Zukunft zu erraten, faltete sie mit genauso unruhigen Händen die Zeitungen auseinander und suchte dort genauso nach jenen Wahrheitskörnern, die ihr den Kriegsverlauf hätten erklären können. Oft standen sie beim Lesen nebeneinander und wiesen einander auf wichtige Stellen hin. Die Zeitungen ersetzten ihnen die Briefe, die sie nicht empfingen. Polina las sich aufmerksam in alle Kampfepisoden der Heeresberichte hinein. Sie versuchte zu erraten, ob ihr Mann nicht in jene Kämpfe verwickelt sei. Auf Anraten Sotows las sie mit gerunzelter bleicher Stirn sogar die Artikel über Schützen- und Panzertaktik im »Roten Stern«. Die Aufsätze Ehrenburgs las Wassja ihr laut und nicht ohne Erregung vor. Einige davon erbat er sich von Polina. Sie gab ihm unzustellbare Exemplare, er schnitt die Aufsätze aus und bewahrte sie auf.

Polina, ihr Kind und ihre Mutter hatte er so liebgewonnen, wie Menschen nur in der Not lieben. Dem Söhnchen brachte er Zucker aus seiner Ration. Aber niemals, beim gemeinsamen Umblättern der Zeitung, hätte er es gewagt, ihre weiße Hand mit seinem Finger zu berühren: nicht wegen ihres Mannes, nicht wegen seiner Frau, sondern um jenes heiligen Leids willen, das sie vereinigte.

Polina war für ihn in Kretschetowka, nein, diesseits der Front, der nächste Mensch geworden, sie war das Auge seines Gewissens und das Auge seiner Treue. Wie hätte er da zu Walja umziehen können? Was hätte Polina von ihm gedacht?

Aber auch ohne Polina, auch ohne sie: Wie hätte er jetzt unbeschwert Trost bei einer Frau suchen können, jetzt, da alles, was er liebte, zusammenzustürzen drohte?

Außerdem war es ihm peinlich, Walja und den Leutnants, mit denen er sich im Dienst ablöste, einzugestehen, daß er eine abendliche Lektüre pflegte, daß er jeden Abend das einzige Buch las, das er im Getümmel dieses Jahres in irgendeiner Bücherei an sich genommen hatte und jetzt in seinem Wäschesack mitführte.

Dieses Buch war der dicke blaue erste Band des *Kapitals*, auf dem rauhen bräunlichen Papier der dreißiger Jahre gedruckt.

Seine ganzen fünf Studentenjahre lang träumte er davon, dieses berühmte Buch zu lesen, er entlieh es einige Male aus der Bibliothek seines Instituts, versuchte Konspekte zu machen, behielt das Buch ein Semester lang, ein Jahr lang, aber immer reichte die Zeit nicht aus, die vielen Versammlungen, die gesellschaftliche Arbeit, die Examen nahmen ihn ganz in Anspruch. Noch bevor er ein einziges Blatt mit Exzerpten gefüllt hatte, mußte er das Buch bei der Junirevision abliefern. Sogar als sie die Nationalökonomie durchgingen, als der geeignetste Augenblick für eine Lektüre des *Kapitals* gekommen war, riet ihnen der Dozent davon ab. »Sie werden darin ertrinken«, sagte er und empfahl ihnen statt dessen das Lehrbuch von Lapidus sowie die Mitschriften seiner Vorlesungen. Selbst damit kamen sie nur mit Mühe zu Rande.

Aber jetzt im Herbst einundvierzig, in der Zeit der großen Not, fand Wassja Sotow in diesem Provinznest Kretschetowka endlich Zeit für die Lektüre des *Kapitals*. In den dienstfreien Stunden, solange nicht Wehrertüchtigung oder Aufträge des Rayonkomitees der Partei dazwischenkamen, gab er sich ihr hin. In der Wohnung der Awdejews, in einem kleinen mit Philodendron und Aloe bestandenen Saal, setzte er sich an einen wackligen Tisch und las beim Licht einer Petroleumlampe (die Dieselanlage reichte nicht für alle Häuser des Ortes aus). Er las und strich mit der Hand übers grobe Papier. Beim ersten Mal bekam er den Überblick, beim zweiten machte er die Anstreichungen, die dritte Lektüre diente dem Konspektieren sowie der endgültigen Gliederung des Gelesenen in seinem Kopf. Je trostloser die Heeresberichte ausfielen, desto hartnäckiger tauchte Sotow ins dicke blaue Buch ein. Gelänge es ihm, so meinte Wassja, wenigstens diesen ersten Band zu bewältigen und als ein bündiges Ganzes seinem Gedächtnis einzuverleiben, dann wäre er unbesiegbar, unanfechtbar, unabweisbar in jedem ideellen Kampf.

Aber die Zahl solcher Abendstunden war zu klein und die Exzerpte füllten nur wenige Blatt Papier. Als zusätzlicher Störfaktor erwies sich Antonina Iwanowna. Auch sie wohnte bei Awdejews. Sie kam aus Lisski und war hier in Kretschetowka sofort zur Chefin eines Mittagstischs avanciert. Antonina war ein geschäftiges Geschöpf, das mit beiden Beinen im Leben stand. Wer an ihrem Mittagstisch hätte Krach schlagen wollen, hätte in ihr seinen Meister gefunden. In jener Kantine bekamen die Besucher, wie Sotow später erfuhr, für einen Rubel eine mit grauem fettlosem Wasser gefüllte Tonschüssel, in der ein paar Makkaroni-Fäden schwammen, durch ein kleines Fensterchen zugeschoben. Wer keine Lust verspürte, die besagte Flüssigkeit mit bloßen Lippen aus dem Napf zu saugen, mußte für einen beschädigten Holzlöffel einen weiteren Rubel als Pfand hinlegen. Antonina Iwanowna selber legte indessen, wenn sie abends die Awdejews den Samowar aufstellen hieß, Brot und Butter auf den Tisch der Vermieter. Sie war erst fünfundzwanzig, hatte aber das Gehaben einer soliden Frau mit Erfahrung. Ihre Haut war weiß und glatt. Den Leutnant grüßte sie immer sehr freundlich, er erwiderte ihren Gruß zerstreut und verwechselte sie längere Zeit mit einer Verwandten der Wirtin, die manchmal zu Besuch kam. Über sein Buch gebeugt, bemerkte und hörte er nicht, wie sie, spät von der Arbeit kommend, durch den Raum in ihr Schlafzimmer ging, von dort zurück zu den Wirtsleuten und wieder in ihr Zimmer. Manchmal trat sie plötzlich auf ihn zu und fragte: »Was lesen Sie denn Schönes, Genosse Leutnant?« Er bedeckte den Band mit einem Heft und gab ausweichende Antworten. Ein anderes Mal fragte sie: »Was meinen Sie, ist es nicht leichtsinnig, daß ich über Nacht meine Tür unverschlossen lasse?« Sotow erwiderte: »Was ist da zu fürchten? Ich bin da und bin bewaffnet.« Einige Tage darauf, als er sich wieder über sein Buch beugte, spürte er, daß Antonina zwar nicht mehr im Raum hin und her ging, daß sie den Raum aber auch nicht verlassen hatte. Er blickte sich um und wäre vor Verblüffung fast erstarrt. Direkt hier in seinem Zimmer hatte sie sich auf dem Sofa gebettet und ausgestreckt. Ihre Haare bedeckten das Kissen, die Decke gab die weißen schamlosen Schultern frei. Er glotzte sie an und wußte nicht, was er tun sollte. »Ich störe Sie hoffentlich nicht?« fragte sie spöttisch. Wassja stand auf, sein Verstand begann ihn zu verlassen. Er machte sogar einen großen Schritt auf sie zu, aber der Anblick dieser wohlgenährten diebischen Sattheit stieß ihn ab, statt ihn weiterzulocken.

Er vermochte es nicht einmal, ihr etwas zu sagen, seinen Hals schnürte der Haß zu. Er machte kehrt, klappte das *Kapital* zu, fand noch Kraft und Zeit, das Buch in den Wäschesack zu stecken, rannte zum Nagel, an dem Mantel und Mütze hingen, nahm im Laufen den Riemen mit der Pistole ab und lief so, mit der Pistole in der Hand, ohne sich zu gürten, zum Zimmer und zum Haus hinaus.

Eine undurchdringliche Finsternis nahm ihn auf. Weder aus den verdunkelten Fenstern noch vom bewölkten Himmel drang auch nur das kleinste Fünkchen Licht. Es war genauso ein Regen, Wind und Herbst wie heute. Der Wind war kalt, er peitschte Sotows Gesicht. Sotow trat in Pfützen, in Gräben, in den Dreck. Er ging Richtung Bahnhof, ohne gleich zu merken, daß er den Riemen mit der Pistole immer noch in der Hand hielt. In ihm brannte eine ohnmächtige Gekränktheit, und er hätte, mitten in dieser Finsternis, beinahe losgeweint.

Seither wurde ihm das Leben bei Awdejews zur Last. Antonina Iwanowna grüßte ihn zwar nicht mehr, brachte jetzt aber immer irgend so einen Makker mit fetter Schnauze nach Hause, einen Zivilisten, der allerdings, dem Geist der Zeit gehorchend, Stiefel und einen Militärkittel trug. Sotow versuchte seine Studien fortzusetzen, sie aber ließ absichtlich ihre Tür angelehnt, damit er hören konnte, wie sie miteinander schäkerten, wie sie aufkreischte und stöhnte.

Daraufhin zog er zu jener schwerhörigen Alten, bei der er nur eine Truhe zum Schlafen fand.

Aber offenbar hatte der Klatsch im Ort die Runde gemacht. Würde er an Polinas Ohren dringen? Sotow schämte sich . . .

Diese Gedanken hatten ihn von der Arbeit abgelenkt. Jetzt griff er wieder nach seinem Tintenstift und zwang sich dazu, wieder in die Begleitpapiere einzudringen. Und wieder trug er mit seiner klaren runden Handschrift die Nummern der Transportzüge und Frachten ein und stellte somit neue Begleitpapiere nebst den Kopien zusammen. Fast wäre er fertig geworden, doch es war ihm nicht klar, wie der große Transport aus Kamyschin aufzuteilen sei. Darüber konnte nur der Kommandant entscheiden. Sotow ließ das Feldtelefon läuten, nahm den Hörer und lauschte. Er ließ es noch einmal läuten, diesmal etwas ausgiebiger. Und noch einmal ganz lange. Der Hauptmann meldete sich nicht. Er war also nicht in seinem Dienstzimmer. Vielleicht ruhte er sich nach dem Essen aus. Kurz vor Schichtwechsel würde er auf jeden Fall wiederkommen, um die Meldungen entgegenzunehmen.

Hinter der Tür rief Podschebjakina ab und zu den Fahrdienstleiter des Bahnhofs an. Tante Frossja kam und ging wieder. Dann waren die schweren Tritte von vier Stiefeln zu hören. An Sotows Tür wurde geklopft. Fast gleichzeitig wurde die Tür um einen Spalt geöffnet, und zwei klangvolle Stimmen fragten:

»Dürfen wir eintreten?«

Ohne die Erlaubnis abzuwarten, ohne sie fertigzuhören, traten zwei Männer ein. Der erste von Wuchs ein Grenadier, geschmeidig und mit rosig erkaltetem Gesicht, trat in die Mitte des Zimmers und meldete hackenschlagend:

»Chef der Begleitmannschaft des Transportzuges fünfundneunzig fünfhundertundfünf, Sergeant Gajdukow. Achtunddreißig Pullmanwagen, alles in bester Ordnung, zur Weiterfahrt bereit!«

Er trug eine neue Wintermütze, einen gutsitzenden langen Offiziersmantel, den ein breites Lederkoppel mit Sternschloß umgürtete, sowie blankgewichste Stiefel aus Rindsleder.

Hinter seinem Rücken trat ein zweiter Mann hervor, aber nur ein wenig, so als wolle er sich bloß, in Türnähe, die Füße vertreten. Dieser zweite war untersetzt und hatte ein braungegerbtes Gesicht. Beinahe unlustig hielt er die Hand an seine Budjonnyj-Mütze mit den heruntergeklappten, aber nicht zugeschnürten Ohrenwärmern. Er machte keine Meldung, er sagte leise:

»Chef der Begleitmannschaft des Transportzuges einundsiebzig sechshundertachtundzwanzig. Untersergeant Dygin. Vier Sechzehntonner.«

An seinem Soldatenmantel, zu dem er einen

schmalen Riemen aus Zeltplane trug, sah der eine Schoß so aus, als hätte ihn irgendeine Maschine irreparabel zerkaut, die Stiefel waren aus Stoff, an den Knicken waren sie abgeschabt.

Dygin hatte das brauige Kinnladengesicht des Fliegers Tschkalow, aber nicht des jungen tollkühnen Tschkalow, der unlängst verunglückt war, sondern eines Tschkalow mit einer langen und bitteren Lebenserfahrung.

»So ist das also! Sehr erfreut! Sehr erfreut!« sagte Sotow und stand auf.

Weder sein Dienstrang noch die Art seiner Arbeit verpflichteten ihn dazu, sich jedem eintretenden Sergeanten entgegen zu erheben. Aber er freute sich wirklich über jeden, der zu ihm kam, und beeilte sich, einem jeden in dessen Angelegenheit so gut wie möglich zu helfen. Der stellvertretende Kommandant besaß keine eigenen Untergebenen, und solche Leute, die für fünf Minuten oder für zwei Tage angefahren kamen, waren die einzigen Menschen, an denen Sotow seine Kommandeurstugenden der Sorge und Umsicht erweisen konnte.

»Ich weiß, ich weiß, eure Begleitpapiere sind bereits eingetroffen.« Er fand sie auf dem Tisch und sah sie durch. »Da sind sie, da sind sie schon ... fünfundneunzig fünfhundertundfünf ... einundsiebzig sechshundertachtundzwanzig ...«

Er blickte die beiden Sergeanten mit wohlwollenden Augen an.

Ihre Mäntel und Mützen waren nur leicht von kleinen Tropfen benetzt.

»Wieso seid ihr trocken? Hat der Regen aufgehört?«

»Es geht auf Schnee zu«, sagte der stattliche Gajdukow mit einem Lächeln und einer Kopfbewegung. Er hatte zwar keine militärische Haltung angenommen, wirkte aber sehr diszipliniert. »Der Nordwind bläst aus vollen Backen!«

Er war vielleicht neunzehn, aber seine Erscheinung hatte jenen Anflug früher Mannhaftigkeit, den die Front wie Sonnenbrand auf ein zutrauliches Gesicht legt.

(Dieser Anflug von Front auf den Gesichtern war es, der Sotow von seinem Schreibtisch hochriß.)

An sich hatten sie beim stellvertretenden Kommandanten kaum was zu suchen. Jedenfalls waren sie nicht befugt, etwas über den Charakter ihrer Fracht zu erzählen, denn womöglich waren die Waggons plombiert, die Kisten zugenagelt, womöglich wußten sie selber nicht, welche Fracht sie mit sich führten.

Und trotzdem war für sie der Kommandant dieses Transitbahnhofs aus verschiedenen Gründen von Wichtigkeit.

Und sie verkrallten sich in ihn, der eine mit fröhlichem, der andere mit finsterem Blick.

Gajdukow mußte herauskriegen, ob dieser Kommandant nicht vielleicht ein aufdringlicher Etappenhengst ist, der sich gleich daranmacht, Zug und Fracht zu inspizieren.

Wegen der Fracht hegte er übrigens keinerlei Befürchtungen, seine Fracht bewachte er nicht nur, er liebte sie geradezu. Es waren einige hundert erstklassige Pferde. Der Intendant, der sie verfrachtet hatte, war so gescheit gewesen, gepreßtes Stroh und Hafer mit in den Zug zu laden, und zwar in genügender Menge, denn er rechnete nicht damit, daß unterwegs nachgefüllt wird. Gajdukow war auf dem Lande aufgewachsen, von Kindheit auf hatte er sich für Pferde begeistert. Jetzt ging er zu ihnen wie zu Freunden, weil es ihm Spaß machte, nicht weil er mußte. Er half den diensthabenden Soldaten beim Tränken, Füttern und Pflegen der Pferde. Wenn er die Tür zurückschob und über eine Hängeleiter aus Draht in den Waggon kletterte, mit der »Fledermaus« in der Hand, dann drehten ihm alle sechzehn Pferde, die braunen, die rotbraunen und die grauen, ihre wachsamen langen klugen Schnauzen zu. Einige legten ihre Köpfe auf den Rücken des Nachbarn und blickten aus nie zwinkernden großen traurigen Augen. Dabei bewegten sie sanft ihre Ohren, als würden sie nicht bloß um Hafer bitten, sondern darum, ihnen etwas über diesen ratternden, holpernden Kasten zu erzählen und weshalb und wohin man sie in diesem Kasten fährt. Und Gajdukow schaute nach allen Pferden, zwängte sich zwischen ihren warmen Kruppen durch, zauste ihnen die Mähnen. Wenn keine

Soldaten in der Nähe waren, strich er ihnen über die Nüstern und sprach mit ihnen. Den Pferden fiel es schwerer als den Menschen, an die Front zu fahren. Sie brauchten diese Front genauso wie ein fünftes Bein.

Was Gajdukow jetzt befürchtete, war, daß der Kommandant (aber das war offenbar ein brauchbarer Bursche, vor dem man sich nicht vorsehen mußte) einen Blick in seinen Begleitwagen wirft. Obwohl Gajdukows Wachmannschaften meistens Neulinge waren, war er selbst schon in der vordersten Stellung gewesen. Im Juli war er am Dnjepr verwundet worden, zwei Monate hatte er im Lazarett gelegen, wo er eine Zeitlang als Gehilfe des Kammerunteroffiziers arbeitete, jetzt fuhr er wieder an die Front. Deshalb kannte er die Bestimmungen und wußte, wie man sie umgehen kann und muß. Seine zwanzig jungen Burschen waren nur nebenher mit dem Pferdetransport betraut, weil sie den gleichen Weg hatten. Nach Ablieferung der Pferde am Zielort sollten sie in eine Division eingegliedert werden. In wenigen Tagen werden sie vielleicht das neue Zeug, in das man sie gesteckt hatte, im aufgeweichten Lehm des Schützengrabens verdrecken, und das wäre nicht einmal das Schlimmste. Kann auch sein, daß sie mit ihren Köpfen hinter kleinen Erdhöckern vor den deutschen Minen in Deckung gehen werden, die sich ihnen auf die Schultern setzen möchten. Die deutschen Minenwerfer hatten Gajdukow im Sommer besonders zugesetzt. Diese letzten Tage wollte er also in Wärme, Freundschaft und Frohsinn verbringen. In ihrem geräumigen Waggon waren die beiden gußeisernen Öfen stets auf Hochglut gebracht, die Kohle klauten sie aus anderen Zügen. Ihr Zug durfte überall rasch passieren, auf den Bahnhöfen hielten sie immer nur kurz. Trotzdem brachten sie es fertig, einmal am Tag die Pferde zu tränken und alle drei Tage Lebensmittel auf Bezugschein zu besorgen. Da der Zug schnell fuhr, wollten immer Leute mitfahren. Und obwohl es streng verboten war, Zivilpersonen in Wachräume eintreten zu lassen, brachten es Gajdukow und sein Gehilfe, der von ihm die legere Manier übernommen hatte, einfach nicht übers Herz, teilnahmslos auf die Leute zu schauen, die draußen in der Herbstkälte froren und wie verrückt an den Transportzügen entlangliefen. Nicht alle, die darum baten, ließen sie ein, aber bei vielen sagten sie ja. So nahmen sie einen schlauen Inspektor für einen Liter schwarzgebrannten Schnaps mit, dann einen rothaarigen alten Mann mit Backenbart für ein Stück Speck, manche durften auch einfach so mitfahren. Am liebsten jedoch, da konnte ihr Herz nicht widerstehen, halfen sie jungen Frauen und Mädchen, die auch alle aus irgendeinem Grund irgendwohin fuhren, beim Aufspringen. In der Hitze des Palavers plappert jetzt der rothaarige Greis über den Ersten Weltkrieg, wie er beinahe das Georgskreuz bekommen hätte, und von den Mädchen ist nur eine einzige eine Rührmichnichtan, die sitzt wie eine aufgeplusterte Eule direkt neben dem Ofen. Die anderen haben wegen der Hitze längst die Mäntel abgelegt, manche sogar die Jäckchen. Eine hat bloß noch ihr rotes Unterkleid an, selber ist sie auch ganz rot. So wäscht sie den Burschen die Unterhemden, auch jenem, der ihr in den Wagen geholfen hat und jetzt die Wäsche auswringt. Kommt er ihr aber zu nahe, dann schlägt sie mit einem nassen zusammengerollten Hemd auf ihn ein. Zwei andere bekochen die Soldaten und geben ihr eigenes hausgemachtes Schmalz in die fettlose Ration. Wieder eine andere sitzt da und näht, was genäht werden muß. Wenn sie von diesem Bahnhof abgefahren sind, werden sie zu Abend essen, werden eine Weile am Feuer sitzen und zum Gepolter des schnell fahrenden Wagens etwas singen. Dann werden sie, ohne den Wechsel von Wachsein und Sichausruhen streng einzuhalten (bei der Pferdetränke haben sich alle gleichmäßig abgeschuftet), auf ihre Pritschen aus ungehobelten Brettern kriechen und dort den Schlaf der Gerechten schlafen. Und von diesen jungen Frauen, die heute mitfuhren, wie auch von den gestrigen, die erst kürzlich ihre Männer in den Krieg ziehen ließen, wie auch von den Mädchen, werden nicht alle standhaft bleiben. Sie werden sich dort, wo das Licht der Laterne nicht hindringt, zu den Burschen legen und ihre Arme um sie schlingen.

Und wie könnte man sich einem Soldaten gegenüber gefühllos zeigen, der an die vorderste Front fährt! Vielleicht sind das die letzten Tage seines Lebens ...

Alles was Gajdukow vom Kommandanten wollte, war, daß er sie so rasch wie möglich weiterfahren läßt. Außerdem hätte er ganz gern die Marschroute erfahren für die weiblichen Fahrgäste, damit man weiß, wo sie aussteigen müssen, und für sich selbst: an welchem Abschnitt sie künftig kämpfen werden und ob nicht einer an seinem Heimatort vorbeifährt.

»Sooo«, sagte der Leutnant und blickte in die Begleitpapiere. »Sie sind nicht zusammen gefahren? Man hat euch erst kürzlich aneinandergehängt?«

»Erst vor einigen Stationen.«

Der Leutnant fixierte mit der Brille das Papier und schob seine Lippen nach vorn.

»Warum hat man Sie denn hierher geschickt?« fragte er den alten Tschkalow. »Waren Sie in Pensa?«

»Waren wir«, erwiderte Dygin mit heiserer Stimme.

»Warum in Dreiteufelsnamen hat man euch dann den Umweg über Rjaschsk fahren lassen? Da kann man sich nur wundern, diese Hornochsen!«

»Fahren wir zusammen weiter?« fragte Gajdukow.

(Auf dem Weg zu Sotow hatte er von Dygin dessen Zielort erfragt, auf diese Weise wollte er seinen eigenen erfahren.)

»Ja, bis Grjasi.«

»Und weiter?«

»Das ist Kriegsgeheimnis«, sagte Sotow mit angenehmem O-Akzent. Er drehte den Kopf hin und her und blinzelte den stämmigen Sergeanten durch seine Brillengläser von unten an.

»Und trotzdem? Vielleicht über Kastornaja?« redete Gajdukow auf den Leutnant ein und beugte sich zu ihm herunter.

»Das wird sich dann erweisen«, wollte Sotow streng antworten, aber seine Lippen lächelten kaum merklich, und Gajdukow begriff, daß er mit Kastornaja richtig getippt hatte.

»Fahren wir gleich noch am Abend weiter?«

»Ja. Eure Ladung ist eilig.«

»Ich kann nicht weiterfahren«, schnarrte Dygin gewichtig und unwirsch.

»Sie persönlich? Sind Sie krank?«

»Ich spreche von der ganzen Mannschaft.«

»Wie meinen Sie das? Ich verstehe Sie nicht. Was heißt: Sie können nicht?«

»Weil wir keine Hunde sind!!« brach es aus Dygin heraus, und seine Augäpfel rollten wild unter den Lidern hin und zurück.

»Was sind das für Redensarten?« Sotow schaute finster und richtete sich auf. »Seien Sie etwas vorsichtiger, Untersergeant.«

Jetzt bemerkte er, daß das grüne Dreieck des Untersergeanten nur in eine Ecke des Mantelkragens

Dygins hineingeschraubt war, während die zweite leer war. Dort war bloß im Stoff ein Dreieck eingedrückt und in dessen Mitte ein kleines Loch. Die frei baumelnden Ohrenwärmer seiner Mütze hingen wie Klettenblätter auf die Brust herunter.

Dygin blickte böse unter den Brauen hervor:

»Weil wir ...«, keuchte er mit rauher Stimme, »weil wir den elften Tag ... hungern ...«

»Wie?« warf sich der Leutnant auf seinen Stuhl zurück. Seine Brille rutschte von einem Ohr herunter, er brachte sie wieder in Ordnung. »Wie kann das sein?«

»So eben. Kommt vor. Ganz einfach.«

»Haben Sie denn Bezugscheine?«

»Wer wird schon Papier kauen.«

»Wieso lebt ihr dann?«

»Eben so.«

Wieso lebt ihr dann! Diese kindisch läppische Frage des bebrillten Leutnants brachte Dygin endgültig in Rage. Also würde ihnen auch in Kretschetowka keiner helfen. Wieso lebt ihr dann! Nicht er selber, sondern Hunger und Erbitterung zogen ihm die Kinnbacken zusammen. Er blickte den sauber geschniegelten Stellvertreter des Militärkommandanten in seinem sauberen warmen Zimmer auf Wolgaart schweräugig an. Vor sieben Tagen hatten sie auf einem Bahnhof rote Rüben aufgetrieben, zwei Sack voll, direkt von einem Haufen, der dort lag. Die ganze Woche über hatten sie in ihren Kochgeschirren nichts weiter als diese Rüben gedämpft – gedämpft und heruntergeschlungen. Sie konnten diese Rüben nicht mehr sehen, ihr Gedärm nahm sie nicht mehr auf. Vorletzte Nacht, als sie in Alekssandro-Newskoje standen, schaute Dygin seine ausgemergelten Reserve-Krieger an, sie waren alle älter als er, und auch er war nicht jung, dann faßte er einen Entschluß und stand auf. Der Wind heulte unter den Waggons und pfiff durch die Ritzen. Mit irgendwas mußte man die Eingeweide besänftigen. Dygin verschwand in der Dunkelheit. Nach etwa anderthalb Stunden kehrte er zurück und warf drei Laib Brot auf die Pritsche. Der Soldat, der daneben saß, traute seinen Augen nicht: »Da ist auch ein weißer dabei!« Dygin blickte gleichmütig hin. »Hab ich gar nicht gemerkt.« Wie sollte er das alles jetzt dem Kommandanten erzählen? Wieso lebt ihr dann! . . .

Zehn Tage lang fuhren sie zu viert durch das eigene Land wie durch eine Wüste. Ihre Fracht bestand aus zwanzigtausend fabrikneuen Pionier-Spaten. Bestimmungsort war Tbilissi, das wußte Dygin bereits seit Gorkij, wo ihre Fahrt begonnen hatte. Aber alle anderen Frachten waren offenbar eiliger als diese vermaledeiten kalten eingeschmierten Spaten. Es begann die dritte Woche, und sie hatten noch nicht einmal die Hälfte des Wegs zurückgelegt. Noch der mickrigste Fahrdienstleiter war nicht zu faul, ihre vier Waggons abzuhängen und irgendwo auf der Strecke warten zu lassen. Auf Bezugschein hatten sie in Gorkij Lebensmittel für drei Tage bekommen und dann noch mal, wieder für drei Tage, in Saransk. Seither fanden sie die Verpflegungsstellen jedesmal geschlossen vor. Das wäre noch halb so schlimm gewesen, fünf Tage lang hätten sie durchgehalten, wenn sie nur gewußt hätten, daß sie nachher für alle fünfzehn ihr Teil bekommen. Ihr Bauch heulte, ihre Seele stöhnte, auch deshalb, weil es das Gesetz sämtlicher Verpflegungsstellen war, sich nach der Verordnung zu richten, rückwirkend nichts auszugeben. Was vorbei ist, ist vorbei.

»Warum hat man euch denn nichts zugeteilt?« wollte der Leutnant wissen.

»Und Sie: Werden Sie uns was zuteilen?« schob Dygin seine Kinnbacken auseinander.

Noch als er aus dem Waggon sprang, sagte ihm ein entgegenkommender Soldat, daß es auf diesem Bahnhof eine Verteilungsstelle gibt. Aber die Nacht war bereits hereingebrochen, und nach den gesetzlichen Vorschriften brauchten sie gar nicht erst dorthin zu gehen. Sergeant Gajdukow vergaß, daß er vor dem Kommandanten Haltung wahren wollte, er hatte sich inzwischen Dygin zugewendet. Jetzt berührt er ihn mit seinem langen Arm an der Schulter:

»Kamerad! Warum hast du mir nichts gesagt? Wir werden euch gleich was geben.«

Dygin ließ den Schulterklaps unbewegt über sich ergehen, er drehte sich nicht um. Immerzu starrte er den Kommandanten wie tot an. Er war sich selbst zuwider, daß er mit seinen Opas so wenig anstellig ist. Während der elf Tage Fahrt hatten sie weder Zivilisten noch Militärposten um Essen gebeten, denn sie wußten, daß in solchen Zeiten niemand einen Bissen übrig hatte. Außerdem wollte in ihrem ständig abgehängten Waggon keiner mitfahren. Und der Tabak war ihnen auch ausgegangen. Und weil der ganze Waggon aus lauter Ritzen bestand, hatten sie drei der vier Fenster mit Brettern vernagelt. Darum war es in ihrem Waggon auch tagsüber dunkel. Und da ihnen alles egal geworden war, ließen sie auch das Heizen fast ganz sein. So saßen sie in den langen Wartepausen, einen Tag lang, zwei Tage lang, um den dunklen Ofen herum, kochten die Rüben in den Kochgeschirren, probierten mit dem Messer, ob sie gar sind, und schwiegen.

Gajdukow machte einen schneidigen Ruck:

»Gestatten Sie, daß ich gehe, Genosse Leutnant?«

»Gehen Sie.«

Gajdukow rannte davon. Mit warmer Hand würden sie gleich den Landsern Hafer und Tabak verabreichen. Von jenem alten Weib, das immerzu heult, haben sie nichts verlangt. Jetzt soll sie gefälligst was rausrücken. Es wäre auch gut, den Koffer des Inspektors abzuklopfen.

»So, es ist sieben«, kombinierte der Leutnant. »Unsere Versorgungsstelle hat schon zugemacht.«

»Die haben immer zugemacht . . . Auf sind sie nur von zehn bis fünf . . . In Pensa hab ich mich angestellt, da haben sich andere vorgedrängt, sie sagen, ihr Zug geht ab. Durch Morschansk sind wir nachts gefahren. Durch Rjaschsk ebenso.«

»Warte mal, warte!« ereiferte sich der Leutnant. »Diese Sache bringen wir in Ordnung! Also los!«

Er nahm den Hörer des Feldtelefons und läutete einmal ausgiebig.

Niemand ging am anderen Ende an den Apparat.

Da klingelte er dreimal hintereinander.

Niemand ging ran.

»Teufel nochmal!« Wieder dreimal geläutet. »Gussjkow, du?«

»Ich bin's, Genosse Leutnant.«

»Warum sitzt bei dir niemand am Apparat?«

»Der Soldat ist auf einen Sprung fort. Ich hab saure Milch aufgetrieben. Soll ich Ihnen welche bringen, Genosse Leutnant?«

»Unsinn, was soll der Quatsch!«

(Das sagte er nicht wegen Dygin. Er untersagte es Gussjkow generell, ihm etwas zu bringen, aus Prinzip. Und damit die dienstlichen Beziehungen sauber bleiben, sonst läßt sich der Untergebene gehen. Im Gegenteil, Sotow hatte sogar schon dem Hauptmann gemeldet, daß Gussjkow zuviel redet.)

»Gussjkow. Da wäre folgende Sache. Eine Mannschaft von vier Mann ist gerade eingetroffen, die haben seit elf Tagen nichts zugeteilt bekommen.«

Gussjkow pfiff in den Hörer hinein.

»Die werden sich schön blöd angestellt haben.«

»Es hat sich so ergeben. Wir müssen ihnen helfen. Hör zu, wir müssen sofort irgendwie Tschitschischow und Samorukow auf die Beine bringen und veranlassen, daß sie ihnen was auf Bezugschein geben.«

»Wo soll man die jetzt finden?«

»Wo wohl? In ihren Wohnungen.«

»Der Dreck auf den Straßen reicht bis zum Knie, und duster ist es wie bei des Teufels Großmutter im Arsch.«

»Tschitschischow wohnt in der Nähe.«

»Aber Samorukow. Der wohnt jenseits der Gleise. Außerdem wird er auf keinen Fall kommen, Genosse Leutnant!«

Buchhalter Tschitschischow war Militärangehöriger. Man hatte ihn aus der Reserve einberufen und ihm vier Dreiecke angeheftet, aber niemand sah in ihm einen Soldaten. Er war ein gewöhnlicher Buchhalter, nicht mehr jung und sehr beschlagen. Selbst ein Privatgespräch konnte er nicht ohne Zuhilfenahme seiner Rechenmaschine führen. Er fragte: »Wie spät ist es? Fünf Uhr?« und vergewisserte sich, indem er auf seiner Rechenmaschine fünf Kugeln von links nach rechts schob. Oder er räsonierte: »Wenn der Mensch allein ist (erste Kugel), lebt es sich schwer. Darum (zweite Kugel) heiratet er.« Wenn er von der summenden, ihm ihre Bezugscheine entgegenstreckenden Menschenschlange durch ein geschlossenes Fenster mit Gitter getrennt war und nur eine kleine Fensterklappe die vielen Hände hereinließ, dann gab sich Tschitschischow sehr fest, schnauzte die Soldaten an, schob die Hände weg und schloß die Klappe, damit es nicht zog. Wenn er jedoch direkt vor die Menge heraustreten mußte oder wenn irgendeine Mannschaft in seine Kammer eindrang, dann zog er sofort den kugelförmigen Kopf zwischen die dünnen Schultern, redete die Leute mit »Kumpel« an und stempelte bereitwillig ihre Bezugscheine. Genauso beflissen und diensteifrig war er im Umgang mit den Vorgesetzten. Wer Würfel auf den Kragenspiegeln hatte, dem konnte Tschitschischow nichts ausschlagen. Die Versorgungsstelle untersteht zwar nicht dem diensthabenden Stellvertreter des Kommandanten, dachte Sotow, aber Tschitschischow wird schon nicht nein sagen.

»Samorukow wird nicht kommen«, insistierte Gussjkow.

Auch Samorukow galt als Hauptfeldwebel, aber er schaute auf die Leutnants verächtlich herab. Dieser kerngesunde wohlgenährte Wolf war eigentlich nichts weiter als Lagerverwalter, aber er gab sich den Anstrich eines Generals. Nicht ohne Würde ging er mit viertelstündiger Verspätung auf seinen Laden zu, prüfte die Siegel, öffnete die Schlösser, klappte das Vordach hoch, machte es fest. Dabei war auf seinem unfreundlichen fettwangigen Gesicht zu lesen, welch großen Gefallen er damit den anderen erweist. Wieviel Rotarmisten, in Gruppen und einzeln, wieviel Invaliden sich auch immer, kurz vor der Abfahrt ihres Zuges, vor dem Verteilungs-Fenster drängten, wie sehr sie auch fluchten und mit Krücken aufeinander einschlugen, um sich so den Weg zu bahnen: Samorukow krempelte die Ärmel bis zum Ellbogen hoch, entblößte seine feisten Fleischerarme und inspizierte nörgelnd die Stempel Tschitschischows auf den zerknitterten, zerfetzten Bezugscheinen. Dann wog er die Ware ab (niemals zu seinem Nachteil!), ohne sich im geringsten darum zu kümmern, ob die Burschen ihren Zug erreichen oder nicht. Er hatte sich absichtlich eine abgelegene Wohnung gewählt, damit man ihn in seinen freien Stunden nicht belästigte, eine Wohnung überdies, deren Besitzerin einen Gemüsegarten und eine Kuh besaß.

Sotow stellte sich Samorukow vor, und es begann in ihm zu kochen. Diesen Schlag haßte er wie die Faschisten, die von solchen Leuten ausgehende Gefahr war nicht geringer. Er konnte nicht begreifen, warum Stalin nicht anordnen ließ, die Samorukows zu erschießen, gleich neben ihrem Laden, vor der versammelten Menge.

Nein, Samorukow wird nicht kommen: das war auch Sotow klar. Trotz seiner Wut hätte es Sotow nicht gewagt, ihn anzufassen, denn vor solchen Typen verließ ihn der Mut. Aber Dygins Landser hatten nicht drei und nicht fünf – sie hatten elf Tage lang nichts gegessen! »Also, hör zu, Gussjkow. Du schickst keinen Soldaten, sondern gehst selber zu ihm hin. Und sagst nicht, daß vier Leute Hunger haben, sondern sagst, daß ihn der Hauptmann dringend rufen läßt, über mich, verstanden? Er soll zu mir kommen. Ich rede dann schon mit ihm.«

Gussjkow schwieg.

»Na, was schweigst du? Hast du den Befehl verstanden? Mach dich auf den Weg!«

»Haben Sie den Hauptmann gefragt?«

»Das ist nicht deine Sorge. Die Verantwortung trage ich. Der Hauptmann ist vorhin hinausgegangen.«

»Dem Samorukow kann selbst der Hauptmann nichts befehlen«, gab Gussjkow zu bedenken. »So eine Bestimmung gibt es nicht, daß nachts das Siegel entfernt und wieder hingemacht wird, bloß wegen zwei Laib Brot und drei Heringen.«

Er hatte unbestreitbar recht.

»Und wozu diese Hast?« räsonierte Gussjkow weiter. »Sollen sie doch bis zehn Uhr früh warten. Was ist schon eine Nacht! Leg dich auf den Bauch, deck dich mit dem Rücken zu!«

»Aber ihr Zug fährt gleich weiter. Es ist ein Eilzug, ich will sie nicht abhängen, sie haben ohnehin viel Zeit verloren. Ihre Fracht wird irgendwo erwartet, irgendwer braucht sie dringend.«

»Wenn der Zug gleich abfährt, kommt Samorukow sowieso nicht mehr zurecht. Hin und zurück durch den Dreck, selbst mit Laterne, macht mindestens anderthalb Stunden. Wenn nicht zwei.«

Auch das war zweifellos eine richtige Überlegung.

Dygin stand da, mit zusammengebissenen Kinnladen, in seiner Budjonnyj-Mütze mit den heruntergeklappten Ohrenwärmern, fast schwarz vom Wind, der ihn gegerbt hatte. Seine Augen verschlangen den Hörer.

Er wollte wissen, was die andere Seite spricht.

»Auch heute wieder nichts«, nickte er jetzt trübsinnig.

Sotow seufzte, ließ die Taste los, Gussjkow sollte nicht mithören.

»Was soll man da tun? Heute wird nichts zu machen sein. Wie wär's, wenn ihr bis Grjasi mit diesem Transport mitfahrt, der Zug fährt gut, bis morgen früh seid ihr dort.«

Vielleicht hätte er ihn umgestimmt, aber Dygin hatte bereits die schwache Stelle dieses Leutnants aufgespürt. »Ich fahre nicht. Sie können mich verhaften. Ich fahre nicht.«

Jemand klopfte an das Glas der Tür. Irgendein beleibter Mann in einem breiten schwarzgrau gesprenkelten Wollkäppi stand dort. Mit einer höflichen Verbeugung bat er offenbar um die Erlaubnis, irgend etwas tun zu dürfen. Aber seine Worte drangen nicht bis hierher.

»Treten Sie nur ein!« rief ihm Sotow zu. Dann

drückte er auf die Taste des Apparats und sprach zu Gussjkow: »Leg auf, ich werde nachdenken.«

Der Mann hinter der Tür begriff nicht sofort, dann öffnete er die Tür einen Spaltbreit und fragte:

»Darf ich eintreten?«

Er hatte eine eigenartige Stimme: tief, voll und vornehm zurückhaltend, unprahlerisch. Er trug eine langschößige, aber kurzärmelige schwere rotbraune Jacke von unmilitärischem Schnitt, seine Füße steckten hingegen in Armeestiefeln mit Wadenwickeln. In der einen Hand hielt er einen kleinen schmutzigen Armee-Wäschesack. Mit der anderen Hand hob er beim Eintreten sein solide aussehendes Käppi ein wenig an und begrüßte die im Raum anwesenden Männer:

»Guten Tag!«

»Guten Tag.«

»Sagen Sie bitte«, fragte er sehr höflich, aber voller Respektabilität, so als wäre er nicht höchst ungewöhnlich, sondern im Gegenteil tadellos gekleidet. »Wer ist hier der Militär-Kommandant?«

»Ich bin sein diensthabender Stellvertreter.«

»Dann bin ich hier offenbar richtig.«

Er schaute sich um und suchte nach einem Platz, wo er sein gesprenkeltes, mit Kohlenstaub bedecktes Käppi ablegen könnte, fand nichts, klemmte das Käppi daraufhin unter den Ellbogen des anderen Arms und begann mit der freigewordenen Hand seine Jacke aufzuknöpfen. Die hatte überhaupt keinen Kragen, genauer: der Kragen war abgerissen. Den bloßen Hals schützte ein warmer Wollschal. Darunter hatte der Mann ausgeblichenes und verschmutztes Armeezeug an. Jetzt wollte er auch noch die Brusttasche seiner Soldatenbluse aufknöpfen.

»Warten Sie, warten Sie.« Sotow machte eine abwehrende Handbewegung. Er blinzelte den finster und unbewegt dreinblickenden Dygin an: »Was in meiner Macht steht, will ich für dich tun. Ich lasse dich gleich abhängen. Um zehn Uhr früh kannst du Proviant holen.«

»Danke«, sagte Dygin mit bleiernem Blick.

»Was heißt hier: danke? Es ist eigentlich gegen die Vorschrift. Du bist an einen so prima Zug angehängt. An welchen man dich jetzt anhängt, weiß ich nicht.«

»Wir kriechen sowieso seit zwei Wochen durch die Gegend. Auf einen Tag mehr kommt es auch nicht an.«

Dygin wurde lebhaft: »Ich weiß, was wir geladen haben.«

»O nein«, Sotow erhob seinen Zeigefinger und fuchtelte damit in der Luft herum. »Du und ich, wir können darüber nicht urteilen.« Er warf einen Seitenblick auf den Fremden, ging dicht an Dygin heran und sprach kaum hörbar, aber immer mit seinem O-Akzent: »Du sagst, du kennst deine Fracht. Dann denk mal nach. Wieviel Mann können sich mit deinen Spaten eingraben? Zwei Divisionen. Sich eingraben bedeutet aber: am Leben bleiben. Zwanzigtausend Spaten: das sind zwanzigtausend Soldatenleben. Stimmt's?«

Sotow drehte sich wieder nach dem Fremden um. Der begriff, daß er störte, ging zur Wand und wandte sich ab. Mit der freien Hand bedeckte er erst das eine, dann das andere Ohr. Er hielt sie sich nicht zu – er wärmte sie.

»Sie sind wohl ganz schön durchgefroren?« lachte Sotow.

Der Mann drehte sich um und lächelte:

»Wissen Sie, es ist furchtbar kalt geworden. Und es weht ein irrsinniger Wind. So ein nasser Wind.«

Der Wind pfiff in der Tat, rieb sich an der Hausecke, schepperte mit einer nicht fest sitzenden Scheibe des rechten Fensters hinter der Gardine. Und wieder rumorte das Wasser im Regenrohr.

Ein sehr sympathisches, ein die Seele erwärmendes Lächeln hatte dieser unrasierte Kauz. Er trug übrigens keinen Streichholzschnitt. Sein Haar war kurz und schütter, aber es bedeckte den großen Kopf. Es war weich und graumeliert.

Er sah nicht wie ein Soldat, aber auch nicht wie ein Zivilist aus.

»Hier.« Er hielt ein Papier in der Hand bereit. »Das ist meine . . .«

»Sofort, sofort.« Sotow nahm sein Papier, ohne es anzuschauen. »Sie . . . nehmen Sie Platz. Hier, dieser Stuhl ist frei.« Er blickte nochmals das Narrenkleid an, kehrte zum Tisch zurück, nahm den chiffrierten Text und die Listen, schloß sie ins Safe ein. Dann gab er Dygin einen Wink, und sie gingen beide zum Militär-Fahrdienstleiter.

Walja diskutierte mit jemandem am Telefon, Tante Frossja kauerte neben dem Ofen und trocknete ihre Kleider. Sotow trat auf Walja zu und griff nach ihrer Hand: nach jener Hand, mit der sie den Hörer hielt.

»Walja ...«

Das Mädchen drehte sich lebhaft um und schaute ihn ein wenig verspielt an, denn sie verstand Sotows Handgriff als ein Zeichen von Zärtlichkeit. Trotzdem führte sie ihr Gespräch zu Ende:

»Der tausendundzwei fährt durch, *an den stellen wir keine Ansprüche.* Leite ihn auf die Strecke nach Tambow, Petrowitsch! ...«

»Walja. Schick schnell Tante Frossja, damit sie diese vier Waggons umschreibt oder einfach den Wagenkupplern zeigt, der Untersergeant hier geht mit. Der Fahrdienstleiter soll sie abhängen und bis morgen früh auf ein Abstellgleis schieben.«

Tante Frossja drehte im Kauern, wie sie war, ihr großes strenges Gesicht dem Leutnant zu und bewegte die Lippen.

»Geht in Ordnung, Wassilij Wassiljewitsch«, lächelte Walja. Obwohl es gar nicht mehr nötig war, hielt sie immer noch den Hörer fest, bis Sotow seine Finger entfernte. »Wird sofort gemacht.«

»Und jener Zug soll mit der nächsten Lokomotive abdampfen. Gib dir bitte Mühe.«

»Werde ich tun, Wassilij Wassiljewitsch«, lächelte sie freudig.

»Das wär's«, wandte sich der Leutnant an Dygin.

Tante Frossja seufzte wie ein Blasebalg, hüstelte und richtete sich auf.

Dygin hob stumm die Hand an die Schläfe und hielt sie dort eine Weile. Sein Anblick war, besonders wegen der baumelnden Mützenohren, alles andere als militärisch.

»Gerade erst einberufen? Du bist wohl Arbeiter?«

»Ja.« Dygin blickte den Leutnant fest und dankbar an.

»Das Dreieck solltest du einschrauben«, sagte Sotow und zeigte auf Dygins leeren Kragenspiegel.

»Geht nicht. Ist kaputtgegangen.«

»Und binde deine Mütze entweder unten zu oder klapp sie nach oben.«

»Oben oder unten«, schnauzte Tante Frossja bereits im Aufbruch, »jedenfalls gehen wir jetzt.«

»Mach's gut und viel Glück!« sagte Sotow. »Morgen wird ein anderer Leutnant hier sein. Laß nicht locker, bis der euch weiter verfrachtet.«

Sotow kehrte in sein Zimmer zurück und schloß die Tür. Er hatte selber noch vor vier Monaten keine Ahnung gehabt, wie man einen Gürtel zuzieht. Das Erheben der Hand zum militärischen Gruß erschien ihm damals besonders albern und lächerlich.

Beim Eintreten Sotows stand der Fremde nicht ganz vom Stuhl auf, machte aber eine Bewegung, die die Bereitschaft ausdrückte, im Bedarfsfall aufzustehen. Der Wäschesack lag jetzt auf dem Fußboden, das gesprenkelte Käppi lag auf dem Sack.

»Bleiben Sie nur sitzen.« Sotow nahm am Tisch Platz. »Also, was ist los?«

Er faltete das Papier.

»Ich ... ich habe meinen Transport verpaßt«, sagte jener mit schuldbewußtem Lächeln.

Sotow las das Papier, es war ein Einholpapier: eine Bestätigung dieses Tatbestands durch den Militär-Kommandanten von Rjashsk. Dabei blickte er den Unbekannten an und stellte einige Kontrollfragen:

»Sie heißen?«

»Tweritinow.«

»Wie noch?«

»Igor Dementjewitsch.«

»Sind Sie bereits über fünfzig?«

»Nein, neunundvierzig.«

»Welche Nummer hatte Ihr Transport?«

»Da habe ich keine Ahnung.«

»Hat man Ihnen die Nummer nicht mitgeteilt?«

»Nein.«

»Und warum steht sie hier? Haben Sie sie genannt?«

(Die Nummer war 245 413, es war der Zug, den Sotow vorige Nacht weitergeleitet hatte.)

»Nein. Ich habe in Rjaschsk erzählt, von wo er kam und wohin er fuhr. Wahrscheinlich kam der Kommandant von selber auf die Nummer.«

»Wo haben Sie den Zug verpaßt?«

»In Skopino.«

»Wie ist das passiert?«

»Wenn ich ehrlich sein soll . . .« Tweritinows große Lippen wurden wieder von jenem um Mitleid bittenden Lächeln gekräuselt, »ich bin rausgegangen, um ein paar Klamotten umzutauschen. Für Lebensmittel . . . Und da war der Zug schon weg. Heutzutage fahren Züge ohne Signal, ohne Pfeifen, ohne Durchsage ab, ganz heimlich, still und leise.«

»Wann ist das passiert?«

»Vorgestern.«

»Und es gelingt Ihnen nicht, den Transport einzuholen?«

»Sieht nicht so aus. Und womit? Auf der offenen Plattform regnet es. Auf der geschlossenen Plattform, Sie wissen schon: die mit dem Leiterchen, zieht es entsetzlich, wenn einen nicht sowieso der Wachtposten fortjagt. In die Begleitwaggons kommt man nicht rein: entweder dürfen sie nicht, oder sie haben keinen Platz. Einmal sah ich einen Personenzug, so eine Art achtes Weltwunder. Da standen die Schaffner zu zweit auf den Trittbrettern und stießen, wissen Sie, die Leute weg, damit sie sich nicht an die Geländer klammern konnten. Und was die Güterzüge anbetrifft: Wenn sie angefahren sind, ist es zum Aufspringen zu spät, und solange sie ohne Lokomotive dastehen, weiß kein Mensch, in welche Richtung sie fahren werden. Sie tragen kein Emailschild ›Moskau–Mineralnyje Wody‹. Fragen kann man nicht, gleich halten sie dich für einen Spion, besonders bei meinem Aufzug. Und überhaupt ist es bei uns gefährlich, Fragen zu stellen.«

»Natürlich, es ist ja Krieg.«

»Das war auch vor dem Krieg nicht anders.«

»Ist mir nicht aufgefallen.«

»Auch vor dem Krieg«, Tweritinow blinzelte ein wenig. »Seit siebenunddreißig . . .«

»Wie kommen Sie auf siebenunddreißig?« staunte Sotow. »Was war im Jahr siebenunddreißig? Der Spanienkrieg?«

»Nicht doch . . .« Tweritinow lächelte wieder schuldbewußt.

Sein weicher grauer Schal hatte sich geöffnet und hing, vorn an der Jacke, bis unter den Gürtel herab.

»Warum tragen Sie nicht Uniform? Wo ist Ihr Armeemantel?«

»Einen Armeemantel hat man mir nicht gegeben. Fehlanzeige«, lächelte Tweritinow.

»Und wo haben Sie diesen Kaftan her?«

»Den haben mir gute Menschen geschenkt.«

»So ist das also.« Sotow dachte nach. »Im Grunde genommen, muß ich Ihnen sagen, haben Sie sich ziemlich rasch fortbewegt. Gestern früh waren Sie beim Kommandanten von Rjaschsk, heute abend bereits sind Sie hier. Wie haben Sie das geschafft?«

Tweritinow blickte Sotow mit seinen großen zutraulichen weichen Augen an. Seine Redeweise empfand Sotow als ausgesprochen angenehm: Im Reden einzuhalten, wenn es schien, daß der Partner einen Einwand machen will, nicht mit den Armen zu fuchteln, sondern seine Rede mittels leichter Fingerbewegungen zu erläutern.

»Ich hatte ein seltenes Glück. Auf irgendeiner Station stieg ich aus einem Halbwaggon ... In diesen zwei Tagen bin ich in die Terminologie des Eisenbahnwesens eingedrungen. Früher glaubte ich, ein ›Halbwaggon‹ müßte irgendwas mit einem richtigen Waggon gemeinsam haben, wenigstens ein halbes Dach. Ich kletterte also die Leiter hinauf, aber da oben war bloß eine eiserne Grube. Ich war also in die Falle gegangen. Ich konnte mich weder hinsetzen noch anlehnen. Früher hatte dort Kohle gelegen, beim Fahren wird der Kohlenstaub hochgewirbelt. Da habe ich was abbekommen. Dann begann es noch zu regnen ...«

»Wieso hatten Sie dann Glück?« lachte Sotow. »Verstehe ich nicht. Ihre Kleider sind ganz schön dreckig geworden!«

Wenn er lachte, bildeten sich zwei große gutmütige Lachfurchen entlang seiner Lippen aus, bis hinauf zur unförmigen Nase.

»Glück hatte ich, als ich aus dem Halbwaggon

hinauskletterte, den Staub wegwischte, mich wusch. Da sehe ich, daß an einen Zug eine Lokomotive Richtung Süden angehängt wird. Ich rannte am Zug entlang, konnte aber keinen Begleitwagen entdekken, und alle Türen waren plombiert. Plötzlich sehe ich: Irgendein Genosse steigt aus, verrichtet seine Notdurft und steigt wieder in einen unverschlossenen kalten Waggon. Ich ihm nach. Stellen Sie sich vor: Der ganze Waggon war mit Wattedecken vollgestopft!«

»Und nicht plombiert?«

»Nein! Offenbar waren die Decken ursprünglich paketweise gebündelt, zu zehn oder fünf Stück. Inzwischen waren viele Pakete aufgeschnürt, und man konnte sich so richtig hineinkuscheln. Einige Mann schliefen bereits!«

»Das ist ja die Höhe!«

»Ich wickelte mich in drei, vier Decken ein und schlief so vorzüglich, so süß: einen ganzen Tag und eine ganze Nacht hindurch. Ob wir fuhren, ob wir standen: Ich weiß überhaupt nichts. Um so mehr, als ich seit drei Tagen keine Ration bekommen habe. Ich schlief und schlief, vergaß den ganzen Krieg, die ganzen Umstände ... Ich träumte von meinen Verwandten ...«

Sein unrasiertes zerknittertes Gesicht leuchtete.

»Halt!« Sotow sprang ruckartig von seinem Stuhl auf. »War das in jenem Zug ... Wann sind Sie angekommen?«

»Gerade erst . . . vor ein paar Minuten. Ich bin gleich zu Ihnen gekommen.«

Sotow sprang zur Tür, schlug sie auf, rannte hinaus. »Walja! Walja! Dieser Durchgangszug nach Balaschow, Nummer tausend wieviel . . .«

»Tausendundzwei.«

»Steht er noch da?«

»Ist bereits abgefahren.«

»Sind Sie sicher?«

»Ganz sicher.«

»Zum Teufel noch mal!« Sotow faßte sich an den Kopf. »Wir sitzen hier, wir verdammten Bürokraten, führen Papierkrieg, sehen nichts, essen für nichts und wieder nichts unser Brot! Rufen Sie Mitschurinsk-Uralskij!«

Er rannte in sein eigenes Zimmer zurück und fragte Tweritinow:

»Können Sie sich an die Waggonnummer erinnern?«

»Nein«, lächelte Tweritinow.

»Ist es ein Zweiachser oder ein Vierachser?«

»Da kenne ich mich nicht so aus.«

»Da gibt es nichts auszukennen. Ein kleiner oder großer Waggon? Wieviel Tonnen schwer?«

»Im Bürgerkrieg sagte man: Vierzig Mann, acht Pferde.«

»Ein Sechzehntonner also. Und keine Begleitmannschaft?«

»Ich habe nichts bemerkt.«

»Wassilij Wassiljewitsch!« rief Walja. »Der Militär-Fahrdienstleiter ist an der Strippe. Wollen Sie den Kommandanten sprechen?«

»Vielleicht auch nicht den Kommandanten. Vielleicht ist die Fracht gar nicht militärisch.«

»Erlauben Sie, daß ich das selber aufkläre?«

»Klären Sie es auf, Waljalein! Vielleicht werden die Decken bloß evakuiert, weiß der Geier. Sie sollen den Zug aufmerksam prüfen, den Waggon ausfindig machen, die Ladung prüfen und das Ganze plombieren. Kurz und gut: Sie sollen die Sache in Ordnung bringen!«

»Gut, Wassilij Wassiljewitsch.«

»Bitte, tun Sie's, Walja. Sie sind ein wertvoller Mitarbeiter!«

Walja lächelte ihm zu. Die Locken fielen ihr ins Gesicht.

»Hallo! Ist dort Mitschurinsk-Uralskij?«

Sotow schloß die Tür und wanderte, immer noch erregt, durchs Zimmer. Dabei schlug er die Handkanten gegeneinander.

»Die Arbeit wächst mir über den Kopf«, sagte er. »Und einen Mitarbeiter gibt man mir nicht!... Diese Decken können im Handumdrehen gestohlen werden. Vielleicht fehlen schon welche.«

Er ging noch eine Weile hin und her und setzte sich dann hin. Er nahm die Brille ab, um sie mit einem Lappen blankzureiben. Tüchtigkeit und rasche Entschlußfähigkeit verschwanden sofort von seinem Gesicht, es bekam einen kindlichen Ausdruck, nur die grüne Mütze beschützte es jetzt.

Tweritinow wartete geduldig. Mit unlustigem Blick musterte er die Verdunklungsrollos, das farbige Porträt Kaganowitschs in der Uniform eines Eisenbahner-Marschalls, den Ofen, den Kohleneimer, die Handschaufel. Für dieses gutgeheizte Zimmer war Tweritinows mit Kohlenstaub bedeckte Tuchjacke zu warm. Er schob sie auf den Rücken und zog den Schal aus.

Der Leutnant setzte die Brille auf und schaute wieder in Tweritinows *Einholpapier.* Das war strenggenommen gar kein richtiger Ausweis, es enthielt die mündlichen Angaben des Vorweisenden, die Wahrheit oder auch Lüge sein konnten. Die Vorschrift verlangte eine höchst genaue Überprüfung der Soldaten, die aus dem Kessel kamen, besonders wenn sie einzeln daherkamen. Tweritinow konnte nicht nachweisen, daß er seinen Zug in Skopino und nirgends sonst verpaßt hatte. Vielleicht war das in Pawelez passiert? Vielleicht hatte er unterdessen in Moskau oder sonstwo einen Auftrag ausgeführt?

Zu seinen Gunsten sprach freilich, daß er sich so rasch fortbewegt hatte.

Andererseits: wo war die Garantie, daß er gerade aus diesem Zug kam?

»Sie hatten es also warm beim Fahren?«

»Natürlich. Ich wäre gern weiter so gefahren.«

»Warum sind Sie dann ausgestiegen?«

»Um mich bei Ihnen zu melden. Das hat man mir in Rjaschsk befohlen.«

Auf Tweritinows großem Kopf hatten alle Züge Format. Die Stirn war breit und hoch, die Brauen buschig, die Nase groß. Das Kinn und die Wangen waren gleichmäßig mit weißgrauen Stoppeln bewachsen.

»Woher wußten Sie, daß Sie in Kretschetowka sind?«

»Ein Georgier, der neben mir schlief, hat es gesagt.«

»Eine Militärperson? In welchem Rang?«

»Weiß ich nicht, aus den Decken ragte bloß sein Kopf hervor.«

Tweritinow antwortete jetzt irgendwie traurig, so als würde er mit jeder Antwort irgend etwas verlieren.

»So.« Sotow legte das *Einholpapier* beiseite. »Was für Ausweise besitzen Sie noch?«

»Gar keine . . .«, lächelte Tweritinow wehmütig. »Wo soll ich sie denn hernehmen?«

»Gar keine Ausweise, sagen Sie . . .«

»Im Kessel haben wir sie absichtlich vernichtet.«

»Aber als man Sie auf sowjetischem Gebiet registrierte, mußte man Ihnen doch irgendwas in die Hand drücken?«

»Rein gar nichts. Es wurden Listen aufgestellt, dann wurden wir in Gruppen zu vierzig Mann aufgeteilt und auf den Weg geschickt.«

Richtig, genauso mußte es sein. Solange ein Mann seinen Zug nicht verpaßt, ist er ein Glied der Vierzigmann-Gruppe und braucht keinen Ausweis.

Aber seine unwillkürliche Sympathie für diesen gut erzogenen Mann mit so einem charaktervollen Kopf wollte Sotow doch lieber durch irgendein handfestes Beweisstück untermauern.

»Irgendwas! Hat sich in Ihren Taschen irgendwas aus Papier erhalten?«

»Höchstens . . . ein paar Familienfotos.«

»Zeigen Sie mal!« Das war kein Befehl, sondern eine Bitte.

Tweritinows Brauen hoben sich leicht. Er lächelte wieder jenes verlegene Lächeln, das sich nicht ausdrücken kann, und holte aus der gleichen Brusttasche der Armeebluse (die andere konnte nicht zugeknöpft werden, denn es war kein Knopf da) ein flaches Päckchen aus dickem orangegelbem Papier. Er schnürte es auf den Knien auf, entnahm ihm zwei Fotos vom Format neun mal zwölf, blickte beide zunächst selber an, stand dann auf, um sie dem Kommandanten zu überreichen, aber von seinem Stuhl bis zum Tisch war es nicht weit. Sotow neigte sich zu ihm hinüber und nahm die Fotos an sich. Er begann sie zu betrachten, während Tweritinow, der weiterhin das auseinandergebogene Umschlagpapier auf den Knien hielt, jetzt seinen Rücken aufrichtete und den Versuch machte, aus der Entfernung mitzuschauen.

Auf einem der Bilder sah man einen sonnigen Tag in einem kleinen Garten, vermutlich an einem Vorfrühlingstag, denn die Blätter der Bäume waren noch ganz winzig, und die Bäume selber ließen den Horizont durchscheinen. Man sah ein Mädchen von vielleicht vierzehn Jahren in einem graugestreiften Kleid. Aus dem offenen Kragen ragte ein langer schmaler Hals empor, das Gesicht war straff und feingeschnitten. Obwohl es sich auf dem Bild nicht bewegte, schien es gerade zusammengezuckt zu sein. Das ganze Foto hatte etwas Unausgereiftes, Nichtfertiggesprochenes. So war es kein fröhliches, sondern ein beklemmendes Foto.

Das Mädchen gefiel Sotow sehr. Seine Lippen entspannten sich.

»Wie heißt sie?« fragte er leise.

Tweritinow saß mit geschlossenen Augen da.

»Ljalja«, erwiderte er noch leiser. Dann schlug er die Lider auf und berichtigte sich: »Irina.«

»Wann aufgenommen?«

»In diesem Jahr.«

»Und wo?«

»Bei Moskau.«

Ein halbes Jahr! Ein halbes Jahr war seit jener Minute vergangen, als eine Stimme: »Ljalja, ich knipse!« sagte und der Fotoapparat klickklack machte, aber seither hatten Zigtausende von Kanonenrohren gedröhnt, waren Millionen schwarzer Erdfontänen aufgewirbelt. Millionen von Menschen hatten in diesem verfluchten Karussell gekreist: Die einen zu Fuß aus Litauen, die anderen per Bahn aus Irkutsk. Hier und jetzt auf diesem Bahnhof, wo der kalte Wind den Regen mit dem Schnee vermengte, wo die Transportzüge herumstanden, wo sich die Menschen am Tag sinnlos drängten und nachts auf den schwarzen Fußböden reihenweise schliefen: wie unglaubwürdig erschien es da, daß es auch heute diesen kleinen Garten, dieses Mädchen, dieses Mädchenkleid auf der Welt gibt!

Auf dem zweiten Bild saßen Frau und Knabe auf einem Sofa und schauten sich ein großformatiges Bilderbuch an. Auch die Mutter war hager, schlank und vermutlich hochgewachsen, während der siebenjährige Junge mit kräftigem Gesicht und gar zu klugem Gesichtsausdruck nicht ins Buch hinein, sondern auf die Mutter schaute, die ihm irgendwas erklärte. Er hatte die großen Augen seines Vaters.

Überhaupt sahen sie alle in der Familie irgendwie ungewöhnlich aus. Sotow hatte nie die Gelegenheit gehabt, sich in solchen Familien aufzuhalten, aber kleine Gedächtnis-Einkerbungen aus der Tretjakow-Galerie, von Theaterbesuch und Lektüre her hatten sich bei ihm zur Einsicht ausgebildet, daß es solche Familien gibt. Ihre kluge Gemütlichkeit wehte Sotow von diesen zwei Fotos an.

Sotow reichte sie zurück und bemerkte:

»Es ist warm hier. Legen Sie doch ab.«

»Ja«, sagte Tweritinow und zog bereitwillig seine Jacke aus. Er wußte nicht, wo er sie hinlegen sollte.

»Legen Sie die Jacke aufs Sofa«, sagte Sotow und machte sogar Anstalten, es selber zu tun.

Jetzt wurde sichtbar, daß Tweritinows Sommerzeug Flicken und Risse aufwies, daß die Knöpfe nicht einheitlich, die Gamaschen ungeschickt gewickelt waren: Die freien Enden hingen herab und baumelten. Der ganze Aufzug dieses Mannes schien seinen großen graumelierten Kopf zu verhöhnen.

Sotow hielt mit der Sympathie für diesen ausgewogenen Mann, der ihm nicht umsonst von Anfang an so gut gefallen hatte, nicht mehr zurück.

»Und wer sind Sie selbst?« fragte er voller Hochachtung.

Tweritinow wickelte die Fotos ins orangegelbe Papier. Er lächelte, als er antwortete:

»Schauspieler.«

»Wirklich?« wunderte sich Sotow. »Wie bin ich nur nicht selber drauf gekommen? Sie sehen ganz genau wie ein Schauspieler aus.«

(Jetzt im Augenblick sah er nun gerade nicht so aus! ...)

»Wahrscheinlich ein Verdienter?«

»Nein.«

»Wo haben Sie gespielt?«

»Im Dramatischen Theater in Moskau.«

»In Moskau war ich nur einmal, da ging ich ins

MChAT, das war auf einer Exkursion. Aber in Iwanowo war ich oft im Theater. Haben Sie das neue Theater in Iwanowo gesehen?«

»Nein.«

»Von außen ist es nicht besonders, ein grauer Kasten aus Eisenbeton, aber innen ist es wunderbar! Ich bin sehr gern ins Theater gegangen, schließlich dient das nicht nur der Unterhaltung, man lernt ja auch allerhand, nicht wahr?«

(Die Akten über den verbrannten Transportzug lagen ihm natürlich im Magen, aber für die müßte er sowieso noch zwei volle Tage aufwenden. Und die Aussicht, einen großen Schauspieler kennenzulernen und ein Stündchen mit ihm zu plaudern, schmeichelte Sotow ungemein.)

»Welche Rollen haben Sie gespielt?«

»Viele.« Tweritinow lächelte traurig. »In all den vielen Jahren.«

»Und genauer! Welche zum Beispiel?«

». . . den Oberstleutnant Werschinin . . . den Doktor Rank . . .«

»Mhm . . . mhm«. (Sotow konnte sich an diese Rollen nicht erinnern.) »Haben Sie auch in Gorkijs Stücken mitgespielt?«

»Natürlich, allerdings.«

»Gorkijs Stücke liebe ich besonders. Und überhaupt Gorkij! Er ist unser klügster, unser humanster, unser allergrößter Schriftsteller, finden Sie nicht auch?«

Tweritinow versuchte, mittels seiner Augenbrauen eine Antwort zu finden. Er fand sie aber nicht und schwieg.

»Ich glaube, ich kenne sogar Ihren Familiennamen. Sie sind also kein Verdienter?« Das Vergnügen des Gesprächs hatte Sotow leicht erröten lassen.

»Wenn ich ein Verdienter wäre«, meinte Tweritinow mit einer unschlüssigen Bewegung der Hände, »dann stünde ich wahrscheinlich jetzt nicht hier.«

»Wieso? . . . Ach so, man hätte Sie dann nicht eingezogen.«

»Man hat uns auch nicht eingezogen. Wir meldeten uns zum Volkssturm. Freiwillig.«

»Aber die Verdienten haben sich doch wohl auch freiwillig gemeldet.«

»Gemeldet haben sich alle, von den Oberspielleitern abwärts. Aber dann zog irgendwer einen unsichtbaren Strich. Die über dem Strich blieben im Theater, die darunter zogen ins Feld.«

»Wurden Sie militärisch ausgebildet?«

»Einige Tage lang. Im Bajonettangriff. Mit Stökken. Und wie man Handgranaten wirft, hölzerne.«

Tweritinows Augen fixierten eine Stelle des Fußbodens, sie wirkten jetzt glasig.

»Aber dann hat man sie doch – bewaffnet?«

»Nachdem wir bereits in Marsch gesetzt waren. Mit Gewehren, Jahrgang einundneunzig. Bis Wjasma sind wir zu Fuß marschiert. Und bei Wjasma gerieten wir in den Kessel hinein.«

»Sind viele umgekommen?«

»Ich denke, noch mehr sind in Gefangenschaft geraten. Eine kleine Gruppe von uns vereinigte sich mit ein paar Frontsoldaten, die führten uns aus dem Kessel heraus. Ich weiß nicht einmal, wo jetzt die Front verläuft. Haben Sie eine Karte da?«

»Eine Landkarte habe ich nicht, die Heeresberichte lauten unklar, aber ich kann Ihnen die Frontlage erklären. Sewastopol mit einem Stückchen Krim gehört uns, Taganrog ebenfalls, auch das Donezbecken haben wir fest in der Hand. Orjol und Kursk haben die Deutschen erobert . . .«

»Oje! . . . Und wie sieht es bei Moskau aus?«

»Die Lage bei Moskau ist besonders undurchsichtig. In den Heeresberichten werden schon einige Vororte genannt. Und Leningrad ist abgeschnitten . . .«

Sotows Stirn und Augenpartie bedeckten sich mit leidvollen Runzeln: »Und ich bringe es nicht fertig, an die Front zu kommen!«

»Sie kommen schon noch hin.«

»Höchstens wenn der Krieg länger als ein Jahr dauert.«

»Waren Sie Student?«

»Ja. Wir haben unsere Diplome schon in den ersten Kriegstagen verteidigt . . . Wenn man das so nennen kann! . . . Denn eigentlich wären wir erst im Dezember fertig geworden. Als der Krieg ausbrach, sagte man uns: Alles her, was ihr habt, alle Zeichnungen und Berechnungen, es geht auch so.« Sotow fand das Gespräch immer interessanter, er fühlte sich frei, er wollte alles auf einmal erzählen: »Wenn ich an diese ganzen fünf Jahre denke . . . Als wir ins Institut eintraten, da hatte Franco bereits geputscht. Dann fiel Österreich. Die ČSR. Schon begann der Weltkrieg. Dann der Finnlandkrieg. Hitler eroberte Frankreich! Griechenland! Jugoslawien! . . . Wie soll man sich da ins Studium von Textilmaschinen vertiefen! Aber darum geht es gar nicht. Nach Verteidigung der Diplome schickte man uns sofort auf einen Lehrgang an der Akademie für Motorisierung und Mechanisierung, bloß mich nicht, wegen meiner Augen, ich bin nämlich sehr kurzsichtig. Nun, ich nahm jeden Tag das Wehrbezirkskommando im Sturm, jeden Tag. Wie man das macht, wußte ich bereits seit siebenunddreißig . . . Das einzige, was ich erreichte, war eine Beorderung an die Akademie für Intendanzwesen. Auch recht. Mit dem Beorderungsschein in der Tasche fuhr ich durch Moskau und sprach im Volkskommissariat für Verteidigung vor. Ich drang bis zu einem alten Obersten vor, der es furchtbar eilig hatte, er hatte seine Aktentasche bereits zugeschnallt. Ich stellte mich vor, sagte, ich sei Ingenieur und hätte wenig Lust, Intendant zu werden. ›Zeigen Sie Ihr Diplom!‹ Das Diplom hatte ich nicht dabei . . . ›Gut, ich stelle dir eine einzige Frage, wenn du die beantworten kannst, glaub ich dir, daß du Ingenieur bist: Was ist ein Krummzapfen?‹ Ich antworte, wie aus der Pistole geschossen: ›Eine Einrichtung, die auf die Rotationsachse aufgesetzt und mittels Gelenk mit der Triebstange verbunden ist, zwecks . . .‹ Er streicht das Intendanzwesen durch und schreibt: ›In die Transportakademie.‹ Und fort war er mitsamt seiner Aktentasche. Ich triumphiere! Aber die kalte Dusche blieb nicht aus. Die Transportakademie hatte Aufnahmesperre, es gab nur Lehrgänge für Militär-Kommandanten. Da half auch der beste Krummzapfen nichts! . . .«

Wassja wußte, daß jetzt nicht die Zeit für Plaudereien und Erinnerungen war, aber die Gelegenheit, mit einem gebildeten aufmerksamen Menschen ein persönliches Gespräch zu führen, bot sich gar zu selten.

»Sie rauchen sicher?« fiel ihm ein. »Rauchen Sie doch bitte . . .« – er schaute auf das *Einholpapier*, um festzustellen, wie man Tweritinow anreden muß – »rauchen Sie doch bitte, Igor Dementjewitsch. Hier ist Tabak, hier ist Papier. Ich bekomme das zugeteilt, aber ich bin Nichtraucher.«

Er holte aus der Schublade eine Packung leichten Tabaks, die nur ein wenig angebrochen war, und schob sie zu Tweritinow hinüber.

»Ich rauche«, gestand dieser, auf seinem Gesicht zeichnete sich Vorfreude ab. Er stand auf, beugte sich über die Packung, begann aber nicht gleich zu drehen, sondern ließ zunächst einfach den Tabakduft in sich einströmen. Dabei stöhnte er sogar leicht auf. Dann las er die Bezeichnung des Tabaks und drehte seinen Kopf hin und her: »Armenischer . . .«

Er drehte sich eine dicke Zigarette, klebte sie mit der Zunge fest, und schon hielt ihm Wassja das Streichholz hin.

»In den Wattedecken: raucht dort keiner?« fragte er.

»Mir ist nichts aufgefallen«, erwiderte Tweritinow, bereits tabakselig. »Ich nehme an, daß keiner was dabeihatte.«

Er rauchte mit zugekniffenen Augen.

»Sie haben vorhin das Jahr siebenunddreißig erwähnt«, war alles, was er fragte.

»Nun, Sie erinnern sich an die damaligen Umstände«, fuhr Wassja in seiner bewegten Erzählung fort. »Krieg in Spanien! Die Faschisten sitzen in der Universitätsstadt. Die Interbrigade! Guadalajara, Jarama, Teruel! Und wir müssen stillsitzen. Wir fordern, daß man uns Spanisch lehrt – nein, man lehrt uns Deutsch. Ich besorge mir ein Lehrbuch, ein Wörterbuch, lasse alle Prüfungen sausen – ich lerne Spanisch. Der ganzen Situation nach spüre ich, daß wir dort mitmachen. Das revolutionäre Gewissen würde es uns auch gar nicht erlauben, beiseite zu stehen. Aber in den Zeitungen steht nichts darüber. Wie komme ich bloß nach Spanien? Es ist mir klar, daß eine Flucht auf dem Seeweg, über Odessa, eine Kinderei wäre, ganz abgesehen von unseren Grenzsoldaten. So gehe ich denn zum Chef der vierten Abteilung des Wehrbezirkskommandos, zum Chef der dritten, der zweiten, der ersten Abteilung. Ich sage: Schickt mich nach Spanien! Alle lachen sie: ›Du hast wohl einen Vogel, dort ist niemand von uns, was sollst du dort? . . .‹ Ich sehe schon, Sie rauchen gern, stecken Sie doch die ganze Packung ein! Ich behalte den Tabak sowieso nur für meine Gäste. Zu Hause habe ich noch mehr davon. Nein, legen Sie sie bitte in den Wäschesack und schnüren Sie den Sack zu, vorher glaub ich Ihnen nicht! . . . Tabak ist heute soviel wie eine Reisegenehmigung, Sie werden ihn unterwegs brauchen . . . Ja, und plötzlich, verstehen Sie, lese ich im ›Roten Stern‹, ich habe damals ohne Ausnahme alle Zeitungen gelesen, ich lese also, daß sie einen französischen Journalisten zitieren, der unter anderem schreibt: ›Deutschland und die UdSSR betrachten Spanien als ein Übungs-Polygon.‹ Ich aber bin ein supergenauer Mensch. Ich leihe mir diese Ausgabe aus der Bibliothek, warte noch drei Tage, ob ein redaktionelles Dementi kommt. Es kommt keines. Darauf gehe ich zum Wehrbezirks-Kommandanten persönlich und sage: ›Da, lesen Sie. Ein Dementi hat es nicht gegeben, es ist also Tatsache, daß wir dort kämpfen. Ich bitte, mich als einfachen Schützen nach Spanien zu schicken!‹ Der Kommandant schlägt mit der Faust auf den Tisch: ›Provozieren Sie mich nicht! Wer hat Sie geschickt? Wenn Bedarf ist, werden wir Sie rufen. Kehrt um, marsch, marsch!«

Bei dieser Erinnerung mußte Wassja herzlich lachen. Die Lachfältchen legten sich wieder auf sein Gesicht. In Gegenwart dieses Schauspielers fühlte er sich ausgesprochen gelockert. Er verspürte Lust, ihm von der Ankunft der spanischen Matrosen zu erzählen, und wie er sie mit einer Rede auf spanisch begrüßte. Er hätte ihn gern gefragt, wie es im Kessel war, hätte sich überhaupt gern über den Kriegsverlauf unterhalten mit diesem gebildeten und klugen Mann.

Aber Podschebjakina schaute durch den Türspalt:

»Wassilij Wassiljewitsch! Der Fahrdienstleiter fragt, ob mit siebenhundert vierundneunzig etwas ist. Sonst lassen wir ihn durchfahren.«

Sotow schaute in den Fahrplan:

»Welchen meinst du? Den nach Poworino?«

»Ja.«

»Ist er schon eingetroffen?«

»So in zehn Minuten ist er da.«

»Für uns ist nicht viel dabei. Was ist sonst noch drin?«

»Industriegüter und ein paar Personenwaggons.«

»Ausgezeichnet! Das ist ja ausgezeichnet! Igor Dementjewitsch, in diesen Zug setze ich Sie. Der kommt wie gerufen, Sie brauchen dann nicht mehr auszusteigen. Nein, Walja, es ist alles in Ordnung, kann gleich weiterfahren. Der Zug soll näher zum Bahnhofsgebäude einlaufen, auf Gleis eins oder zwei, sag das durch.«

»Mach ich, Wassilij Wassiljewitsch.«

»Hast du die Sache mit den Wattedecken durchgegeben?«

»Hab ich, Wassilij Wassiljewitsch.« Sie ging fort.

»Eines tut mir leid, daß ich Ihnen nichts zu essen geben kann, nicht einmal ein Zwieback ist hier in der Schublade drin.« Sotow zog die Schublade heraus, als sei er nicht ganz sicher, ob nicht vielleicht doch ein Zwieback drin war. Aber er bezog eine ganz gewöhnliche Ration, und das Brot, das er zum Dienst mitbrachte, aß Wassja gleich am Morgen auf. »Sie haben doch, seit Sie Ihren Transport verpaßten, nichts gegessen?«

»Um Gottes willen, beunruhigen Sie sich nicht, Wassilij Wassiljewitsch.« Tweritinow preßte seine gespreizten fünf Finger an die vergammelte Armeebluse mit den diversen Knöpfen. »Ich bin Ihnen ohnehin unendlich dankbar.« Blick und Stimme waren nicht mehr traurig. »Sie haben mir Wärme gespendet, im buchstäblichen und im übertragenen Sinne. Sie sind ein guter Mensch. In einer so schweren Zeit weiß man das zu schätzen. Jetzt erklären Sie mir bitte, wohin ich fahren werde und was ich weiter tun soll.«

»Zuerst fahren Sie«, erläuterte Sotow mit großem Vergnügen, »bis zum Bahnhof Grjasi. Schade, daß ich keine Karte habe. Können Sie sich vorstellen, wo das ist?«

»Nicht sehr . . . Den Ortsnamen habe ich, glaube ich, gehört.«

»Der Bahnhof ist sehr bekannt! Wenn Sie am Tag in Grjasi eintreffen, dann gehen Sie mit Ihrem Papier – sehen Sie, ich mache darauf den Vermerk, daß Sie bei mir waren – Sie gehen also zum Militär-Kommandanten, der stellt Ihnen eine Bescheinigung für die Versorgungsstelle aus, und dort bekommen Sie eine Ration für mehrere Tage.«

»Ich bin Ihnen sehr dankbar.«

»Sollten Sie aber nachts in Grjasi ankommen, dann bleiben Sie im Waggon, steigen Sie nicht aus. Bleiben Sie in diesem Zug drin. In Ihren Wattedekken wären Sie ganz schön reingerasselt, wenn Sie nicht aufgewacht wären. Wer weiß, wo Sie gelandet wären! Von Grjasi fährt Ihr Zug nach Poronino, aber auch dort dürfen Sie nicht hängenbleiben, höchstens Ihre Ration abholen, denn der Zug bringt Sie weiter bis Artscheda. Das ist der Zielort Ihres Transports Nummer zweihundertfünfundvierzig vierhundertunddreizehn.«

Sotow händigte Tweritinow das *Einholpapier* aus. Der verstaute es in seiner Brusttasche, in der mit Knopf, und fragte:

»Artscheda? Nie gehört. Wo ist das?«

»Das liegt bereits bei Stalingrad.«

»Bei Stalingrad«, nickte Tweritinow. Aber seine Stirn runzelte sich. Er machte eine zerstreute Anstrengung und fragte: »Erlauben Sie ... Stalingrad ... Wie hieß Stalingrad früher?«

Da wurde es in Sotows Innern ganz kalt, und irgendwas zerbrach in ihm. War das möglich? Ein Sowjetmensch, der Stalingrad nicht kennt! Das kann einfach nicht sein! Unter keinen Umständen! Unter keinen! Das wollte einfach nicht in Sotows Kopf hinein.

Aber es gelang ihm, sich zusammenzunehmen. Er rückte seine Brille zurecht. Sagte beinahe ruhig:

»Früher hieß Stalingrad Zarizyn.«

(Er kommt also nicht aus dem Kessel. Man hat ihn geschickt. Er ist ein Agent! Wahrscheinlich ein Emigrant, daher auch die Manieren.)

»Ach ja, richtig, Zarizyn. Die Verteidigung von Zarizyn ...«

(Vielleicht ist er gar ein verkleideter Offizier? Darum also hat er nach einer Landkarte gefragt ... Und die Sache mit der Kleidung ist reichlich überspielt.)

Das feindliche Wort »Offizier«, das längst aus der russischen Umgangssprache verschwunden war, durchbohrte Sotow, obwohl er es nur in Gedanken aussprach, wie ein Bajonett.

(Zu gutmütig gewesen! Zu vertrauensselig! Jetzt also Ruhe. Und Wachsamkeit. Was ist jetzt zu tun? Was ist zu tun?)

Sotow gab ein langes Klingelzeichen mit dem Feldtelefon.

Und hielt den Hörer ans Ohr, in der Hoffnung, daß der Hauptmann seinen Hörer abnimmt.

Aber der Hauptmann nahm seinen Hörer nicht ab.

»Wassilij Wassiljewitsch, ich bekomme Gewissensbisse wegen des Tabaks. Ich habe Sie ganz schön ausgenommen.«

»Aber das macht doch nichts. Ich bitte Sie.«

(Ich Waschlappen, ich. Habe mich breitschlagen lassen. Habe den Feind umsorgt wie meinen besten Freund.)

»Dann gestatten Sie bitte, daß ich Ihnen noch mal das Zimmer vollpaffe. Oder soll ich rausgehen?«

(Ob er rausgehen soll? Ein durchsichtiger Trick! Er hat Lunte gerochen, jetzt will er verduften.)

»Nein-nein, rauchen Sie hier. Ich liebe Tabakrauch.«

(Wenn mir bloß was einfiele! Wie soll ich es anstellen?)

Er drückte einmal auf die Taste des Feldtelefons. Der Hörer am anderen Ende wurde abgenommen:

»Hier ist die Wache.«

»Hier spricht Sotow.«

»Ich höre, Genosse Leutnant.«

»Wo ist Gussjkow?«

»Er ist ... er ist rausgegangen, Genosse Leutnant.«

»Was heißt: rausgegangen? Wo rausgegangen? Sorg dafür, daß er in fünf Minuten wieder da ist.«

(Der pennt mit einem Weib, der Schuft!)

»Jawohl, wird geschehen, Genosse Leutnant.«

(Was soll ich mir bloß einfallen lassen?)

Sotow nahm ein Blatt Papier, verdeckte es mit der

Hand und schrieb darauf mit großen Buchstaben: »Walja, kommen Sie rein und sagen Sie, daß Nummer 794 sich um eine Stunde verspätet.«

Er faltete das Blatt, trat auf die Tür zu und sagte, von seinem Zimmer aus, mit vorgestreckter Hand:

»Genossin Podschebjakina! Nehmen Sie das bitte. Das betrifft jenen Transport.«

»Welchen denn, Wassilij Wassiljewitsch?«

»Die Nummern stehen drauf.«

Walja wunderte sich, stand auf, nahm das Papier.

Sotow kehrte unverzüglich zurück.

Tweritinow zog sich bereits an.

»Werden wir den Zug nicht verpassen?« lächelte er wohlmeinend.

»Nein, man wird uns benachrichtigen.«

Sotow ging einmal durchs Zimmer, ohne Tweritinow anzuschauen. Er straffte die Bluse hinten am Rücken, schob die Pistole vom Rücken auf die rechte Seite. Rückte auf dem Kopf die grüne Mütze zurecht. Es gab absolut nichts zu tun und nichts zu bereden. Und lügen – das konnte Sotow nicht. Wenn wenigstens Tweritinow etwas gesagt hätte, aber er schwieg bescheiden.

Draußen vor dem Fenster murmelte ab und zu das Wasser im Rohr, das der Wind wegstieß und verspritzte.

Der Leutnant blieb neben seinem Tisch stehen, hielt sich an dessen Ecke fest, betrachtete seine Finger.

(Um die Veränderung nicht zu zeigen, hätte er Tweritinow weiter anblicken müssen, aber er konnte sich nicht dazu zwingen.)

»In einigen Tagen ist also Feiertag!« sagte er und legte sich auf die Lauer.

(Nun, frag doch schon, frag: Was für ein Feiertag? Dann wird der letzte Zweifel beseitigt sein.)

Aber der Gast sagte nur:

»Ja-a . . .«

Der Leutnant blickte ihn scharf an. Tweritinow nickte und rauchte.

»Ob es wohl eine Parade auf dem Roten Platz gibt?«

(Wer denkt jetzt an Paraden! Er dachte auch gar nicht daran, er wollte nur Zeit gewinnen.)

An der Tür wurde geklopft.

»Darf ich, Wassilij Wassiljewitsch?« Walja steckte ihren Kopf durch den Türspalt. Tweritinow sah sie und griff nach seinem Wäschesack. »Siebenhundert vierundneunzig ist unterwegs aufgehalten worden. Er verspätet sich um eine Stunde.«

»Ja-a-a! Das ist aber schade. (Die Verstellung in seiner Stimme war ihm selber zuwider.) Danke, Genossin Podschebjakina.«

Walja verschwand wieder.

Draußen, ganz nahe, auf Gleis eins, war das verhaltene Fauchen einer Lokomotive und das sich verlangsamende Geratter eines Zuges zu hören. Das Beben der Erde war deutlich zu spüren.

»Was soll ich tun?« sagte Sotow. »Ich muß unbedingt zur Versorgungsstelle gehen.«

»Dann gehe ich eben raus. Mir ist es egal, wo ich mich aufhalte«, sagte Tweritinow bereitwillig. Er lächelte. Er stand bereits auf, den Wäschesack in der Hand.

Sotow nahm seinen Mantel vom Nagel.

»Wozu sollen Sie irgendwo frieren? In den Wartesaal kommen Sie nicht rein, da liegen sie zuhauf auf dem Boden. Wollen Sie nicht zur Versorgungsstelle mitkommen?«

Das klang nicht überzeugend, deshalb fügte er hinzu, errötend, wie er spürte:

»Ich könnte ... vielleicht kann ich etwas Eßbares für Sie dort auftreiben ...«

Wenn sich Tweritinow wenigstens nicht gefreut hätte! Aber er strahlte förmlich auf:

»Das wäre Ihrerseits der Gipfel der Freundlichkeit. Ich wage es nicht, Sie darum zu bitten.«

Sotow wandte sich ab, inspizierte den Tisch, berührte die Safetür mit der Hand, schaltete das Licht aus:

»Also, gehen wir.«

Beim Abschließen der Tür sagte er zu Walja:

»Falls man mich vom Telegrafen ruft: Ich bin bald wieder da.«

Tweritinow ging vor ihm hinaus, in seinem läppischen Kaftan und den nicht fest geschnürten Wadenwickeln.

Durch einen schmalen dunklen kalten Korridor, in dem eine blaue Lampe brannte, traten sie auf den Bahnsteig hinaus.

In der Dunkelheit der Nacht jagten unter einem nicht wahrnehmbaren Himmel schwere, schiefe und gar nicht weiße Flocken dahin: kein Regen, kein Schnee, sondern Schneematsch.

Gleich auf Gleis eins stand der Zug. Er war ganz schwarz, aber etwas schwärzer als der Himmel, daher konnte man seine Waggons und Waggondächer erraten. Links, dort wo die Lokomotive gehalten hatte, leuchtete feuerspeiend der Aschenkasten, fiel heiße leuchtende Asche auf den Bahnkörper und wurde rasch seitlich abgelenkt. Noch weiter weg und höher hing, scheinbar nirgendwo befestigt, ein einsames grünes rundes Licht. Rechterhand, am Zugende, spritzten über den Waggons kleine Garben feuerroter Funken auf. Dorthin, zu diesen Lebensfunken, eilten dunkle Gestalten, vorwiegend Frauen, den Bahnsteig entlang. Irgend etwas unsichtbar Lastendes verschmolz den schweren Atem der vielen in eins.

Die Weiber zogen weinende und stumme Kinder hinter sich her. Zwei Leute trugen keuchend eine riesige Truhe oder etwas in der Art an Sotow vorbei und stießen ihn beiseite. Hinter ihnen schleifte jemand irgendwas Schweres und Knirschendes an einem Seil über den Bahnsteig. (Ausgerechnet jetzt, wo das Bahnfahren zu einer Tortur geworden war, fuhr keiner ohne Säugling und Oma los, führte jeder unhebbare Säcke, sofagroße Körbe und kommodenförmige Truhen mit sich.) Wäre nicht die Asche unter der Lokomotive gewesen, nicht das Signal, nicht die Funken aus den Schornsteinen der bewohnten Waggons und nicht das abgeblendete Licht einer Laterne, das irgendwo auf fernen Gleisen aufblinkte – man hätte nicht geglaubt, daß viele Transportzüge hier stehen, daß das ein Bahnhof ist und kein Urwald, kein dunkles abgeerntetes Feld, das sich im langsamen Wechsel der Jahreszeiten jetzt dem heraufziehenden Winter demütig ergibt.

Aber das Ohr hörte das Klirren der Kupplungen, das Horn des Weichenstellers, das Fauchen zweier Loks, das Getrampel und Geraune der in Unruhe versetzten Menschen.

»Wir müssen hier entlang.« Sotow rief seinen Begleiter in einen kleinen Durchlaß, der sich seitlich am Bahnsteig hinzog.

Er hatte eine Taschenlampe mit Blauglas dabei und leuchtete einige Male auf den Boden, damit auch Tweritinow den Weg sieht.

»O weh, bald wäre meine Mütze weggeflogen«, klagte dieser. Der Leutnant schritt stumm einher.

»Schnee oder nicht Schnee, er fällt in den Kragen rein.« Dabei besaß Tweritinow gar keinen Kragen.

»Gleich kommt eine schmutzige Stelle«, warnte der Leutnant.

Sie traten in schmatzenden glitschigen Dreck, ein trockener Weg war nicht zu finden.

»Halt! Wer da?« rief ohrenbetäubend ganz nahe ein Wachtposten.

Tweritinow zuckte zusammen.

»Leutnant Sotow.«

So gingen sie weiter, bis zum Knöchel im Dreck, in dem ihre Füße immer wieder zu versinken drohten, gingen um das Gebäude der Versorgungsstelle herum und traten von der Rückseite her ein. Sie stampften mit den Füßen auf und fegten den Schneematsch von den Schultern. Der Leutnant leuchtete mit der Taschenlampe in die Diele und führte Tweritinow in den Gemeinschaftsraum, wo ein leerer Tisch und zwei Holzbänke standen. (Die Soldaten der Versorgungsstelle nahmen hier ihr Essen ein und erhielten hier ihre theoretische Ausbildung.) Schon lange suchte man nach einer Leitungsschnur, um eine Lampe hinzuhängen, aber bis jetzt wurde der ungeweißte, bretterwandige Raum schwach und ungleichmäßig durch eine auf den Tisch gestellte Laterne beleuchtet. Die Ecken des Zimmers blieben im Dunkeln.

Die Tür des Wachraumes öffnete sich. Von hinten elektrisch beleuchtet, von vorne dunkel, stellte sich ein Soldat in der Tür auf.

»Wo ist Gussjkow?« fragte Sotow streng.

»Halt! Wer da?« brüllte jemand draußen vor dem Haus.

Stiefel trampelten, Gussjkow und der nach ihm geschickte Rotarmist betraten den Raum.

»Melde mich zur Stelle, Genosse Leutnant.« Gussjkow machte eine Bewegung, die nur andeutungsweise einem militärischen Gruß ähnelte. Auf seinem stets ein wenig unverschämten Gesicht erriet Sotow, trotz der mangelhaften Beleuchtung, ein unzufriedenes Zucken. Gussjkow war sauer, daß ihn der Leutnant, dem er nicht einmal richtig unterstand, wegen irgendeiner Lappalie rufen ließ.

Da brüllte Sotow wütend los:

»Sergeant Gussjkow! Wieviel Posten stellen Sie laut Vorschrift auf?«

Gussjkow erschrak nicht, er war verblüfft (Sotow brüllte nie). Er antwortete leise:

»Laut Vorschrift zwei, aber Sie wissen doch, daß . . .«

»Ich weiß gar nichts! Richten Sie sich gefälligst nach der Wachvorschrift!«

Gussjkows Lippe zuckte wieder auf:

»Rotarmist Beobnew! Nehmen Sie Ihr Gewehr und stellen Sie sich auf den Posten.«

Jener Soldat, der Gussjkow abgeholt hatte, ging um die Vorgesetzten herum, schwer aufstampfend, in den Nachbarraum.

»Und Sie, Sergeant, kommen mit mir zur Kommandantur mit!«

Gussjkow hatte schon vorher geahnt, daß etwas passiert war.

Der Rotarmist kam zurück, Gewehr und Bajonett in der Hand, marschierte an allen vorbei und nahm an der Tür in der Diele die Pose eines Wachtpostens ein.

(Jetzt verließ Sotow fast der Mut. Er wußte nicht, was für Worte er gebrauchen sollte.)

»Sie ... ich ...«, sprach Sotow sehr weich und mit unwillkürlich gesenktem Blick, »... ich habe noch etwas zu erledigen ...« Sein Akzent trat jetzt besonders stark zutage. »Nehmen Sie solange hier Platz, bitte. Nur ein Weilchen. Warten Sie.«

Tweritinows Kopf in dem breiten Käppi mitsamt seinem unruhigen Schatten auf Wand und Decke sah gespenstisch aus. Der ein paarmal herumgewikkelte Schal preßte seinen Hals zusammen.

»Sie wollen mich hier zurücklassen? Aber Wassilij Wassiljewitsch, ich werde den Zug verpassen. Dann gehe ich, mit Ihrer Erlaubnis, doch lieber auf den Bahnsteig.«

»Nein-nein ... Sie bleiben hier ...«, sagte Sotow und eilte zur Tür. Und Tweritinow begriff:

»Sie halten mich fest?!« rief er aus. »Genosse Leutnant, aber weshalb denn? Lassen Sie mich doch meinen Transport einholen!«

Und mit der gleichen Bewegung, mit der er sich einmal bedankt hatte, legte er seine fünf ausgefächerten Finger auf die Brust. Er machte zwei rasche Schritte dem Leutnant nach, aber der findige Wachtposten schob das Bajonett zwischen sie.

Sotow konnte nicht umhin, sich umzublicken und noch einmal, zum letzen Mal in seinem Leben, im schummrigen Schein der Laterne dieses Gesicht zu sehen, das verzweifelte Gesicht König Lears in der Grabkammer.

»Was tun Sie! Was tun Sie!« schrie Tweritinow mit einer Stimme, die wie eine Glocke hallte. »So was läßt sich nicht wiedergutmachen!!«

Er warf die aus den Ärmeln herausragenden Hände empor, deren eine den Wäschesack hielt, wuchs bis zu den Ausmaßen seines geflügelten dunklen Schattens an, die Zimmerdecke drückte ihm schon gegen den Kopf.

»Beunruhigen Sie sich nicht«, redete Sotow auf ihn ein und suchte zugleich mit dem Fuß die Schwelle.

»Es muß nur noch eine gewisse Frage aufgeklärt werden . . .«

Und ging fort.

Gussjkow folgte ihm.

Als er durchs Zimmer des Militär-Fahrdienstleiters ging, sagte der Leutnant:

»Halten Sie diesen Zug noch weiter zurück.«

In seinem Arbeitsraum setzte er sich an den Tisch und schrieb:

»An die Operationsstelle der Transport-Abteilung des NKWD.

Hiermit schicke ich einen Festgenommenen an Sie ab, der sich für Tweritinow, Igor Dementjewitsch, ausgibt und behauptet, im Kessel gewesen zu sein und den Transport 245 413 in Skopino verpaßt zu haben. Im Gespräch mit mir . . .«

»Mach dich fertig«, sprach er zu Gussjkow. »Nimm einen Soldaten und bring ihn hin.«

Es vergingen einige Tage, die Festtage waren vorbei.

Aber der Mann mit dem ungewöhnlichen Lächeln und der Tochter im gestreiften Kleid auf dem Foto wollte nicht aus Sotows Kopf heraus.

Augenscheinlich hatte er alles richtig gemacht.

Oder vielleicht doch nicht? . . .

Er hätte sich gern versichert, daß dieser Mann ein verkleideter Spion oder aber längst freigelassen ist. Sotow rief die Operationsstelle an.

»Am ersten November habe ich einen Festgenommenen zu Ihnen geschickt, einen gewissen Tweritinow. Können Sie mir vielleicht sagen, ob sich die Sache aufgeklärt hat?«

»Sie wird bearbeitet«, erwiderte eine feste Stimme. »Und noch was, Sotow. In den Akten über die bis zu achtzig Prozent verbrannte Fracht gibt es noch Unklarheiten. Das ist eine sehr wichtige Sache, da könnte sich jemand dran bereichern.«

Den ganzen Winter hindurch machte Sotow auf jenem Bahnhof Dienst, weiterhin als stellvertretender Kommandant. Mehr als einmal verspürte er den Drang anzurufen und sich zu erkundigen, aber das hätte Verdacht erregen können.

Eines Tages kam aus der Kommandantur des Knotenpunkts ein Untersuchungsrichter diensthalber nach Kretschetowka. Den fragte Sotow, scheinbar ganz beiläufig:

»Können Sie sich an einen gewissen Tweritinow erinnern? Den habe ich im Herbst einmal festgenommen.«

»Warum fragen Sie?« Der Untersuchungsrichter setzte eine bedeutende mürrische Miene auf.

»Einfach so ... es interessiert mich ..., wie die Sache ausging.«

»Die Sache mit Ihrem Twerikin wird schon geregelt werden. Wir greifen niemals fehl.«

Aber niemals in seinem ganzen späteren Leben konnte Sotow diesen Mann vergessen ...

Matrjonas Hof

Beim einhundertvierundachtzigsten Kilometer vor Moskau verlangsamten noch gut ein halbes Jahr später alle Züge ihre Fahrt, sich gleichsam nur noch vorantastend. Die Reisenden preßten sich an die Fensterscheiben, traten auf die Plattform hinaus: Wurden die Gleise repariert? Hatte der Zug den Fahrplan nicht eingehalten? Nein. Nachdem der Bahnübergang passiert war, gewann der Zug wieder an Schnelligkeit, die Reisenden begaben sich zurück an ihre Plätze.

Nur die Maschinisten wußten und erinnerten sich, warum das alles.

Und ich.

I

Im Sommer des Jahres neunzehnhundertdreiundfünfzig kehrte ich, aufs Geratewohl, aus der staubigen, glühenden Wüste zurück – einfach nach Rußland. In keinem einzigen Ort des Landes erwartete mich jemand, hatte gar nach mir gerufen, denn die Rückkehr hatte ich um zehn Jährchen hinausgeschoben. Mich verlangte nach der gemäßigten Zone – ohne Hitze, nach dem Blätterrauschen ihrer Wälder. Mich verlangte einzudringen, verlorenzugehen im

Innern Rußlands – wenn es das noch irgendwo gab, wenn es noch lebte.

Ein Jahr zuvor hätte ich mich diesseits des Uralgebirges allenfalls als Lastenträger verdingen können. Nicht einmal als Elektriker hätte man mich bei einem soliden Bauunternehmen eingestellt. Ich aber wollte unterrichten. Erfahrene Leute sagten mir, das Geld für eine Fahrkarte auszugeben sei vergebens, die Reise sinnlos.

Doch irgend etwas war schon ins Rollen gekommen. Als ich die Treppe der Distriktsschulverwaltung hinaufgestiegen war und fragte, wo hier die Personalabteilung sei, sah ich mit Staunen, daß die *Beamten* nicht mehr hinter einer schwarzen, mit Leder bezogenen Türe saßen, sondern hinter einer verglasten Trennwand wie in einer Apotheke. Ich trat zaghaft an das Fensterchen, verbeugte mich und fragte:

»Sagen Sie, brauchen Sie nicht einen Mathematiklehrer irgendwo weitab von der Eisenbahnlinie? Ich möchte mich dort für immer niederlassen.«

Jeden Buchstaben meiner Dokumente tasteten sie ab, rannten von Zimmer zu Zimmer, telefonierten. Auch für sie war das ein seltener Fall – alle drängten in die Stadt, in eine möglichst große. Und dann gaben sie mir eine Anstellung – in Wysokoje Polje, dem Hohen Feld. Allein der Name erheiterte meine Seele.

Und er trog nicht. Auf einer Anhöhe zwischen Niederungen und weiteren Anhöhen, dicht von

Wald umschlossen, mit einem Deich und einem Damm war das Hohe Feld eben jener Ort, an dem zu leben und zu sterben keine Schande bedeutet hätte. Dort saß ich lange im Wäldchen auf einem Baumstamm und dachte, daß ich von Herzen gern jeden Tag auf Frühstück und Mittagessen verzichten wollte, wenn ich nur hierbleiben und in den Nächten lauschen dürfte, wie die Zweige gegen das Dach rauschen – wenn nirgendwo ein Radio zu hören ist, wenn alles in dieser Welt schweigt.

Allein – dort wurde kein Brot gebacken. Dort gab es nichts Eßbares zu kaufen. Das ganze Dorf schleifte die Lebensmittel in Säcken aus der Kreisstadt herbei.

Ich kehrte zur Personalabteilung zurück und flehte vor dem Fensterchen. Anfangs wollten sie gar nicht erst mit mir verhandeln. Dann rannten sie wieder von Zimmer zu Zimmer, telefonierten, kritzelten und schrieben mir in die Einweisung hinein: *»Torfoprodukt«*.

Torfoprodukt? Ach, Turgenjew hat nicht geahnt, daß man solch ein Wort im Russischen bilden kann!

Auf der Station Torfoprodukt, einer alten, provisorischen, grauen Holzbaracke stand der strenge Hinweis:

»Den Zug nur von der Bahnhofseite aus besteigen!« Mit dem Nagel war in die Bretter hinzugeritzt: »Und ohne Fahrkarten«. Bei der Kasse aber war mit demselben melancholischen, scharfsinnigen Humor mittels eines Messers für immer eingeschnitzt: »Fahrkarten nicht vorhanden«. Den genauen Sinn dieser Ergänzungen wußte ich später zu würdigen. In Torfoprodukt anzukommen war leicht. Wegzukommen aber nicht.

Auch in dieser Gegend hatte es früher dichte, unwegsame Wälder gegeben, die die Revolution überstanden. Dann wurden sie geschlagen – von den Torfstechern und dem benachbarten Kolchos. Der Vorsitzende, Schaschkow, ließ einige Hektar Wald bis zur Wurzel ausroden und setzte sie günstig im Odessaer Gebiet ab.

Zwischen den Torfmulden wahllos verstreut lag die Siedlung – einförmige Baracken aus den dreißiger Jahren und, mit geschnitzten Fassaden, verglasten Veranden, Häuschen aus den fünfziger Jahren. Doch im Innern dieser Häuschen war nirgends eine Trennwand zu erblicken, die bis zur Zimmerdecke gereicht hätte, so daß ich keinen Raum mit vier richtigen Wänden mieten konnte.

Über die Siedlung hinweg qualmte ein Fabrikschlot. Hierhin und dorthin führten quer durch die Siedlung Schmalspurgleise, und Lokomotiven zogen, ebenfalls dicht qualmend, dazu durchdringend pfeifend, Waggons mit braunem Torf, Torfplatten und Briketts. Ich war sicher, daß abends über der Eingangstür zum Klubhaus ein Lautsprecher sich überanstrengen würde und über die Straße Betrunkene torkelten – nicht ohne bisweilen zum Messer zu greifen.

Hierher hatte mich also der Traum vom stillen Winkel in Rußland verschlagen. Dort, woher ich gekommen, konnte ich in einer aus Lehm gebauten Hütte wohnen, die in die Wüste hinaussah. Dort wehte ein frischer Wind in den Nächten und nur das Sternengewölbe tat sich über mir auf.

Ich konnte keinen Schlaf finden auf der Bank im Stationsgebäude, und so trottete ich, kaum war es hell, wieder durch die Siedlung. Ich entdeckte einen winzig kleinen Markt. In dieser frühen Stunde stand dort nur eine einsame Frau, die Milch verkaufte. Ich erstand eine Flasche und begann sie gleich dort zu leeren.

Mich verblüffte ihre Redeweise. Sie sprach nicht, sie sang auf rührende Weise, und ihre Worte waren eben jene, nach denen ich in Asien mich gesehnt hatte: »Trinke, trinke mit ruhiger Seele. Bist wohl fremd hier?«

»Und wo kommen Sie her?« fragte ich, munter geworden.

Und ich erfuhr, daß es rings nicht nur Torfbrüche gab, daß jenseits der Eisenbahn ein Hügel lag und hinter dem Hügel ein Dorf und dieses Dorf Talnowo hieß, schon seit alters her, schon als noch die Gutsherrin lebte und rings undurchdringlicher Wald stand. Und weiter folgte eine ganze Kette von Namen: Tschaslizy, Owinzy, Spudni, Schewertni, Schestimirowo – immer stillere Dörfer, von der Eisenbahn immer weiter entfernt gegen die Seen zu.

Ein Hauch von Beruhigung ging von diesen Namen aus. Sie versprachen mir das alte, kraftvolle Rußland.

Und ich bat meine neue Bekannte, mich, wenn der Markt zu Ende, nach Talnowo mitzunehmen und ein Bauernhaus ausfindig zu machen, wo ich mich einmieten könnte.

Ich hielt mich für einen vorteilhaften Mieter: über das Gehalt hinaus hatte mir die Schule noch einen Lastwagen Torf für den Winter versprochen. Das Gesicht der Frau nahm einen sorgenvollen, nicht mehr rührenden Ausdruck an. Sie selbst hatte keinen Platz (sie und ihr Mann beherbergten und ernährten ihre alte Mutter), weshalb sie mich erst zu den einen Verwandten, dann zu den anderen brachte. Doch auch hier fand sich kein Einzelzimmer, war es eng und laut.

So gelangten wir zu einem halbausgetrockneten, teichähnlich erweiterten Bach mit einem Brückchen. Lieblicher als diese Stelle schien mir keine im ganzen Dorf; zwei, drei Weiden, ein windschiefes kleines Hüttchen, auf dem Teich schwammen Enten, und ans Ufer stiegen Gänse, das Wasser abschüttelnd.

»Na, vielleicht, daß wir zu Matrjona gehen«, sagte meine Führerin, die meiner schon müde war. »Nur ist es bei ihr nicht so sauber, verwahrlost wohnt sie, ist krank.«

Das Haus Matrjonas war nicht weit, vier Fensterchen in einer Reihe auf der kalten, finsteren Seite, schindelgedeckt, das Fensterchen unter dem Giebel mit Schnitzwerk versehen. Allein die Schindeln faulten, grau vor Alter waren die früher stattlichen Balken des Holzwerks am Haus und Tor, morsch das Vordach darüber.

Die Pforte war verschlossen, doch meine Führerin klopfte nicht erst, sondern schob die Hand von unten durch einen Spalt und zog den Riegel zurück – eine einfache Vorrichtung, das Vieh auszusperren.

Der Hof war nicht überdacht, das Haus aber barg vieles unter ein und demselben Dach. Hinter der Eingangstür führten Stufen hinauf zu einem geräumigen Flur, vom hohen Dach geschützt. Zur linken ging es wieder über Stufen hinauf zur *guten Stube* – einem abgesonderten Raum ohne Ofen, und Stufen hinab in die Vorratskammer. Zur rechten lag die eigentliche Bauernstube, mit Dachboden und Keller.

Erbaut war alles vor langer Zeit, solide, für eine große Familie, doch lebte jetzt hier nur noch eine einsame Frau von ungefähr sechzig Jahren.

Als ich die Bauernstube betrat, lag sie auf dem russischen Ofen, gleich beim Eingang, zugedeckt mit unbestimmbaren, dunklen Lumpen, die so unentbehrlich sind im Leben eines arbeitenden Menschen.

Die geräumige Stube und besonders die freundlichere Fensterseite war verstellt von Gummibäumen in Töpfen und Kübeln, auf Hockern und Bänken. Sie füllten die Einsamkeit der Hausfrau als schweigsame, doch lebendige Schar. Sie wuchsen ungehindert in die Höhe, in die Breite, alles dürftige Licht der Nordseite für sich beanspruchend. In dem restlichen Halbdunkel erschien mir das, zudem noch vom Rauchfang beschattete, rundliche Gesicht der Frau gelb, krank. Und ihren trüben Augen konnte man ablesen, daß die Krankheit sie zermürbte.

Während sie mit mir sprach, blieb sie wie vordem bäuchlings auf dem Ofen liegen, ohne Kissen, das Gesicht zur Tür gewandt, ich aber stand unten. Sie zeigte keinerlei Freude, einen Mieter zu bekommen, klagte über die schwarze Krankheit, deren Zugriff sie sich eben jetzt entwand: Die Krankheit überfiel sie nicht jeden Monat, doch wenn:

». . . schlägt sie zu, zwei Tage und drei Tage, kann nicht aufstehen, schaffe es nicht, Ihnen etwas einzukaufen. Um die Stube ist's mir schon nicht leid, könnten hier schon wohnen.«

Und sie zählte mir andere Frauen her, bei denen ich es ruhiger und angenehmer haben würde, und schickte mich fort, jene aufzusuchen. Doch wußte ich schon, daß es mein Los war – mich in dieser dämmrigen Stube niederzulassen, mit dem blinden Spiegel, in dem man sich nicht mehr betrachten konnte, mit den beiden grellen Plakaten für einen Rubel, die Bücherkauf und Ernte anpriesen, an der Wand befestigt um ihrer Schönheit willen.

Und obgleich Matrjona Wassiljewna mich nötigte, weiter durchs Dorf zu gehen, und obgleich sie sich bei meinem zweiten Auftauchen lange wehrte:

»Verstehe nichts, habe nichts – wie es Ihnen recht machen?«, empfing sie mich doch unten stehend, und fast schien Zufriedenheit ihre Augen zu beleben, weil ich zurückgekehrt war.

Wir besprachen uns über den Preis und den Torf, den die Schule liefern würde.

Ich erfuhr erst später, daß Jahr um Jahr, viele Jahre, Matrjona Wassiljewna nicht einen Rubel verdient hatte. Eine Rente wurde ihr nicht ausgezahlt. Verwandte halfen ihr wenig. Im Kolchos arbeitete sie nicht für Geld – sondern für Striche. Für Striche von Arbeitseinheiten in ein abgegriffenes Büchlein.

So richtete ich mich also bei Matrjona Wassiljewna ein. Die Stube teilten wir nicht ab. Ihr Bett stand in der Ecke bei der Tür neben dem Ofen, ich schlug mein Lager bei einem Fenster auf, und bei dem anderen, Matrjonas geliebte Gummibäume vom Licht verdrängend, ein Tischchen. Elektrizität gab es im Dorf – man hatte sie noch in den zwanziger Jahren gelegt. In den Zeitungen schrieben sie damals: »Iljitschs* Lämpchen«, doch die Bauern sagten mit aufgerissenen Augen: »Zaren-Feuer!« Vielleicht schien manchem im Dorf, der reicher war, Matrjonas Stube nicht eben sehr wohnlich, ihr und mir aber genügte sie in jenem Herbst und Winter völlig. Regen ließ sie noch nicht durchsickern, und von den eisigen Winden ließ sich die Ofenwärme nicht so

* Gemeint ist Lenin

mir nichts, dir nichts hinausblasen – erst gegen Morgen, und nur dann, wenn der Wind auf der verwitterten Seite stand.

Außer Matrjona und mir lebten in der Stube noch – eine Katze, Mäuse und Schaben.

Die Katze war nicht mehr jung, aber das Wesentliche – sie war verkrüppelt. Sie war aus Mitleid von Matrjona aufgelesen worden und hatte sich eingewöhnt. Obgleich sie mit allen vier Beinen auftrat, hinkte sie stark: Ein Bein schonte sie, krank war das Bein. Wenn die Katze vom Ofen auf den Boden sprang, dann klang das nicht geschmeidig-weich, wie bei anderen Katzen – sondern war ein kräftiger Aufprall, daß ich mich nicht sogleich daran gewöhnte, anfangs noch zusammenzuckte. Sie stemmte ihre drei Beine gleichzeitig vor, um das vierte zu schützen.

Doch gab es die Mäuse in der Stube nicht deshalb, weil die lahme Katze nicht mit ihnen fertig wurde: Sie fuhr wie der Blitz ihnen nach in die Ecke und trug sie im Maul herbei. Nicht zu erwischen waren die Mäuse für die Katze meist deshalb, weil irgend jemand, irgendwann, noch in besseren Zeiten, Matrjonas Stube mit gerippten, grünlichen Tapeten ausgeschlagen hatte, und das nicht etwa nur einmal, sondern in fünf Schichten. Aneinander klebten die Tapeten ausgezeichnet, von der Wand aber lösten sie sich an etlichen Stellen – so daß die Stube gleichsam eine zweite Haut bekommen hatte. Und zwischen den Balkenwänden der Stube und ihrer Tapetenhaut brachen die Mäuse sich ihre Gänge und raschelten dreist, rannten sogar unter der Zimmerdecke entlang. Die Katze verfolgte feindselig ihr Geraschel, aber die Mäuse fangen konnte sie nicht.

Hin und wieder fraß die Katze auch Schaben, doch die bekamen ihr nicht. Das einzige, was die Schaben respektierten, war die Wand, die zwischen dem Heizloch des russischen Ofens, der Küche und der Stube gezogen war. In die eigentliche Stube krochen sie nicht hinüber. Dafür aber wimmelte es von ihnen nachts in der Küche, und wenn ich spät abends dort, um Wasser zu trinken, das elektrische Licht anknipste – waren der Fußboden und die große Bank und sogar die Wand fast einheitlich braun und in Bewegung. Ich brachte aus dem Chemielabor Borax mit, und nachdem wir es mit Teig vermischt, suchten wir die Schaben damit zu vernichten. Ihre Zahl verminderte sich, doch fürchtete Matrjona, mit ihnen auch die Katze zu vergiften. Wir unterließen das Giftauslegen, und die Schaben vermehrten sich von neuem.

Nachts, wenn Matrjona schon schlief und ich über meiner Arbeit am Tisch saß, wurde das hastige Rascheln der Mäuse hinter den Tapeten übertönt vom unaufhörlichen, monotonen, dem fernen lärmenden Ozean gleichenden Rauschen der Schaben hinter der Zwischenwand. Doch gewöhnte ich mich daran, denn an ihnen war nichts Böses, an ihnen war nichts Falsches. Diese Geräusche waren ihr Leben.

Auch an die derbe Plakatschönheit gewöhnte ich mich, die mir von der Wand herab unablässig Belinskij, Panferow und einen Stapel irgendwelcher Bücher anbot, jedoch – schweigend. Ich gewöhnte mich an alles, was in Matrjonas Stube war.

Matrjona stand um vier, fünf Uhr morgens auf. Die Wanduhr Matrjonas war siebenundzwanzig Jahre alt, einst im Dorfkonsum erstanden. Immer ging sie vor, doch Matrjona beunruhigte das nicht – wenn sie nur nicht nachging und man sich am Morgen nicht verspätete. Sie schaltete in der Küche das Licht ein und heizte leise, voller Rücksicht, bemüht, keinen Lärm zu machen, den russischen Ofen an, ging die Ziege melken (alles, was sie an Tieren besaß – war diese eine schmutzigweiße, krummhörnige Ziege), holte Wasser und kochte in drei gußeisernen Töpfen: in einem für mich, in einem für sich, in einem für die Ziege. Für die Ziege wählte sie im Keller die allerkleinsten Kartoffeln aus, für sich die mittleren, für mich die eigroßen. Richtig große Kartoffeln gab ihr sandiger Küchengarten, seit den Vorkriegsjahren nicht mehr gedüngt und immer nur mit Kartoffeln, Kartoffeln, Kartoffeln bepflanzt, nicht her.

Von ihren morgendlichen Arbeiten vernahm ich fast nichts. Ich schlief lange, erwachte spät bei winterlichem Licht, reckte mich, streckte den Kopf unter Decke und Pelz hervor. Die Decke, der Pelz, die Lagerjacke über den Füßen, am Fußende ein mit Stroh gestopfter Sack spendeten mir sogar in jenen Nächten Wärme, da der Frost von Norden her gegen unsere gebrechlichen Fensterchen andrängte. Hörte ich hinter der Zwischenwand die verhaltenen Geräusche, sagte ich jedesmal gemessen:

»Guten Morgen, Matrjona Wassiljewna!«

Und immer hörte ich dieselben wohlwollenden Worte hinter der Zwischenwand. Sie wurden eingeleitet mit einem tiefen, warmen Brummen, wie bei den Großmüttern, wenn sie Märchen erzählen:

»M-m-m ... Ihnen ebenfalls!«

Und ein wenig später: »Ihr Frühstück ist gerichtet.« Was es zum Frühstück gab, verriet sie nicht, doch das zu erraten war nicht schwer: *Pellkartoffeln* oder *Pappsuppe* (so jedenfalls sagten alle im Dorf), oder Gerstenbrei (andere Grütze war in jenem Jahr in Torfoprodukt nicht zu bekommen, doch selbst um Gerstengrütze mußte man kämpfen – da sie die billigste war, fütterte man damit die Schweine und kaufte sie sackweise). Oft war das Essen nicht richtig gesalzen, oft war es angebrannt und hinterließ einen Belag auf Gaumen und Zahnfleisch und verursachte Sodbrennen.

Doch war daran nicht Matrjona schuld: Es gab in Torfoprodukt keine Butter, Margarine nur selten, frei war nur ein kombiniertes Fett. Auch ist der russische Ofen, wie ich beobachten konnte, ungeeignet zum Kochen: Der Kochprozeß entzieht sich der Aufsicht der Köchin, die Hitze trifft den Kochtopf unregelmäßig von verschiedenen Seiten. Aber wahrscheinlich ist er aus grauer Vorzeit deshalb auf unsere Vorfahren gekommen, weil er, vor Tagesanbruch einmal angeheizt, den ganzen Tag Futter und Trank für das Vieh, Speisen und Getränke für den Menschen warm hält.

Ich aß ergeben alles für mich Gekochte, legte geduldig beiseite, was nicht hineingehörte: sei's ein Haar, ein Stückchen Torf oder ein Schabenbeinchen. Ich hatte nicht das Herz, Matrjona Vorwürfe zu machen. Letzten Endes hatte sie selbst mich gewarnt: »Verstehe nichts, habe nichts – wie es Ihnen recht machen?«

»Danke«, sagte ich aufrichtig.

»Wofür? Für das, was Ihnen zusteht?« entwaffnete sie mich mit strahlendem Lächeln. Und mich treuherzig mit ihren wäßrig-blauen Augen anblikkend, fragte sie: »Und zum Essen, was soll ich Ihnen da zubereiten?‹

Zum *Essen* hieß – zum Abendessen. Ich aß zweimal am Tag, wie an der Front. Was konnte ich zum Abendessen bestellen? Es war ja immer dasselbe, *Kartoffeln* oder *Kartoffelpappsuppe.*

Ich fand mich damit ab, denn das Leben hat mich gelehrt, nicht im Essen den Sinn des täglichen Daseins zu suchen. Wichtiger war für mich das Lächeln auf ihrem runden Gesicht, das ich, nachdem ich mir endlich einen Fotoapparat anschaffen konnte, vergeblich festzuhalten versuchte. Kaum sah sie das kalte Auge des Objektivs auf sich gerichtet, nahm Matrjonas Gesicht einen unnatürlichen oder würdig-strengen Ausdruck an.

Ein einziges Mal nur gelang mir eine Aufnahme, als sie über irgend etwas lächelte, während sie aus dem Fenster auf die Straße blickte.

In jenem Herbst hatte Matrjona viele Beschwernisse zu erdulden. Nachbarinnen rieten ihr, sich um eine Rente zu bemühen. Sie stand allein da, und seit die Krankheit sich verschlimmert hatte – war sie auch aus dem Kolchos entlassen worden. Viel Unrecht ist Matrjona widerfahren: Sie war krank, galt aber nicht als Invalide; sie hatte ein Vierteljahrhundert im Kolchos gearbeitet, nicht aber in einer Fabrik – deshalb stand ihr keine persönliche Rente zu, bewerben konnte sie sich nur um eine für ihren Mann, d. h. für den Verlust des Ernährers. Der Mann jedoch fehlte schon seit zwölf Jahren, seit Beginn des Krieges, und nicht leicht war es jetzt, jene Bescheinigungen von den verschiedensten Ämtern zu beschaffen, Bescheinigungen über den Dienstgrad des Mannes und wieviel Sold er bekommen hatte. Schwierigkeiten über Schwierigkeiten – diese Bescheinigungen beizubringen; und darin bestätigen zu lassen, daß er im Monat zumindest dreihundert Rubel bezogen hatte; und eine Bescheinigung beglaubigen zu lassen, daß sie allein lebte und niemand ihr half; und zu welchem Jahrgang sie gehörte; und dann all das zum Fürsorgeamt zu tragen; und wieder zurückzuholen, um zu verbessern, was nicht richtig ausgefüllt war; und wieder hinzutragen. Und Erkundigungen einzuziehen – genehmigen sie jetzt die Rente?

Dieses Hin und Her war um so aufreibender, als die Sozialfürsorge zwanzig Kilometer östlich von Talnowo lag, der Dorfsowjet – zehn Kilometer westlich, die Ortsverwaltung aber – nördlich, gut eine Stunde Fußmarsch entfernt. Von einer Kanzlei zur anderen Kanzlei wurde sie zwei Monate lang gehetzt – hier eines Punktes, dort eines Kommas wegen. Jeder Weg – ein Tag. Sie geht zum Dorfsowjet, aber der Sekretär ist heute nicht da, ist einfach nicht da, wie das auf dem Land so vorkommt. Geht sie also am nächsten Tag wieder hin. Jetzt ist der Sekretär da, aber der Stempel verschwunden. Geht sie also am dritten Tag wieder hin. Und auch am vierten Tag vergeblich, weil sie versehentlich nicht das richtige Papier unterschrieben haben, die Papiere Matrjonas sind nämlich alle mit einer Klammer zusammengefaßt.

»Sie machen mir zu schaffen, Ignatitsch«, klagte sie mir nach solchen erfolglosen Gängen. »Habe mir doch reichlich Mühe gegeben.«

Doch blieb ihre Stirn nicht lange finster. Ich stellte fest: Sie besaß ein sicheres Mittel, um sich wieder in gute Laune zu bringen – Arbeit. Sogleich griff sie entweder zum Spaten und grub *Kartoffeln* aus. Oder ging mit einem Sack unter dem Arm nach Torf. Oder mit dem geflochtenen Korb nach Beeren in den fernen Wald. Und nachdem sie sich statt vor den Amtstischen vor den Sträuchern des Waldes verneigt, kehrte, den Rücken unter der Last gebeugt, eine heitere, mit allem zufriedene Matrjona in die Stube zurück und zeigte ihr gütiges Lächeln.

»Jetzt kenn ich mich aus, Ignatitsch, weiß, wo was zu holen ist«, sagte sie über den Torf. »Ein Plätzchen, eine einzige Freude!«

»Aber reicht denn mein Torf nicht aus, Matrjona Wassiljewna? Ein ganzer Lastwagen voll.«

»Huu–u! Dein Torf! Noch einmal soviel und noch einmal soviel – dann, vielleicht, könnte es reichen. Wenn der Winter einbricht und der Sturm gegen die Fenster tobt, kannst du nicht soviel heizen, wie er wegbläst. Was haben wir all die Jahre Torf zusammengeschleppt! Ich könnte auch heute noch drei Lastwagen voll herschaffen. Aber sie erwischen einen. Eine Frau von hier zerren sie von Gericht zu Gericht.«

Ja, so war das. Schon schlug einem der drohende Atem des Winters entgegen. Es standen rings Wälder, aber Brennholz war nirgendwo zu bekommen. Es brüllten ringsum die Bagger in den Mooren, doch auch der Torf wurde an die Bevölkerung nicht verkauft, nur verteilt – an die Vorgesetzten und an die, die für die Vorgesetzten arbeiteten, zudem je ein Lastwagen an Lehrer, Ärzte, Fabrikarbeiter. Für die Talnower war Brennmaterial nicht eingeplant – danach zu fragen stand niemandem zu. Der Vorsitzende des Kolchos ging im Dorf herum, blickte streng oder gleichgültig in die Gesichter und sprach über dies und jenes, nicht aber über Brennmaterial. Denn er persönlich war versorgt. Den Winter also gab es nicht.

Nun eben, stahlen sie früher das Holz beim Gutsbesitzer, so holten sie sich nun den Torf beim Trust. Die Frauen taten sich zu fünft, zu zehnt zusammen, das machte mutig. Sie zogen am Tag aus. Den Sommer über war überall Torf gestochen und in Stapeln zum Trocknen aufgeschichtet worden. Das ist das Gute am Torf, daß er, gestochen, nicht sogleich abtransportiert werden kann. Er trocknet bis zum Herbst, sogar bis zum ersten Schnee, bis die Wege hart und befahrbar sind. In dieser Zeit stahlen die Weiber. Auf einen Schlag trugen sie sechs Torfstücke in einem Sack fort, wenn sie noch feucht, zehn Torfstücke, wenn sie schon ausgetrocknet waren. Ein solcher Sack, manchmal drei Kilometer weit geschleppt (und er wog etwa zwei Pud), reichte für ein einmaliges Durchheizen. Zweihundert Tage hat der Winter. Und heizen muß man: morgens den russischen Ofen, abends den Kachelofen.

»Was so unnütz daherreden!« erboste sich Matrjona über einen Unsichtbaren. »Seit keine Pferde mehr da sind, ist das, was man nicht selber auf den Buckel nimmt, einfach nicht im Haus. Mein Rükken wird nimmermehr heilen. Im Winter muß ich den Schlitten ziehen, im Sommer die Bündel tragen, bei Gott, so ist das!«

Die Weiber gingen am Tag – und nicht nur einmal. An guten Tagen brachte Matrjona wohl an die sechs Säcke nach Hause. Meinen Torf hatte sie für jeden sichtbar geschichtet, den ihren versteckte sie unter Bohlen im Flur und vernagelte jeden Abend das Schlupfloch mit einem Brett.

»Müßten sie wohl erraten, die Feinde«, lächelte sie, während sie sich den Schweiß von der Stirne wischte, »würden es sonst im Leben nicht finden.«

Was konnte der Trust tun? Der Etat ließ nicht zu, Wachen an sämtlichen Mooren aufzustellen. Es mußte wahrscheinlich, nachdem im Bericht reiche Ausbeute angekündigt worden war, einiges wieder abgeschrieben werden – als zerbröckelt, als zerregnet. Manchmal, ganz unberechenbar, stellten sie eine Patrouille zusammen und ließen die Weiber am Eingang des Dorfes abfangen. Die Weiber warfen die Säcke zu Boden und flohen.

Manchmal, auf eine Anzeige hin, wurden Haussuchungen vorgenommen, Protokolle über unrechtmäßigen Torfbesitz aufgesetzt und mit Gerichtsübergabe gedroht. Die Weiber ließen eine Weile von ihrer Arbeit ab, doch rückte der Winter näher, und der trieb sie von neuem hinaus – mit Schlitten, nachts.

Überhaupt bemerkte ich, während ich Matrjona genauer beobachtete, daß für sie, außer Kochen und restlicher Hausarbeit, jeden Tag irgendeine andere, nicht unbedeutende Arbeit anfiel, die Reihenfolge dieser Arbeiten hatte sie im Kopf, und immer, wenn sie morgens aufwachte, wußte sie genau, womit ihr Tag heute ausgefüllt sein würde. Außer mit Torfschleppen, außer mit dem Einsammeln alter Baumstümpfe, die von einem Traktor im Moor bloßgelegt worden waren, außer mit dem Einmachen von Preiselbeeren für den Winter (»Probier mal, Ignatitsch«, ermunterte sie mich), außer mit Kartoffelausgraben, außer mit den Rennereien wegen der Rente mußte sie sich auch noch mit dem Herbeischaffen von Heu für ihre einzige, schmutzigweiße Ziege abplagen.

»Warum halten Sie sich denn keine Kuh, Matrjona Wassiljewna?«

»Ach, Ignatitsch«, sagte Matrjona, die mit schmutziger Schürze in der offenen Küchentüre stand und sich meinem Tisch zuwandte. »Mir genügt auch die Milch von der Ziege. Leg ich mir eine Kuh zu, die frißt mich mit Haut und Haaren. Am Bahndamm darf man nicht schneiden – der gehört anderen, und im Wald darf man nicht schneiden – ist Forstrevier, und im Kolchos lassen sie mich nicht – gehöre nicht mehr dazu, sagen sie. Und auch die, die noch dazugehören, rackern sich ab für den Kolchos bis zum ersten Schnee, für sich selbst schneiden sie unter dem Schnee – was für ein Gras ist denn das? . . . Früher haben wir das Gras zur Mittsommerzeit geschnitten, von Peter bis Ilja. War Honiggras . . .«

Für eine winzige Ziege Heu zusammenzutragen war für Matrjona schon eine riesige Aufgabe. Am frühen Morgen nahm sie Sack und Sichel und ging fort zu den Plätzen, von denen sie wußte, daß dort Gras längs der Felder, am Wegrand und auf Inselchen im Moor wuchs. War der Sack mit frischem, schwerem Gras vollgestopft, schleifte sie ihn nach Hause und breitete das Gras auf ihrem kleinen Hof aus. Ein Sack Gras ergab, getrocknet – ein Bündel Heu.

Der Kolchosvorsitzende, ein neuer, vor kurzem ernannter, aus der Stadt herbeordert, hatte als erste Amtshandlung allen Invaliden die Gemüsegärten beschnitten. Fünfzehn Hundertstel Sandboden ließ er Matrjona, zehn Hundertstel blieben also brach jenseits der Umzäunung liegen. Indessen, wenn die Hände nicht ausreichten, wenn die Weiber sich allzu halsstarrig vor der Arbeit drückten, suchte die Frau des Vorsitzenden Matrjona auf. Sie stammte ebenfalls aus der Stadt, war resolut, wirkte in ihrer kurzen, grauen Jacke und mit dem drohenden Blick fast militärisch.

Sie trat in die Stube, und ohne guten Tag zu sagen, sah sie Matrjona streng an. Matrjona war verwirrt.

»So-o«, sagte die Frau des Vorsitzenden gedehnt. »Genossin Grigorjewa! Man wird dem Kolchos helfen müssen! Man wir morgen den Dünger mit hinausfahren!«

Matrjonas Gesicht verzog sich zu einem entschuldigenden, schüchternen Lächeln – als schäme sie sich gleichsam für die Frau des Vorsitzenden, die ihr die Arbeit nicht entgelten konnte.

»Aber wie denn«, zögerte sie, »ich bin schließlich krank. Und Ihrer Arbeit nicht mehr zugeteilt.« Doch sogleich verbesserte sie sich eilig: »Wann soll ich denn kommen?«

»Und bring deine Gabel mit!« ermahnte sie die Frau des Vorsitzenden und ging, mit steifem Rock knisternd.

»So ist das!« beklagte sich Matrjona. »Und bring deine Gabel mit! Weder Spaten noch Heugabel gibt's im Kolchos! Und ich lebe ohne Mann, wer soll sie reparieren? . . .«

Und war dann den ganzen Abend in Nachdenken versunken: »Aber was soll man reden, Ignatitsch! Muß ihnen unter die Arme greifen, freilich – was gibt das für eine Ernte ohne Dünger? Nur – bei denen taugt die Arbeit hinten und vorn nichts: Die Weiber stehen herum, auf ihre Spaten gestützt, und warten, daß von der Fabrik her die Sirene um zwölf Uhr losgeht. Und giften sich noch, und rechnen nach, wer gekommen ist, wer nicht gekommen ist. Für mich heißt arbeiten – daß du auch nicht ein Wort hörst, nur ach und oh, kaum ist der Mittag da, wird's auch schon Abend.«

Am Morgen ging sie mit ihrer Heugabel fort.

Aber nicht nur der Kolchos, auch eine beliebige, entfernte Verwandte oder einfach die Nachbarin kamen am Abend zu Matrjona und sagten:

»Morgen, Matrjona, kommst du mir aushelfen. Werden die letzten Kartoffeln ausgraben.«

Und Matrjona konnte nicht nein sagen. Sie warf die Reihenfolge ihrer eigenen Arbeiten um, ging der Nachbarin zu helfen und sagte noch, wenn sie zurück war, ohne einen Anflug von Neid:

»Ach Ignatitsch, was für große Kartoffeln die hat! Hab gern gegraben, wollte von dem Feld nicht mehr weggehen, bei Gott, so ist das!«

Schon gar nicht wurde auch nur ein Acker ohne Matrjona gepflügt. Die Talnower Weiber waren dahintergekommen, daß den Acker allein, mit dem Spaten, umzustechen viel schwieriger und langwieriger war, als den Hakenpflug zu nehmen, sich zu sechst davorzuspannen und sechs Äcker umzubrechen. Dafür riefen sie Matrjona zu Hilfe.

»Habt ihr denn etwas gezahlt dafür?« drängte es mich dann zu fragen.

»Die nimmt kein Geld. Der muß man hintenherum etwas zustecken.«

Eine weitere große Sorge kam auf Matrjona zu, wenn sie an der Reihe war, die Ziegenhirten zu verköstigen: den einen, den kräftigen, taubstummen, und den anderen – einen Jungen mit der ewigen, speicheldurchfeuchteten Zigarette zwischen den Lippen. Diese Aufgabe traf sie alle eineinhalb Monate und stürzte Matrjona in große Ausgaben. Sie ging in den Dorfkonsum, kaufte Fischkonserven, erstand Zucker und Butter, die sie selber nie aß. Offensichtlich überboten die Hausfrauen einander, die Hirten bestens zu bewirten.

»Hüte dich vor dem Schneider und dem Hirten«, erklärte sie mir. »Im ganzen Dorf machen sie dich schlecht, wenn ihnen was nicht paßt.«

Und in dieses Leben, übervoll von Sorgen und Pflichten, brach von Zeit zu Zeit zudem noch eine schwere Krankheit ein, Matrjona fiel um und lag ein, zwei Tage kraftlos danieder. Sie beklagte sich nicht, sie stöhnte nicht, rührte sich aber auch nicht. An solchen Tagen kam Mascha, eine nahe Freundin von Kindheit an, um die Ziege zu versorgen und den Ofen zu heizen. Matrjona selbst trank nicht, aß nicht und verlangte auch sonst nichts. Einen Arzt von der Sanitätsstelle ins Haus zu rufen war in Talnowo nicht üblich, irgendwie anstößig in den Augen der Nachbarn – oho, eine feine Dame, hieß es dann.

Einmal wurde eine Ärztin gerufen, die kam sehr aufgebracht angefahren, befahl Matrjona, sich, sobald sie wieder bei Kräften sei, gefälligst selbst bei der Sanitätsstelle einzufinden. Matrjona ging widerwillig hin, man entnahm die entsprechenden Proben und schickte sie an das Kreiskrankenhaus ein – und damit verlief die Sache im Sande. Es war aber daran auch Matrjona schuld.

Die Pflichten riefen sie ins Leben zurück. Bald begann Matrjona aufzustehen, anfangs bewegte sie sich mühsam, bald wurde sie wieder geschäftig.

»Du hast mich früher nicht gekannt, Ignatitsch«,

entschuldigte sie sich. »Alle Säcke konnte ich schleppen, fünf Pud und mehr waren mir nicht zu schwer. Der Schwiegervater schrie: ›Matrjona! Brichst dir noch das Rückgrat!‹ Mein Schwager kam mir nicht zu Hilfe, um das Ende eines Balkens auf den Schlitten zu heben. Das Pferd war ein Kriegspferd, der Woltschok, ein ganz kräftiges . . .«

»Warum ein Kriegspferd?«

»Unseres hat man für den Krieg eingezogen, dieses angeschossene gab's als Ersatz. War ein launisches Pferd. Einmal hat es gescheut, jagt mitsamt dem Schlitten auf den See zu, die Männer sind beiseite gesprungen, aber ich, bei Gott, kriege den Zügel zu fassen und halte es auf. War ein Haferpferd. Unsere Männer haben gern die Pferde gefüttert. Was ein richtiges Haferpferd ist, dem ist nichts zu schwer.«

Doch war Matrjona durchaus nicht ohne jede Furcht. Sie hatte Angst vor Feuersbrunst, sie hatte Angst vor dem Blitz, doch am meisten, aus irgendeinem Grund – vor der Eisenbahn.

»Wie ich mal nach Tscherusti fahren muß, von Netschajewka her kriecht der Zug, glotzt mit großen Augen, die Schienen dröhnen, heiß wird mir da, die Knie zittern. Bei Gott, so war das!« wunderte sich Matrjona selber und zuckte die Achseln.

»Verkaufen sie vielleicht deshalb keine Fahrkarten, Matrjona Wassiljewna?«

»Am Fensterchen? Nur erster Klasse. Und schon fährt der Zug an. Wir rennen hierhin, dorthin: Kommt doch zur Besinnung! Die Männer sind die Leiter hoch auf das Wagendach gekrochen. Aber wir haben eine Tür gefunden, eine, die nicht abgesperrt war, drängen uns durch, ohne Fahrkarten – und die Wagen fahren leer, alle leer, kannst dich auf der Bank ausstrecken. Warum die keine Fahrkarten geben, diese kaltblütigen Parasiten – weiß nicht . . .«

Trotz allem kam gegen den Winter zu das Leben Matrjonas in Ordnung, wie nie zuvor. Man begann ihr eine Rente von achtzig Rubel zu zahlen. Gute hundert bekam sie von der Schule und mir.

»Fu-u! Jetzt braucht Matrjona gar nicht einmal zu sterben!« schon fingen einige der Nachbarinnen an, neidisch zu werden. »Wo soll sie hin, die Alte, mit dem vielen Geld.«

Matrjona bestellte sich neue Filzstiefel. Kaufte eine neue Steppjacke. Nähte sich einen Mantel aus dem abgetragenen Eisenbahnermantel, den ihr der Maschinist aus Tscherusti geschenkt, der Mann ihrer einstigen Pflegetochter Kira. Der Dorfschneider, ein Buckel, unterlegte das Tuch mit einem Wattefutter, und es wurde ein so guter Mantel, wie Matrjona während sechzig Jahren keinen getragen hatte.

Und im Winter nähte Matrjona in das Futter dieses Mantels zweihundert Rubel für ihre Beerdigung ein. Und belustigte sich:

»Ein bißchen Frieden hab nun auch ich bekommen, Ignatitsch.«

Es verging der Dezember, es verging der Januar – zwei Monate hatte die Krankheit sie nicht befallen. Öfter ging Matrjona nun des Abends zu Mascha hinüber, ein Stündchen bei ihr zu verbringen, Sonnenblumenkerne zu knacken. Zu sich lud sie abends keine Gäste ein, aus Respekt vor meiner Arbeit. Nur zu Epiphanias traf ich, von der Schule heimkehrend, in der Stube lustige Gesellschaft an und wurde mit drei leiblichen Schwestern Matrjonas bekannt gemacht, die Matrjona, als die älteste, »Ljolka« oder »Njanka«* nannten. Bis zu diesem Tag war in unserer Stube wenig von den Schwestern zu bemerken gewesen – als hätten sie Angst gehabt, Matrjona würde sie um Unterstützung angehen.

Nur ein Ereignis oder Omen verdüsterte Matrjona diesen Feiertag: Fünf Werst weiter war sie zur Kirche gegangen, zur Wasserweihe, stellte ihr Kesselchen zwischen die anderen, als aber die Wasserweihe vollzogen war und die Weiber, sich beiseite drängend, vorstürzten, ihr Kesselchen an sich zu raffen – schaffte es Matrjona nicht, unter den ersten zu sein, und am Ende – war ihr Kesselchen verschwunden. Und auch kein anderes Gefäß war anstelle des Kesselchens, als hätte es der böse Geist fortgetragen.

»Großmütterchen!« ging Matrjona zwischen den Betenden umher. »Hat eine vielleicht aus Versehen fremdes, geweihtes Wasser an sich genommen? Im

* Patchen oder Amme

Kesselchen?« Niemand gestand etwas ein. Manchmal stibitzten die Jungen, und Jungens waren dagewesen. Matrjona kehrte niedergeschlagen heim.

Man konnte indessen nicht behaupten, daß Matrjona tief gläubig war. Viel eher war sie eine Heidin, der Aberglaube beherrschte sie: Am Tage Iwans, des Fastenden, darf man den Gemüsegarten nicht betreten – sonst gibt's im folgenden Jahr keine Ernte; wenn der Schneestrum heult – bedeutet dies, daß sich irgendwo jemand erhängt hat; und klemmt man sich den Fuß in der Tür ein – wird ein Gast kommen.

Solange ich auch bei ihr lebte – niemals habe ich sie beten sehen, nicht ein einziges Mal hat sie sich bekreuzigt. Aber jede Arbeit begann sie »Mit Gott!«, versäumte auch nie zu mir »Mit Gott!« zu sagen, wenn ich zur Schule ging. Mag sein, sie betete auch, aber wenn, dann heimlich, weil sie sich vor mir genierte oder weil sie mich zu belästigen fürchtete.

Es hingen in der Stube auch Heiligenbilder. Werktags hingen sie im Dunkeln, aber zur Zeit der Abendmesse und am Morgen der Feiertage entzündete Matrjona das Öllämpchen.

Allein, Sünden beging sie weniger als ihre hinkende Katze. Die – beutelte Mäuse ...

Ein wenig der Armseligkeit ihres aufreibenden Lebens entronnen, begann Matrjona nun auch aufmerksam meinem Radio zu lauschen (ich hatte es nicht unterlassen, mir einen *Aufklärer* zu besorgen – so nannte Matrjona den Empfänger).

Hörte sie aus dem Radio, daß neue Maschinen erfunden worden waren, brummte Matrjona aus der Küche: »Immer neue, neue, wollen mit den alten einfach nicht arbeiten, wo werden wir denn die alten stapeln?«

Wurde berichtet, wie Wolken von Flugzeugen aus vertrieben werden, schüttelte Matrjona vom Ofen herab den Kopf:

»Oi, oi, oi, werden noch was ändern, den Winter oder den Sommer.«

Schaljapin schmetterte russische Lieder. Matrjona stand, lauschte und sagte dann entschieden:

»Seltsam singt der. Nicht wie wir.«

»Aber Matrjona Wassiljewna, hören Sie doch mal genau hin!«

Sie lauschte wieder. Preßte die Lippen zusammen:

»Nein, nicht so. Nicht wie unsereins. Und treibt Unfug mit der Stimme.«

Dafür entschädigte mich Matrjona auch. Übertragen wurde ein Konzert mit den Romanzen von Glinka. Und plötzlich, nach etwa fünf Romanzen, kam Matrjona, sich an der Schürze festhaltend, hinter der Zwischenwand hervor, strahlend, mit Tränen in den Augen:

»Das – das ist wie unsereins . . .«, flüsterte sie.

II

So gewöhnte sich Matrjona an mich, und ich mich an sie, und wir lebten friedlich zusammen. Sie bedrängte mich mit keinerlei Fragen. Sie entbehrte entweder jeder weiblichen Neugierde oder war zu taktvoll, mich auch nur ein einziges Mal zu fragen: ob ich jemals verheiratet gewesen. Alle Talnower Weiber rückten ihr auf den Pelz – um etwas über mich zu erfahren. Denen antwortete sie:

»Wenn ihr was wissen wollt – dann fragt selber. Ich weiß nur eines – er kommt von *weit* her.«

Und als ich ihr nach einiger Zeit, aus eigenem Antrieb, erzählte, daß ich lange im Gefängnis gesessen hätte, nickte sie nur stumm mit dem Kopf, als hätte sie das längst vermutet.

Auch ich nahm nur die gegenwärtige Matrjona auf, eine verlassene alte Frau, und auch ich rührte nicht an ihre Vergangenheit, ahnte nicht einmal, daß da etwas zu finden war.

Ich wußte, daß Matrjona noch vor der Revolution geheiratet hatte, und sogleich in diese Stube hinein, in der wir nun zusammen lebten, und sogleich an den Ofen (das hieß, daß weder eine Schwiegermutter noch eine unverheiratete ältere Frau dagewesen waren, so daß Matrjona gleich am Morgen nach der Hochzeitsnacht zur Ofengabel hatte greifen müssen). Ich wußte, daß sie sechs Kinder gehabt, die eines nach dem anderen sehr früh gestorben waren, und zwei gar nicht erst gelebt hatten. Dann war da eine Pflegetochter, Kira, gewesen. Matrjonas Mann war aus dem Krieg nicht zurückgekehrt. Aber eine Todesnachricht war nicht eingetroffen. Männer aus dem Dorf, die mit ihm in derselben Kompanie gedient hatten, meinten, er wäre entweder in Gefangenschaft geraten oder gefallen, nur, seine Leiche hat man nicht gefunden. Nach acht Nachkriegsjahren beschloß Matrjona endgültig zu glauben, daß er nicht mehr am Leben war. Und das war gut so. Denn selbst wenn er noch lebte – so hatte er wohl irgendwo geheiratet, in Brasilien oder Australien. Und das Dorf Talnowo und die russische Sprache waren aus seinem Gedächtnis ausgelöscht . . .

Einmal, aus der Schule heimkommend, traf ich in unserer Stube einen Gast an. Ein hochgewachsener dunkler Alter saß, die Mütze auf den Knien abgelegt, auf einem Stuhl, den Matrjona ihm in die Mitte des Zimmers, an den Kachelofen geschoben hatte. Sein Gesicht umfloß dichtes schwarzes Haar, kaum von grauen Fäden durchzogen: Mit dem schwarzen Vollbart vereinigte sich ein dichter schwarzer Schnurrbart, so daß der Mund nur eben noch zu erkennen war; und ein dichter schwarzer Backenbart schob sich, die Ohren kaum freilassend, hinauf zu den schwarzen Haupthaaren, die von den Schläfen herabhingen; breite schwarze Brauen waren wie Brükken einander entgegengespannt. Nur die Stirn wölbte sich kahl empor zu der breiten, kahlen Schädelmitte. Die ganze Erscheinung des Alten zeugte mir von Weisheit und Würde. Er saß aufrecht da, die Hände über einem Stock gekreuzt, den Stock lotrecht auf den Boden gestemmt – saß in der Haltung geduldigen Abwartens und hatte sich, offensichtlich, kaum mit Matrjona unterhalten, die sich hinter der Zwischenwand zu schaffen machte.

Als ich eintrat, wandte er mir leicht seinen majestätischen Kopf zu und sagte plötzlich:

»Väterchen! ... Ich sehe Sie nur schlecht. Mein Sohn geht in Ihren Unterricht. Grigorjew, Antoschka ...«

Weiter brauchte er nicht zu reden ... Bei all meiner Bereitschaft, diesem achtbaren Alten behilflich zu sein, wußte ich im voraus, daß ich all das Fruchtlose, was der Alte gleich vorbringen würde, ablehnte. Grigorjew Antoschka war ein dicker, rotbäckiger Bursche aus der achten D-Klasse, der aussah wie ein Kater nach dem Verzehr etlicher Plinsen. In die Schule kam er, wie um sich zu erholen, saß in seiner Schulbank und grinste gelangweilt. Darüber hinaus erledigte er zu Hause niemals seine Schulaufgaben. Das Wesentliche aber war, daß man ihn aus Besorgnis um die hohe Leistungsziffer, deren sich die Schulen unseres Bezirks, unseres Kreises und der benachbarten Kreise rühmten, von Jahr zu Jahr versetzte und er eindeutig begriffen hatte, daß er, wie sehr ihm die Lehrer auch drohen mochten, am Ende des Jahres doch versetzt würde und folglich deshalb nicht zu lernen brauchte. Er machte sich über uns lustig. Er saß in der achten Klasse, hatte aber keine Ahnung von Bruchrechnung und wußte die verschiedenen Dreiecke nicht zu unterscheiden. Nach dem ersten Quartal befand er sich in der eisernen Umklammerung meiner Vieren – und dasselbe erwartete ihn auch im dritten Quartal.

Doch diesem halbblinden Alten, der eher der Großvater als der Vater Antoschkas hätte sein können und der zu mir als demütig Bittender gekommen war – wie ihm sagen, daß die Schule ihn Jahr für Jahr belogen hatte, ich aber ihn nicht länger belügen konnte, sonst zersetzte ich die ganze Klasse, verwandelte mich in einen Hanswurst, müßte all meine Arbeit und meinen Stand mißachten?

Und so setzte ich ihm geduldig auseinander, sein Sohn sei vollkommen verwildert, er lüge in der Schule wie zu Hause, man müsse häufiger seine Hefte durchsehen und ihn von beiden Seiten härter anpacken.

»Wie noch härter, Väterchen«, beteuerte mir der Gast. »Ich prügele ihn jetzt jede Woche. Und meine Hand ist kräftig.«

Während des Gesprächs erinnerte ich mich, daß auch Matrjona sich schon einmal, wer weiß warum, für Antoschka Grigorjew eingesetzt hatte, ich jedoch nicht darüber nachdachte, ob sie mit ihm verwandt sei, und ihr Bitten damals ebenfalls von mir gewiesen hatte. Matrjona stand auch jetzt in der Küchentür als stumme Bittstellerin.

Und als Faddej Mironowitsch weggegangen war, mit dem Versprechen wiederzukommen - sich zu erkundigen, fragte ich:

»Ich begreife nicht, Matrjona Wassiljewna, wie stehen Sie denn zu diesem Antoschka?«

»Meines Schwagers Sohn«, erwiderte Matrjona trocken und ging hinaus, um die Ziege zu melken.

Abwägend begriff ich, daß der schwarze, hartnäckige Alte - der leibliche Bruder von Matrjonas veschollenem Mann war.

Und es verstrich der lange Abend - Matrjona kam nicht mehr auf das Gespräch zurück. Zu später Stunde erst, als ich den Alten vergessen und in der Stille der Stube beim Schurren der Schaben und dem Ticken der Wanduhr arbeitete - sagte Matrjona plötzlich aus ihrer dunklen Ecke heraus:

»Ich, Ignatitsch, hätte ihn damals beinahe geheiratet.«

Ich hatte auch Matrjona selbst vergessen, vergessen, daß sie hier war, sie kaum gehört - aber so erregt sagte sie das aus dem Dunkel heraus, als würde dieser Alte noch heute um sie werben.

Offensichtlich hatte Matrjona den ganzen Abend nur an ihn gedacht.

Sie erhob sich von ihrem ärmlichen Lumpenlager und kam langsam auf mich zu, als folgte sie ihren eigenen Worten nach. Ich lehnte mich zurück

– und erblickte zum ersten Mal eine ganz neue Matrjona.

Deckenlicht gab es nicht in unserem großen Zimmer, in dem ein Wald von Gummibäumen wucherte. Von der Tischlampe aber fiel Licht nur auf meine Hefte – wandte man die Augen von diesem Licht ab, so lag über dem ganzen Raum fahles Halbdunkel. Und aus diesem trat Matrjona. Und ihre Wangen schienen mir nicht gelblich, wie sonst, sondern von rosiger Farbe.

»Er hat als erster um mich geworben ... früher als Jefim ... Er war sein älterer Bruder ... Ich war neunzehn, Faddej dreiundzwanzig ... In diesem Haus haben sie damals gelebt. Gehörte ihnen. Hatte ihr Vater gebaut.«

Unwillkürlich blickte ich mich um. Dieses altersgraue, zerfallene Haus trat mir plötzlich durch die bläßliche grüne Haut seiner Tapete, hinter denen die Mäuse hin und her huschten, entgegen, mit frischen, noch nicht gedunkelten, neu gehobelten Balken und fröhlichem, harzigem Geruch.

»Und Sie haben ihn? ... Ja, wie denn? ...«

»Den Sommer ... sind wir beide ins Wäldchen gegangen, dort zu sitzen«, flüsterte sie. »War ein Wäldchen, wo jetzt das Gestüt ist, haben es abgeholzt ... Ein wenig, und ich hätte ihn geheiratet, Ignatitsch. Dann kam der Krieg mit den Deutschen. Faddej haben sie eingezogen.«

Das warf sie so hin – und vor mir flammte der

blaue, weiße und gelbe Juli des Jahres vierzehn auf: ein noch friedlicher Himmel, die treibenden Wolken und das Volk, das sich mit dem reifen Korn abplagt. Ich stellte sie mir nebeneinander vor: den pechschwarzen Hünen, die Sense über dem Rücken; sie, rotwangig, eine Garbe im Arm. Und ein Lied, ein Lied unter dem Himmel, wie man es jetzt, wegen all der Maschinen, nicht mehr singen kann.

»Er zog in den Krieg – verschwand ... Drei Jahre habe ich mich zurückgezogen, habe gewartet. Und kein Zeichen, keine Nachricht ...«

Umrahmt von dem alten, verblichenen Kopftuch sah mich im weichen Widerschein der Lampe Matrjonas Gesicht an – gleichsam frei von Runzeln, von der alltäglichen, nachlässigen Kleidung – erschrokken, mädchenhaft, vor einer schrecklichen Wahl.

Ja. Ja ... Ich verstand ... Die Blätter fielen ab, Schnee kam – und taute wieder. Von neuem wurde gepflügt, von neuem wurde gesät, von neuem geerntet. Und wieder fielen die Blätter, und wieder kam Schnee. Und eine Revolution. Und eine andere Revolution. Und die ganze Welt war durcheinander.

»Ihre Mutter starb – und da freite Jefim um mich. Sagte, hast in unser Haus kommen wollen, nun, so komm auch. War der Jefim ein Jahr jünger als ich. Bei uns sagt man: Die Kluge heiratet nach Mariä Schutz und Fürbitte, die Dumme nach Peter und Paul. Ihnen fehlten die Arbeitskräfte. Ich ging also hin ... Zu Peter und Paul war die Hochzeit, und zu

Nikolaus – kam er wieder ... der Faddej ... aus ungarischer Gefangenschaft.«

Matrjona schloß die Augen. Ich schwieg.

Sie wandte sich zur Tür, als wäre diese ein lebendiges Wesen.

»Er stand auf der Schwelle. Ich schrie! Hätte ihm zu Füßen fallen mögen! ... Ging nicht ... ›Nun‹, sagte er, ›wenn es nicht mein leiblicher Bruder wäre, erschlagen würd ich euch beide!‹«

Ich fuhr zusammen. Angesteckt von ihrem Gefühlsausbruch oder ihrer Angst, sah ich lebhaft vor mir, wie er dort gestanden, pechschwarz, in der dunklen Tür, die Axt zum Schlage erhoben.

Doch sie beruhigte sich, stützte sich auf die Lehne des Stuhls vor ihr und erzählte in singendem Tonfall weiter:

»Oi, oi, oi, mein armes Köpfchen! Wie viele Bräute auch im Dorf waren – er hat keine geheiratet. Sagte: Ich werde deinen Namen suchen, eine zweite Matrjona. Und holte sich eine Matrjona aus Lipowka, und sie bauten sich ein eigenes Haus, wo sie auch heute noch leben, du gehst jeden Tag zur Schule bei ihnen vorbei.«

Ach, so war das! Jetzt wurde mir klar, daß ich jene zweite Matrjona des öfteren gesehen hatte. Ich konnte sie nicht ausstehen: Immer kam sie zu meiner Matrjona, sich zu beklagen, daß der Mann sie schlägt, daß er ein Geizhals ist, sie quält, und schluchzte dann lange, ihre Stimme war immer weinerlich.

Doch kam zutage, daß meine Matrjona eigentlich nichts zu bereuen hatte – geprügelt hat Faddej seine Matrjona das ganze Leben bis zum heutigen Tage und auch das Haus tyrannisiert.

»Mich hat er kein einziges Mal geschlagen«, erzählte sie mir über Jefim. »Auf der Staße ist er auf die Männer mit Fäusten losgegangen, aber auf mich – nicht ein einziges Mal ... Das heißt, einmal doch – habe mich mit der Schwägerin gezankt, da hat er mir einen Löffel an der Stirn kaputtgeschlagen. Bin ich vom Tisch aufgesprungen: ›Sollt euch verschlucken, ersticken, ihr Drohnen!‹ Und bin in den Wald gelaufen. Hat mich nie wieder angerührt.«

Offensichtlich hatte auch Faddej nichts zu bedauern: Es gebar ihm die zweite Matrjona ebenfalls sechs Kinder (unter ihnen meinen Antoschka, den jüngsten, letztgeborenen) – und sie alle waren am Leben, Matrjonas und Jefims Kinder dagegen nicht: wurden keine drei Monate alt und starben jedes, ohne jemals krank gewesen zu sein.

»Eine Tochter, die Jelena, war eben geboren, wurde gewaschen – und schon war sie tot. So brauchte man die Totenwäsche nicht mehr vorzunehmen ... An meinem Hochzeitstag, zu Peter und Paul, hab ich mein sechstes Kind, den Alexander, begraben – zu Peter und Paul!«

Und so entschied das ganze Dorf, daß Matrjona verhext war.

»Ich bin verhext!« nickte Matrjona auch jetzt

noch überzeugt. »Sie haben mich zu einer ehemaligen Nonne gebracht, die hat mir einen Husten gemacht – hat gewartet, daß das Böse als Frosch aus mir herausspringt. Aber ist nicht gesprungen . . .«

Und die Jahre vergingen, wie Wasser fließt . . . Im Jahre einundvierzig wurde Faddej wegen seiner Blindheit nicht eingezogen, dafür mußte Jefim gehen. Und wie der ältere Bruder im Ersten, so verschwand der jüngere im Zweiten Weltkrieg ohne jegliche Nachricht.

Doch kehrte dieser überhaupt nicht zurück. Es moderte und alterte das einst laute, jetzt verödete Haus – und es alterte in diesem Haus eine verwaiste Matrjona.

Und da erbat sie sich von jener zweiten, so oft geprügelten Matrjona eine Frucht ihres Leibes (oder ein Tröpfchen Blut Faddejs?) – deren jüngste Tochter Kira.

Zehn Jahre umsorgte sie sie wie eine leibliche Tochter anstelle eigener Kinder. Und nicht lange bevor ich hier ankam, gab sie Kira einem jungen Maschinisten aus Tscherusti zur Frau. Nur von dorther kam bisweilen eine Unterstützung: manchmal Zukker oder, wenn ein Ferkel geschlachtet worden war, etwas Schmalz.

Von Krankheit zermürbt und den baldigen Tod erwartend, erklärte Matrjona ihren letzten Willen: Die gute Stube mit ihrem Holzwerk, die mit unserem Raum unter einem Dach lag, wollte sie nach ihrem

Tode Kira vermachen. Über unseren Raum sagte sie nichts. Ihre drei Schwestern hatten es darauf abgesehen, eben diesen Raum zu erben.

So offenbarte sich mir an jenem Abend Matrjona vollständig. Und, wie das so zu sein pflegt, kaum waren mir der Zusammenhang und der Sinn ihres Lebens erkennbar geworden – gerieten beide auch schon gleich in den nächsten Tagen in Bewegung. Aus Tscherusti kam Kira, der alte Faddej wurde unruhig: Um in Tscherusti ein Stück Land zu erwerben und behalten zu können, mußten die jungen Leute darauf ein Haus errichten. Matrjonas gute Stube war dafür gerade richtig. Etwas anderes hätte man nicht hinstellen können, nirgendwo war Bauholz aufzutreiben. Und nicht so sehr Kira selbst, und nicht so sehr ihr Mann, sondern der alte Faddej brannte darauf, dieses Stück Land in Tscherusti für sie zu gewinnen.

Und so wurde er ein ständiger Gast bei uns, kam einmal, kam noch einmal, sprach schulmeisterlich auf Matrjona ein und forderte, daß sie die gute Stube schon jetzt abtreten müsse, noch zu Lebzeiten. Bei diesen Besuchen erschien er mir nicht mehr als der auf seinen Stock gestützte weise Alte, den ein Stoß oder ein grobes Wort umwerfen könnte. Wenn auch durch ein Rückgratleiden gebeugt, war er immer noch stattlich, hatte sich seit mehr als sechzig Jahren die volle jugendliche Schwärze seiner Haare bewahrt und setzte nun Matrjona voller Eifer zu.

Zwei Nächte lang schlief Matrjona nicht. Es fiel ihr schwer, sich zu entscheiden. Um die gute Stube selbst war es ihr nicht leid, da sie nicht benutzt wurde, wie Matrjona überhaupt niemals weder Mühe scheute, noch mit ihrem Besitz geizte. Und die gute Stube war ohnehin Kira zugedacht. Aber unheimlich war es ihr, einen Teil jenes Daches abzureißen, unter dem sie vierzig Jahre gelebt hatte. Selbst mir, nur einem Mieter, war es schmerzlich, daß die Dielen herausgelöst und die Balken des Hauses losgerissen werden sollten.

Für Matrjona aber bedeutete dies – das Ende ihres Lebens.

Da die, die es darauf abgesehen hatten, wußten, daß man ihr Haus bei Lebzeiten abtragen konnte.

Und Faddej kam mit Söhnen und Schwiegersöhnen an einem Februarmorgen, und fünf Äxte begannen zu klirren, es knarrten und ächzten die herausgebrochenen Dielen. Die Augen Faddejs blitzten geschäftig. Ungeachtet dessen, daß er seinen Rücken nicht mehr geradebiegen konnte, kletterte er behende im Dachstuhl umher und rannte unten hastig dorthin und hierhin, seine Gehilfen anfeuernd. Dieses Haus hatte er einst mit dem Vater gebaut; diese gute Stube hatten sie für ihn, den ältesten Sohn, eingerichtet, daß er sich hier mit seiner jungen Frau niederlasse. Aber jetzt nahm er sie grimmig auseinander, um sie von einem Hof wegzuschaffen, den andere bewohnten.

Nachdem die Balkenreihen und Deckenbretter mit Nummern versehen waren, wurde die gute Stube mitsamt der Vorratskammer auseinandergelegt, die Bauernstube aber mit dem nun verkürzten Flur durch eine provisorische Bretterwand geschlossen. In der Wand klafften Spalten, ja alles deutete darauf hin, daß die Männer zwar abreißen konnten, aber keine Erbauer waren und wohl kaum annahmen, Matrjona hätte hier noch lange zu leben.

Während die Männer abrissen, organisierten die Frauen für den Tag des Transportes Selbstgebrannten: Wodka wäre viel zu teuer gekommen. Kira hatte aus der Moskauer Gegend ein Pud Zucker mitgebracht, Matrjona Wassiljewna trug diesen Zucker und die Flaschen im Schutz der Nacht zum Schnapsbenner.

Hinausgetragen und gestapelt waren die Balken vorm Hoftor, der Schwiegersohn-Maschinist fuhr nach Tscherusti, den Traktor zu holen.

Noch am selben Tag setzte der Schneesturm ein – der *Zweikampf* begann, wie Matrjona sagte. Prasselte und wirbelte zwei Tage und Nächte lang um das Haus, verwehte den Weg mit riesigen Schneehaufen. Dann, kaum war der Weg durch ein, zwei Lastwagen festgefahren, wurde es plötzlich wärmer, schmolz alles an einem Tag, feuchte Nebelschwaden entstanden, Bächlein sprudelten, den Schnee durchbrechend, die Füße versanken bis zum Stiefelschaft.

Zwei Wochen lang widersetzte sich auf diese

Weise die abgerissene Stube dem Traktor! In diesen zwei Wochen ging Matrjona wie verloren umher. Was sie besonders bedrückte, war die Tatsache, daß ihre drei Schwestern zu ihr kamen, sie einstimmig als dumme Person beschimpften, weil sie die Stube hergegeben, erklärten ferner, sie nicht mehr wiedersehen zu wollen – und fuhren damit davon.

In eben diesen Tagen war auch die lahme Katze entlaufen – und blieb verschwunden. Auch das bekümmerte Matrjona. Eines kam zum anderen.

Schließlich überfiel Frost die tauende Straße. Ein sonniger Tag brach an, das Herz wurde heiter. Matrjona hatte in der Nacht zuvor etwas Gutes geträumt. Als sie am Morgen hörte, daß ich jemanden an einem alten Webstuhl fotografieren wollte (solche standen noch in zwei Bauernhäusern, auf ihnen wurden die derben, schmalen Fußteppiche gewebt) – lächelte sie verlegen:

»Wart noch ein paar Tage, Ignatitsch, ist die Stube erst weg – bau ich den Webstuhl auf, denn ich habe noch einen – dann nimmst du mich auf. Bei Gott, wirklich!«

Offensichtlich wollte sie gern mit einem Stück aus alter Zeit abgelichtet werden. Die rötliche, frostige Sonne übergoß das vereiste Fensterchen des nun verkürzten Flurs mit rosigem Licht – und sein Widerschein ließ Matrjonas Gesicht erglühen. Jene Menschen haben immer ein schönes Gesicht, die im Einklang mit ihrem Gewissen leben.

Zur Dämmerung, als ich von der Schule heimkam, sah ich Bewegung vor unserem Haus. Der große, neue Traktorschlitten war schon beladen mit Balken, doch vieles hatte noch keinen Platz – und die Familie Faddejs und einige zur Hilfe herbeigerufene Leute zimmerten eben einen zweiten.

Alle schufteten wie besessen, mit jener Erbitterung, die Menschen erfüllt, wenn reichliche Gelder locken oder üppige Bewirtung zu erwarten steht. Sie brüllten sich an, zankten miteinander.

Man stritt sich, wie die Schlitten transportiert werden sollten – einzeln oder zusammen. Ein Sohn Faddejs, ein lahmer, und der Schwiegersohn-Maschinist erklärten, daß der Traktor beide Schlitten auf einmal nicht ziehen könne. Der Traktorist aber, ein von sich überzeugter, dicklippiger, vor Gesundheit strotzender Kerl krächzte, daß er es besser wissen müsse, daß er der Führer sei und die Schlitten zusammenkuppeln wolle. Seine Rechung war eindeutig: laut Vereinbarung bezahlte ihm der Maschinist für den Transport der Stube, aber nicht für die Wegstrecke. Zwei Wegstrecken pro Nacht – je fünfundzwanzig Kilometer hin und einmal zurück – würde er keinesfalls schaffen. Zudem mußte er am Morgen mit dem Traktor in der Garage zurück sein, aus der er ihn heimlich für die Fahrt entwendet hatte.

Der alte Faddej brannte darauf, noch heute die ganze Stube abzutransportieren – und er nickte seinen Leuten zu, nachzugeben. Der zweite, eiligst zusammengezimmerte Schlitten wurde am ersten, stabilen befestigt. Matrjona lief zwischen den Männern umher, war geschäftig und half, die Balken auf den Schlitten zu schieben. Da bemerkte ich, daß sie meine Steppjacke trug, schon den Ärmel an den vereisten Balken beschmutzt hatte – und voller Unbehagen rügte ich das. Diese Steppjacke war mit Erinnerungen verbunden, hatte mich in schweren Jahren gewärmt. Zum ersten Mal ärgerte ich mich über Matrjona Wassiljewna.

»Oi, oi, oi, mein armes Köpfchen!« rief sie bestürzt. »Habe sie mir blind gegriffen, hatte übersehen, daß es deine ist. Verzeih, Ignatitsch.« Und zog sie aus, hängte sie zum Trocknen auf.

Das Verladen war beendet – und alle, die beteiligt gewesen – an die zehn Mann – polterten an meinem Tisch vorbei und krochen unter dem Vorhang hindurch in die Küche. Von dort klangen dumpf die Gläser, manchmal gluckerte eine Flasche, die Stimmen wurden immer lauter, die Prahlerei immer hitziger. Am meisten schlug sich der Traktorist in die Brust. Der schwere Geruch des Selbstgebrannten drang bis zu mir. Doch tranken sie nicht lange – die Dunkelheit trieb sie zur Eile an. Nacheinander begaben sie sich nach draußen. Selbstzufrieden, mit hartem Gesicht der Traktorist. Begleiten sollten den Schlitten bis Tscherusti der Schwiegersohn-Maschinist, der lahme Sohn Faddejs und noch ein Neffe von ihm. Die übrigen gingen auseinander, nach

Hause. Faddej eilte, den Stock schwenkend, jemandem nach, redete auf ihn ein. Der lahme Sohn Faddejs hielt bei meinem Tisch inne, um sich eine Zigarette anzustecken, und sprach plötzlich davon, wie sehr er Tante Matrjona liebe und daß er kürzlich geheiratet und eben einen Sohn bekommen habe.

Da riefen sie nach ihm, er ging hinaus. Vor dem Fenster heulte der Traktor auf.

Als letzte kam Matrjona hinter der Zwischenwand hervor. Sie schüttelte besorgt den Kopf, den Davongegangenen nach, zog sich ihre Steppjacke über, band sich ein Tuch um. In der Tür sagte sie zu mir:

»Warum haben sie nicht zwei genommen? Fällt der eine Traktor aus, zieht eben der andere. Was das noch geben wird – weiß allein Gott! . . .«

Und damit lief sie den anderen nach.

Nach dem Saufen, dem Streiten, dem Hinundherrennen wurde es besondes still in der verlassenen Stube, die durch das häufige Türenaufreißen ausgekühlt war. Vor den Fenstern draußen war es inzwischen dunkel geworden. Ich schlüpfte ebenfalls in meine Steppjacke und setzte mich hin, um die Hefte durchzusehen. Der Traktorenlärm erstarb in der Ferne.

Es verging eine Stunde, eine zweite. Eine dritte. Matrjona war noch nicht zurückgekehrt, doch wunderte ich mich nicht: Nachdem sie die Schlitten begleitet, war sie wohl noch zu ihrer Mascha geeilt.

Und noch eine Stunde verging. Und noch eine.

Nicht nur die Finsternis, auch eine tiefe Stille breitete sich über das Dorf. Ich konnte mir damals nicht erklären, warum solche Stille herrschte – wie sich später herausstellte: weil den ganzen Abend kein einziger Zug über die eine halbe Werst entfernte Strecke gefahren war. Mein Radio schwieg, und ich bemerkte, daß die Mäuse mehr denn je außer Rand und Band gerieten: Immer dreister, immer lauter rannten sie hinter der Tapete umher, scharrten und piepsten.

Ich kam zu mir. Es war ein Uhr nachts, Matrjona aber immer noch nicht zurückgekehrt.

Plötzlich vernahm ich laute Stimmen. Noch waren sie weit entfernt, doch bald merkte ich mit Schrekken, daß sie zu uns wollten. Und wahrhaftig, bald darauf ertönte ein heftiger Schlag gegen das Tor. Eine fremde, gebieterische Stimme rief, man solle aufmachen. Ich ging mit der elektrischen Stablampe hinaus in das undurchdringliche Dunkel. Das Dorf schlief, die Fenster waren dunkel, auch der Schnee war während der letzten Woche zusammengeschmolzen und gab keinen Widerschein. Ich schob den unteren Riegel zurück und öffnete. Vier Gestalten in Uniformmänteln traten auf mich zu. Es ist äußerst unangenehm, wenn sie nachts zu dir kommen, laut und in Uniformmänteln.

Bei Licht erkannte ich indessen, daß zwei der Männer Eisenbahnermäntel trugen. Der ältere, ein dicker Kerl mit einem Gesicht wie der Traktorist, fragte:

»Wo ist die Hausfrau?«

»Das weiß ich nicht.«

»Aber der Traktor mit dem Schlitten ist von diesem Hof abgefahren?«

»Von diesem Hof.«

»Haben sie vor der Abfahrt getrunken?«

Alle vier kniffen die Augen zusammen, sahen sich im Halbdämmer der Tischlampe um. Ich hatte sowieso begriffen, daß sie jemanden verhaftet hatten oder verhaften wollten.

»Aber was ist denn passiert?«

»Beantworten Sie, was Sie gefragt werden!«

»Aber . . .«

»Sind sie betrunken losgefahren?«

»Haben sie hier getrunken?«

War einer erschlagen worden? Oder durfte die Stube nicht transportiert werden? Sie setzten mir verdammt zu. Doch eins stand fest: Für den Selbstgebrannten können sie Matrjona zur Verantwortung ziehen.

Ich trat zurück zur Küchentür und verdeckte sie mit meinem Körper.

»Ich habe nichts bemerkt. Zu sehen war nichts.«

(Ich hatte in der Tat nichts gesehen, nur gehört.)

Mit gleichsam hilfloser Geste wies ich mit erhobener Hand in die Stube: das friedliche Licht der Tischlampe über Büchern und Heften; die Schar erschrockener Gummibäume; das harte Lager eines Einsiedlers. Keinerlei Spuren einer Zecherei.

Sie hatten schon selber voller Ärger festgestellt, daß hier keine Sauferei stattgefunden hatte. Und sie wandten sich der Tür zu, darüber debattierend, daß man, auch wenn die Sauferei nicht in diesem Hause stattgefunden, sehr wohl allen Grund zu dieser Annahme gehabt hätte. Ich begleitete sie hinaus und versuchte herauszubekommen, was denn passiert war. Und erst bei der Pforte brummte mir einer zu:

»Hat alles zermalmt. Kaum noch einzusammeln.«

Und ein anderer fügte hinzu:

»Aber das ist nicht das Wesentliche. Der Einundzwanzig wäre beinahe entgleist, das hätte was gegeben.«

Und damit gingen sie rasch davon.

Verstört kehrte ich in die Stube zurück. Wer sind: alle? Und wo war Matrjona?

Ich schlug den Vorhang zurück und betrat die Küche. Der Geruch des Selbstgebrannten schlug mir entgegen. Es war ein verlassenes Schlachtfeld – zusammengeschobene Hocker und Bänke, leere, herumliegende Flaschen, eine noch nicht ganz geleert, Gläser, Reste von Hering, Zwiebeln, angeschnittener Speck.

Alles war wie ausgestorben. Nur die Schaben krabbelten unbekümmert über dieses Schlachtfeld.

Der Schnellzug Einundzwanzig war erwähnt worden. Wieso? ... Vielleicht hätte man ihnen das hier zeigen müssen? Mich befielen schon Zweifel.

Aber was war das auch für eine verfluchte Art und Weise – einem Zivilisten nichts zu erklären?

Plötzlich knarrte unsere Pforte. Ich trat rasch in den Flur hinaus:

»Matrjona Wassiljewna?«

Die Haustür wurde geöffnet. Torkelnd, die Hände zusammengepreßt, trat Matrjonas Freundin Mascha ein:

»Matrjona . . . unsere Matrjona, Ignatitsch . . .«

Ich forderte sie auf, sich zu setzen, und mit den Tränen kämpfend, erzählte sie.

Der Bahnübergang liegt auf einer Anhöhe, der Abhang ist steil. Eine Schranke nicht vorhanden. Mit dem ersten Schlitten war der Traktor schon über die Gleise hinweg, da riß das Seil, und der zweite Schlitten, der selbstgezimmerte, blieb auf dem Übergang stecken und drohte auseinanderzubrechen. – Faddej hatte kein gutes Holz für ihn gegeben, für den zweiten Schlitten. Sie fuhren den ersten Schlitten weiter hinab – kehrten zum zweiten zurück, brachten das Seil in Ordnung – der Traktorist und der lahme Sohn Faddejs, und eben dort, zwischen dem Traktor und dem Schlitten befand sich auch Matrjona. Was konnte sie den Mannsleuten schon helfen? Immer mischte sie sich in Männersachen ein. Das Pferd damals hätte sie beinahe in den See gestoßen, in ein Eisloch. Und wozu war sie zu dem verfluchten Bahnübergang mitgegangen? – Hatte die Stube abgegeben und damit doch wohl ihre Schuldigkeit getan . . .

Der Maschinist hielt indessen Ausschau, ob von Tscherusti her nicht unerwartet ein Zug herankäme, seine Lichter hätte man von weitem sehen können, aber von der anderen Seite, von unserer Station her, fuhren zwei Lokomotiven, aneinandergekoppelt – ohne Licht rückwärts. Warum ohne Licht – wer weiß das, aber wenn eine Lokomotive rückwärts fährt – fliegt dem Maschinisten vom Tender her Kohlenstaub in die Augen, zu sehen ist dann wenig. Sie rasten heran – und zerquetschten jene drei zu Fleischklumpen, die sich zwischen dem Traktor und dem Schlitten befanden. Haben den Traktor zertrümmert, den Schlitten in Späne verwandelt, die Gleise hochgehoben, und beide Lokomotiven sind umgekippt.

»Wie konnten sie nur die Lokomotiven nicht kommen hören?«

»Ein Traktor, der läuft, macht Krach.«

»Und was ist mit den Leichen?«

»Lassen niemanden durch. Ist alles abgeriegelt.«

»Und was habe ich von dem Schnellzug gehört ... da war doch ein Schnellzug? ...«

»Der Zehnuhrschnellzug – mit Volldampf durch unsere Station, und ebenfalls auf den Bahnübergang zu. Die Lokomotiven sind umgekippt – die Maschinisten heil davongekommen – sind herausgesprungen und zurückgelaufen, stehen mitten auf den Gleisen und winken mit den Armen, und haben den Zug stoppen können ... Den Neffen hat ein Balken erwischt. Er versteckt sich jetzt bei Klawka, damit sie nicht erfahren, daß er auch am Übergang dabei war! Sonst holen sie ihn als Zeugen! ... Der Unwissende liegt auf dem Ofen, den Mitwisser führen sie am Strick ... Aber Kiras Mann – nicht einen Kratzer. Wollte sich aufhängen, aus der Schlinge haben sie ihn gezogen. Es ist meine Schuld, sagte er, daß die Tante umgekommen ist und der Bruder. Und sofort ist er hingegangen, hat sich verhaften lassen. Den brauchen sie nicht ins Gefängnis zu stecken, der gehört in ein Irrenhaus. Ach, Matrjona-Matrjonuschka! ...«

Matrjona ist nicht mehr. Tot – ein lieber Mensch. Und am letzen Tag noch habe ich ihr wegen der Steppjacke Vorwürfe gemacht.

Die rot-gelbe Schönheit auf dem Bücherplakat lächelte unentwegt.

Tante Mascha saß noch ein Weilchen, weinte. Dann stand sie auf, um zu gehen, und fragte plötzlich:

»Ignatitsch! ... Erinnerst du dich ... ein graues Strickjäckchen hatte Matrjona ... Sie wollte es nach ihrem Tod meiner Tanka vermachen, nicht wahr?«

Und voller Erwartung blickte sie mich im Halbdunkel an – hatte ich das womöglich vergessen?

Doch ich erinnerte mich: »Das wollte sie, stimmt.«

»So erlaubst du vielleicht, daß ich es gleich mitnehme? Morgen kommt die Verwandtschaft, dann bekomme ich es nicht mehr.«

Und wieder sah sie mich flehend, hoffnungsvoll an – die fünfzigjährige Freundin, die einzige, die Matrjona von Herzen in diesem Dorf geliebt hatte . . .

Sicher, so mußte es wohl sein.

»Freilich, nehmen Sie nur . . .«, bekräftigte ich.

Sie öffnete den Kasten, nahm das Jäckchen, barg es unter dem Rock und ging . . .

Die Mäuse waren verrückt geworden, sie liefen die Wände hinauf und hinab, so daß die grünen Tapeten in beinahe sichtbaren Wellen über die Mäuserücken hinrollten.

Am Morgen wartete auf mich die Schule. Es war drei Uhr nachts. Für mich gab es nichts anderes als: die Tür absperren und mich schlafen legen.

Absperren, weil Matrjona nicht mehr kommen würde. Ich legte mich, ließ das Licht brennen. Die Mäuse spielten, stöhnten beinahe und rannten und rannten und rannten. Mein müder, zerschlagener Kopf konnte sich eines unfreiwilligen Zitterns nicht erwehren – es war, als würde Matrjona unsichtbar hier herumwandern und Abschied nehmen von ihrer Stube.

Und plötzlich erblickte ich im Halbdämmer bei der Eingangstür, auf der Schwelle, den schwarzen, jungen Faddej, mit erhobener Axt:

Wenn es nicht mein leiblicher Bruder wäre, erschlagen würde ich euch beide!

Vierzig Jahre lang seine Drohung in der Ecke, wie ein altes Beil – und hat dennoch zugeschlagen . . .

III

Bei Tagesanbruch brachten Frauen vom Bahnübergang her auf einem Schlitten unter einem schmutzigen Sack alles, was von Matrjona noch übriggeblieben. Sie nahmen den Sack ab, um die Waschung vorzunehmen. Alles war zerquetscht – keine Beine mehr, nur die Hälfte des Körpers, kein linker Arm mehr. Eine Frau sagte:

»Die rechte Hand hat der Herr ihr gelassen. Sie wird im Jenseits zu Gott beten ...«

Und die ganze Schar der Gummibäume, die Matrjona so sehr geliebt, daß sie einmal, als sie nachts bei Rauch erwachte, nicht losstürzte, um das Haus zu retten, sondern die Gummibäume auf den Boden legte (damit sie im Rauch nicht ersticken) – diese Gummibäume wurden aus der Stube getragen. Der Fußboden säuberlich geschrubbt. Matrjonas halbblinder Spiegel mit einem großen, handgewebten Handtuch verhängt. Die Plakate von den Wänden genommen. Mein Tisch fortgerückt. An die Fenster, unter das Heiligenbild, auf Hocker der Sarg gestellt, ein einfallslos gezimmerter Sarg.

Im Sarg lag Matrjona. In ein weißes Laken war ihr verstümmelter Körper geschlagen und der Kopf mit einem weißen Tuch umwunden – denn das Gesicht war unverletzt, war ruhig, wirkte eher lebendig als tot.

Dorfleute kamen, standen – schauten. Die Frauen

brachten auch kleine Kinder mit, ihnen die Tote zu zeigen. Begann eine zu weinen, fielen sogleich alle Frauen ein, wenn sie die Stube auch nur aus purer Neugierde betreten hatten – alle stimmten sie, wie ein begleitender Chor, von der Tür her, von den Wänden, in das Weinen ein. Die Männer aber standen stumm, hatten die Mützen abgenommen.

Das eigentliche Wehklagen aber blieb den nahen Verwandten. Bei diesem Vorgang bemerkte ich eine kühl ausgedachte, von altersher überlieferte Ordnung. Die entfernteren Verwandten traten nur kurz an den Sarg und begannen erst am Sarg selbst, leise zu wehklagen. Die, die sich zur engen Verwandtschaft rechneten, begannen schon an der Schwelle mit dem Weinen, am Sarg angelangt, neigten sie sich laut jammernd über das Gesicht der Toten. Jedes Klageweib hatte seine eigene Melodie. Und trug ihre eigenen Gefühle und Gedanken vor.

So erfuhr ich, daß Totenklage nicht einfach nur Klage ist, sondern ihres Zeichens Diplomatie. Die drei Schwestern Matrjonas kamen herbeigeeilt, eigneten sich die Stube an, die Ziege, den Ofen, hängten ein Schloß vor die Truhe, trennten aus dem Mantelfutter die zweihundert Rubel für die Beerdigung, beteuerten allen, die kamen, daß sie allein Matrjona am nächsten gestanden.

Und am Sarg klagten sie so:

»Ach, Njanka – Njanka! Ach, Ljolka – Ljolka! Du warst doch unsere Einzige! Hättest noch still und friedlich leben können! Und immer hätten wir dich freundlich behandelt! Umgebracht hat dich deine Stube! Den Rest hat sie dir gegeben, die Verfluchte! Warum hast du sie abgerissen? Warum hast du uns nicht gefolgt?«

So waren die Klagen der Schwestern gegen die Verwandtschaft des Mannes: Die hätte Matrjona nicht bedrängen dürfen, die Stube abzureißen. (Der versteckte Sinn war: Die Stube, die habt ihr an euch gerissen, das Haus kriegt ihr nicht!)

Die Verwandtschaft des Mannes – Matrjonas Schwägerinnen, die Schwestern Jefims und Faddejs und verschiedene Nichten kamen und klagten so:

»Ach, Tantchen, Tantchen! Wie hast du nicht besser auf dich aufgepaßt! Und jetzt nehmen die an uns Anstoß! Bist du doch unsere Liebste, doch die Schuld liegt an dir! Mit der Stube hat das nichts zu tun. Warum bist du dorthin gegangen, wo der Tod auf dich gelauert? Niemand hat dich dorthin gerufen! Wie bist du gestorben – hast nicht gedacht! Warum hast du nicht auf uns gehört? . . .«

(Aus all diesem Gejammer war eine Antwort herauszuhören: An ihrem Tod sind wir nicht schuld, betreffs des Hauses aber reden wir noch!)

Doch die plattgesichtige, derbe »zweite« Matrjona – jene untergeschobene Matrjona, die Faddej einst nur ihres Namens wegen genommen – begriff diese Politik nicht, heulte einfach, über den Sarg gebeugt:

»Du mein Schwesterchen! Bist du denn wirklich böse auf mich? O-o-o! ... Wie haben wir sonst miteinander geredet und geredet! Vergib mir, einer Sündigen! O-o-o! ... Bist zu deinem Mütterchen gegangen und holst mich sicher nach! O-o-o! ...«

In dieses »O-o-o« schien sie gleichsam ihre ganze Seele zu verströmen – und sie schlug, schlug ihre Brust an den Rand des Sarges. Und als ihr Klagen die herkömmlichen Formen überschritt, sagten die Frauen, gleichsam anerkennend, daß ihre Klage vollkommen gelungen sei, freundschaftlich zu ihr:

»Laß ab! Laß ab!«

Matrjona ließ ab, doch trat sie noch einmal herzu und schluchzte noch herzzerreißender. Da kam aus einer Ecke eine uralte Frau hervor, legte Matrjona die Hand auf die Schulter und meinte streng:

»Zwei Rätsel gibt es auf der Welt: wie ich geboren wurde – erinnere ich nicht, wie ich sterbe – weiß ich nicht.«

Und sogleich verstummte Matrjona, und es verstummten alle, bis es ganz still war.

Aber auch diese Alte, um einiges älter als alle Alten hier und Matrjona völlig fremd gewesen, begann wenig später zu klagen: »Ach du meine Liebste! Ach du, meine Wassiljewna! Ach, wie bin ich's überdrüssig, euch das Geleit zu geben!«

Und schon gar nicht nach dem Brauch – mit dem einfachen Schluchzen unseres darin so überreichen Jahrhunderts, schluchzte die unglückliche Pflegetochter Matrjonas – jene Kira aus Tscherusti, derentwegen die Stube abgerissen und fortgefahren worden war. Ihre ondulierten Locken waren jämmerlich zerrauft. Rot, blutunterlaufen ihre Augen. Sie bemerkte nicht, wie ihr Tuch in der Kälte verrutschte, daß sie den Mantel anzog, ohne in die Ärmel zu fahren. Sie ging wie von Sinnen vom Sarg der Pflegemutter in dem einen Haus zum Sarg des Brudes in das andere – man bangte zudem um ihren Verstand, da man ihren Mann vor Gericht stellen mußte.

Es ergab sich nämlich, daß ihr Mann doppelt schuldig war: Er hatte nicht nur die Stube nächtlicherweise transportiert, sondern kannte als Eisenbahner, der er war, die Bestimmungen für unbeschrankte Eisenbahnübergänge – und hätte zur Station gehen müssen, um den Transport anzumelden. In jener Nacht stand das Leben von Hunderten von Menschen auf dem Spiel, die friedlich auf den oberen und unteren Bänken im Halbdämmer der Abteillampen des aus dem Ural kommenden Schnellzuges schliefen. Wegen der Habgier einiger weniger Menschen: ein Stück Land zu ergattern und eine zweite Tour des Traktors zu sparen.

Wegen einer Stube, auf die sich der Fluch legte, kaum daß Faddejs Hände sich anschickten, sie abzureißen.

Übrigens, der Traktorist war der menschlichen Gerechtigkeit schon entzogen. Und die Eisenbahnverwaltung hatte sich ebenfalls schuldig gemacht, weil ein belebter Bahnübergang unbeschrankt blieb und weil die aneinandergekoppelten Lokomotiven ohne Laterne gefahren waren. Aus diesem Grunde war man anfangs so sehr bemüht, alles auf das Saufgelage abzuwälzen und einer Gerichtsverhandlung aus dem Wege zu gehen.

Die Schienen und der Bahnkörper waren so zerstört, daß drei Tage lang, während die Särge in den Häusern standen, keine Züge fuhren – sie wurden über eine andere Strecke umgeleitet. Den ganzen Freitag, Samstag und Sonntag – nach Beendigung der Untersuchung bis zur Beerdigung – wurde am Bahnübergang Tag und Nacht gearbeitet. Die Arbeiter froren und machten, um sich zu wärmen und um ihre Baustelle zu beleuchten, nachts ein Lagerfeuer aus den Brettern und Balken des zweiten Schlittens, die bei dem Bahnübergang verstreut lagen.

Der erste Schlitten, beladen und heil, stand unweit hinter dem Bahnübergang.

Und eben dies – daß der eine Schlitten verlockend mit voller Fuhre wartete und man den anderen teilweise noch dem Feuer entreißen könnte –, eben dies zermarterte die Seele des schwarzbärtigen Faddej den ganzen Freitag und den ganzen Samstag. Die Tochter verlor den Verstand, über dem Schwiegersohn schwebte das Gerichtsverfahren, im eigenen Haus lag der durch seine Schuld erschlagene Sohn, in derselben Straße – die durch seine Schuld erschlagene Frau, die er einst geliebt – Faddej stand nur kurz bei den Särgen, sich in den Bart greifend. Seine hohe Stirn war von einem schweren Gedanken umdüstert, doch dieser Gedanke war – wie die Balken der Stube vor dem Feuer und den Intrigen von Matrjonas Schwestern in Sicherheit zu bringen.

Da ich die Talnower inzwischen kennengelernt, begriff ich, daß Faddej im Dorf durchaus kein Einzelgänger war.

Und daß das Gut, ob des Volkes oder meines, die Sprache merkwürdigerweise als Besitz bezeichnet. Und ihn zu verlieren, erachten die Leute als schmählich, ja töricht.

Faddej eilte rastlos einmal zur Siedlung, dann wieder zur Station, von Amt zu Amt, und bat jeden, mit gekrümmtem Rücken, auf seinen Stock gestützt, sich seines Alters zu erbarmen und die Erlaubnis zu geben, die Stube zurückzuholen.

Und irgend jemand erteilte ihm diese Erlaubnis. Und Faddej rief seine gesunden Söhne, Schwiegersöhne und Neffen zusammen, trieb Pferde im Kolchos auf – und brachte von jenseits des zerstörten Bahnübergangs, auf dem Umweg über drei Dörfer, die Reste der Stube zu sich auf den Hof. Dies vollendete er in der Nacht vom Samstag zum Sonntag.

Am Sonntag – war die Beerdigung. Die beiden Särge trafen in der Mitte des Dorfes zusammen, die Verwandten gerieten sich darüber in die Haare, welcher Sarg der erste sein solle. Dann stellte man sie auf einen breiten Bauernschlitten nebeneinander, die Tante und den Neffen, und brachte sie auf einer erneut festgewordenen Schneedecke unter einem trüben Himmel auf den Kirchhof zwei Dörfer weiter. Das Wetter war stürmisch, unfreundlich, der Pope und der Diakon warteten in der Kirche, gingen den Talnowern nicht entgegen.

Bis zum Dorfausgang schritten die Leute langsam mit und sangen im Chor. Dann – blieben sie zurück.

Bis in die Nacht zum Sonntag beruhigte sich die Geschäftigkeit der Weiber in unserer Stube nicht: Die Alte sang leise den Psalter am Sarg, Matrjonas Schwestern hantierten mit der Ofengabel am russischen Ofen, in dessen Schlund, Hitze verströmend, Torfstücke glühten – jene Torfstücke, die Matrjona im Sack aus dem fernen Moor herbeigeschleift. Aus schlechtem Mehl buken sie fade Piroggen.

Am Sonntag, als wir von der Beerdigung heimgekehrt waren, es war gegen Abend, wurde der Leichenschmaus gerichtet. Die Tische, zu einem einzigen, langen zusammengeschoben, nahmen den Platz ein, den morgens noch der Sarg eingenommen. Anfangs standen alle um den Tisch herum, ein Alter, der Mann der Schwägerin, sprach das Vaterunser. Dann wurde an jeden, gerade eben den Boden der Schüssel bedeckend – Honiggrütze ausgeteilt. Sie löffelten wir, zum Gedächtnis der Toten, ohne jede andere Zutat. Wir aßen noch anderes und tranken Wodka, die Gespräche wurden lebhafter. Vor der roten Grütze erhoben sich alle und sangen »Ewiges Gedenken« (man erklärte mir, daß vor der roten Grütze zu singen – unumgänglich sei). Wieder wurde getrunken. Und immer lauter gesprochen, aber schon nicht mehr über Matrjona. Der Mann der Schwägerin prahlte:

»Habt ihr bemerkt, Rechtgläubige, daß sie heute die Totenmesse so andächtig gesungen haben? Weil der Vater Michail mich bemerkt hat. Und er weiß, ich kenne den Gottesdienst. Aber sonst – die Heiligen anrufen . . . und damit Schluß.«

Zu guter Letzt ging der Schmaus zu Ende. Wieder erhoben sich alle. Sangen »Würdig ist sie« und wieder mit dreimaliger Wiederholung: »Ewiges Gedenken! Ewiges Gedenken! Ewiges Gedenken!« Doch die Stimmen waren heiser, die Leute betrunken, und niemand veschwendete an dieses ewige Andenken noch ein Gefühl. Dann gingen die Gäste auseinander, es blieben nur die nächsten Verwandten, holten Zigaretten hervor, rauchten, rissen Witze, lachten. Man kam auf den verschollenen Mann Matrjonas zu sprechen, und der Mann der Schwägerin bewies, sich an die Brust schlagend, mir und dem Schuster, einem Mann von Matrjonas Schwestern:

»Tot ist Jefim, tot! Sonst wäre er doch zurückgekommen. Selbst wenn ich wüßte, daß sie mich in der Heimat aufhängen – ich wäre trotzdem zurückgekommen!«

Der Schuster nickte ihm beistimmend zu. Er war

Deserteur und hatte sich von der Heimat gar nicht erst getrennt: sich den ganzen Krieg über bei der Mutter im Keller versteckt.

Hoch auf dem Ofen saß jene, zum Nächtigen dagebliebene, strenge, schweigsame Alte, die älteste aller Alten. Sie blickte stumm von oben herab, mißbilligte die unschicklich angeregte fünfzig- und sechzigjährige Jugend.

Nur die unglückliche Pflegetochter, die inmitten dieser Wände aufgewachsen war, verschwand hinter der Zwischenwand und weinte.

Faddej war zum Leichenschmaus Matrjonas nicht erschienen – mag sein, daß er bei seinem toten Sohn die Totenfeier hielt. An den folgenden Tagen jedoch betrat er feindselig zweimal das Haus, um mit Matrjonas Schwestern und dem Schuster-Deserteur zu verhandeln. Sie stritten sich um das Haus: Wem sollte es gehören: den Schwestern oder der Pflegetochter. Die Sache gedieh schon so weit, daß sie ans Gericht zu schreiben gedachten, doch versöhnten sie sich dann, in der Überlegung, daß das Gericht das Haus weder den einen noch den anderen zusprechen werde, sondern dem Dorfsowjet. Ein Abkommen wurde getroffen. Die Ziege kassierte die eine Schwester, das Haus – der Schuster und seine Frau; um Faddej abzufinden, da er »hier jeden Balken in seinen Armen gewiegt«, fiel ihm die schon beiseite geschaffte Stube zu, sie ließen ihm auch den Schuppen, in dem die Ziege untergebracht gewesen, und den vollständigen inneren Zaun, zwischen dem Hof und dem Gemüsegarten.

Und wieder, Schwäche und Gliederreißen überwindend, verjüngte sich der unersättliche Alte und wurde geschäftig. Wieder rief er seine Söhne und Schwiegersöhne zusammen, sie zerlegten Schuppen und Zaun, und er persönlich fuhr die Bretter und Balken auf einem Rodelschlitten davon, zum Schluß nur noch mit seinem Antoschka aus der Klase 8D, der dabei nicht faul war.

Das Haus Matrjonas vernagelten sie bis zum Frühjahr, und ich übersiedelte zu einer ihrer Schwägerinnen, ganz in der Nähe. Diese Schwägerin erwähnte bei verschiedenen Anlässen Matrjona und zeigte mir die Tote von einer neuen Seite.

»Jefim hat sie nicht geliebt. Hat gesagt: ›Ich liebe, mich zivilisiert zu kleiden, aber sie – wie eine Dorfschlampe.‹ Nun, und da sie nichts brauchte, begann er, alles Überschüssige zu versaufen. Einmal sind wir in die Stadt gefahren, wegen Arbeit, da hat er sich eine Gnädige zugelegt, zu Matrjona wollte er gar nicht zurück.«

Alle ihre Äußerungen über Matrjona waren abfällig: Schlampig ist sie gewesen; an Anschaffungen war ihr nichts gelegen; auch nicht umsichtig; nicht einmal ein Ferkel hat sie sich gehalten, hat es nicht mästen mögen; zudem so dumm, hat fremden Leuten umsonst geholfen (der eigentliche Anlaß, Matrjonas zu gedenken, war – daß sich niemand fand, mit dem Pflug den Acker zu furchen).

Und sogar über Matrjonas Herzlichkeit und Einfachheit, die ihr die Schwägerin zugestand, sprach sie mit mitleidiger Verachtung.

Und erst da – bei diesen mißbilligenden Äußerungen der Schwägerin – erstand vor mir eine Gestalt Matrjonas, die ich nicht begriffen hatte, obgleich ich Seite an Seite mit ihr gelebt.

In der Tat! – Ein Ferkel gab es in jedem Haus. Sie aber besaß keins. Was kann auch einfacher sein – ein gieriges Ferkel zu mästen, das nichts auf der Welt anderes kennt als zu fressen! Dreimal am Tag zu kochen, dafür zu leben – und es dann zu schlachten und Speck zu haben.

Sie aber besaß keins ...

An Anschaffungen war ihr nichts gelegen ... Hatte nicht geschuftet, um sich Sachen zu kaufen und sie mehr zu schonen als ihr Leben.

War nicht auf Kleider versessen. Auf Kleider, die selbst Krüppel und Bösewichter herausputzen.

Unverstanden, und sogar von ihrem Mann im Stich gelassen, sechs Kinder begraben, ohne ihre Hilfsbereitschaft zu verlieren, den Schwestern, den Schwägerinnen fremd, lächerlich, dumm genug, für andere umsonst zu arbeiten – hatte sie gegen Ende ihres Lebens keinen Besitz angehäuft. Besaß nur eine schmutzigweiße Ziege, eine lahme Katze, Gummibäume ...

Alle haben wir neben ihr gelebt und nicht begriffen, daß sie jene Gerechte war, ohne die, wie das Sprichwort sagt, kein Dorf leben kann . . .

Und keine Stadt.

Und auch nicht unser Land.

Zum Nutzen der Sache

I

»Faina, wer hat den Stundenplan für die Elektriker?«

»Wozu brauchen Sie den, Sie sind doch Funker!«

»Faina Valerjanowna, das Ausgangsniveau liegt um etwa zwanzig Dezibel tiefer. Das hier ist der neue Genosse, ich sag's für ihn.«

»Verzeihung, was werden Sie bei uns unterrichten?«

»Elektrokraftanlagen und Theorie des Elektroantriebs.«

»Dieser Heidenlärm, man versteht kein Wort! Und das wollen Lehrkräfte sein! Den Stundenplan haben die Leute dort in der Ecke stibitzt, dort können Sie ihn einsehen.«

»Susanna Samojlowna! Ich begrüße Sie!«

»Guten Tag, Lydia Georgijewna, Sie sehen prächtig aus! Wo haben Sie den Sommer verbracht?«

»Wissen Sie wo? Ich war den ganzen Juli auf dem Bau.«

»Auf dem Bau? Ja, haben Sie dann überhaupt Ferien gemacht?«

»Fast nicht. Drei Wochen statt acht. Aber es ist mir nicht schade drum. Sie sehen übrigens ein wenig blaß aus.«

»Grigorij Lawrentjewitsch! Ich habe hier den

Stundenplan und sehe, daß die Elektriker nur zwei Tage Unterricht haben. Stimmt das?«

»Das gilt für alle Abteilungen. Nur bis zum zweiten September. Der Stundenplan ist provisorisch. Genossen, nicht fortgehen! Genossen! Ich bitte um Aufmerksamkeit und um etwas Ruhe. Ich wiederhole: Fjodor Michejewitsch bittet alle dazubleiben.«

»Und wo ist er selbst?«

»Im neuen Gebäude. Er muß gleich zurück sein. Dann entscheiden wir die Frage des Umzugs.«

»Wird auch Zeit. Die Auswärtigen treffen bereits ein. Sollen wir sie privat unterbringen? Oder bekommen wir ein Wohnheim?«

»Diese blöden Aufschübe! Warum kann bei uns nichts rechtzeitig gemacht werden!«

»Marja Diomidowna, ich okkupiere im neuen Gebäude zwei Räume, das genügt. Ein Raum für die theoretischen Grundlagen der Elektrotechnik, der andere für Elektromessungen.«

»Tu ich auch. In den ersten Raum kommen bei mir die elektronischen und die Ionengeräte. Isolationsmaterial und Lichttechnik muß ich allerdings wieder zusammenwerfen.«

»Für Sie freue ich mich ganz besonders. Ihr bisheriges Labor war ja der reinste Kurzwarenladen.«

»Und alles steht in Kisten verpackt herum: im Gang, im Keller, überall. In den neuen Räumen haben wir Stellagen aufgestellt, und ein jedes Ding kriegt seinen Platz: die Ignitrone, die Tiratrone, die Generatorlampen . . .«

»Hören Sie endlich auf zu qualmen, Vitalij! Wenn man rauchen will, fragt man vorher die Damen um Erlaubnis.«

»Darf ich vorstellen: unser neuer Kollege Anatolij Germanowitsch, Ingenieur. Und das ist Susanna Samojlowna, Inhaberin des Lehrstuhls für Mathematik.«

»Was soll dieser makabre Scherz! Wieso bin ich Lehrstuhl-Inhaberin?«

»Nun, dann eben Vorsitzende der Lehrstuhl-Kommission. Der Unterschied ist nicht groß. Bloß daß dafür nichts gezahlt wird . . . Und das hier ist Lydia Georgijewna, ein für unser Technikum sehr typischer Mensch.«

»Aber ganz im Gegenteil, glauben Sie ihm nicht. Sie werden vom ersten Tag an typischer sein als ich.«

»Darauf schließen Sie wohl von meinem Äußeren? Womöglich wegen meiner Brille?«

»Einfach deshalb, weil Sie Ingenieur sind, weil Ihr Fach Gewicht hat. Ich dagegen bin leicht zu ersetzen, ich bin hier quasi ein überflüssiger Mensch.«

»Was ist denn Ihr Fach?«

»Russisch. Und Literatur.«

»Lydia Georgijewnas Lächeln läßt erraten, daß sie sich selber nicht für einen überflüssigen Menschen hält. Erstens ist sie die Anführerin unserer Jugend . . .«

»Ach so? Hat die Jugend Sie gewählt?«

»Nein, mich hat das Parteibüro ernannt. Es hat mich dem Komsomol-Komitee zugeordnet.«

»Keine falsche Bescheidenheit, liebe Lydia! Die Komsomolzen haben Sie und niemand sonst gewollt. Und das vier Jahre lang.«

»Ich ergänze: Die Hälfte des Erfolgs beim Aufbau unseres neuen Gebäudes verdanken wir Lydia Georgijewna persönlich.«

»Jetzt nehmen Sie mich aber auf den Arm.«

»Ich sehe nicht ganz durch: Wer hat Ihr neues Gebäude gebaut? Der Trust? Oder Sie selbst?«

»Sowohl als auch. Das ist eine lange Geschichte.«

»Erzählen Sie doch bitte, Lydia Georgijewna. Wir müssen sowieso warten.«

»Man erklärte uns: In diesem Jahr reicht das Geld nicht. Der Trust wird noch etwa zwei Jahre brauchen. Können wir helfen? fragten wir. Ihr könnt! war die Antwort. Dann könnt ihr euer neues Gebäude am ersten September beziehen. Das ließen wir uns nicht zweimal sagen. Wir beriefen eine Vollversammlung des Komsomol ein ...«

»Wo kann man sich denn hier versammeln?«

»Wenn man die Gänge und das Treppenhaus einbezieht und in den Hörsälen Lautsprecher anbringt ... Wir versammelten also alle Komsomolzen. Packen wir's an? Wir packten es an! Wir teilten uns in Brigaden auf. Zunächst stand an der Spitze jeder Brigade ein Lehrer, aber die Jungen sagten:

Nicht nötig, das machen wir selber! Offen gestanden standen wir große Ängste aus, wegen unserer Jüngsten. Die kommen direkt aus der Siebenjahresschule, sind also vierzehn, fünfzehn. Wir hatten Angst, daß ihnen was zustößt oder auf den Kopf fällt. Die Erwachsenen behielten sie im Auge, die Älteren erklärten das für unnötig.«

»Und es gab weder Chaos noch Leerlauf?«

»Wir versuchten es zu vermeiden. Der Bauführer meldete dem Parteibüro eine Woche im voraus, welche Arbeiter er wann und in welcher Zahl brauchen wird. Wir bildeten eine Art Stab, dort wurde bestimmt, welche Brigade zur Arbeit ausrückt. Wir arbeiteten werktags und sonntags. An den Werktagen arbeiteten die einen vor dem Unterricht, die anderen hinterher, wir haben ja Schichtunterricht. Wegen der Sommerferien faßten wir den Entschluß: Jeder soll zwei Wochen von seinen Ferien auf dem Bau arbeiten. Bei den Auswärtigen waren wir natürlich bestrebt, diese zwei Wochen an den Anfang oder ans Ende der Ferien zu legen. Wo das aber nicht ging, kamen die Auswärtigen extra angereist.«

»Wirklich erstaunlich.«

»Das noch nicht. Erstaunlich ist etwas anderes. Es waren keine Verweise nötig. Die Jungen waren wie ausgewechselt. Nicht nur wir – die Männer vom Bau kamen aus dem Staunen nicht heraus. Sie sagten mir: »Die arbeiten besser als wir, Ehrenwort.«

»Unglaublich!«

»Zweifeln Sie daran? Sie können den ersten besten fragen.«

»Zweifeln ist nicht der richtige Ausdruck ... Begeisterung ist vermutlich ein natürlicher Zustand des Menschen und einer seiner besten. Aber das Wort hat man bei uns irgendwie ... verschlissen. Man geht nicht gerade sparsam damit um, im Rundfunk zum Beispiel. In der Fabrik bekomme ich immer zu hören: Und was kriege ich dafür? Wie ist der Tarif? Stellen Sie eine Order aus! Das wundert keinen. Es geht eben um den materiellen Anreiz, die normalste Sache von der Welt.«

»Die Jungen haben noch mehr getan. Sie nahmen den Entwurf, fertigten danach ein Modell des neuen Gebäudes an und führten das Modell bei allen Umzügen in der Stadt an der Spitze der Kolonne mit. Sozusagen als unser Symbol!«

»Lydia Georgijewna hat das Problem von der emotionalen Seite her aufgerollt. Um es zu verstehen, muß man es aber von der wirtschaftlichen her anpacken. Unser Technikum existiert bereits seit sieben Jahren. Man hat uns dieses Haus hinter der Bahnlinie gegeben, damals lag es sogar noch jenseits der Stadtgrenze, und seitdem stecken wir drin und kommen nicht raus. Später wurde ein einstöckiger Seitenflügel für die Werkstätten angebaut, außerdem stellte man uns noch ein Häuschen etwa einen halben Kilometer weiter weg zur Verfügung. Trotzdem waren wir immer noch sehr beengt. Da setzte es Fjodor Michejewitsch durch, daß man uns ein Baugrundstück direkt in der Stadt zuwies. Dort standen kleine Häuschen, die mußten abgebrochen werden . . .«

»Was sicherlich flugs geschah . . .«

»Die Bagger hoben die Baugruben aus, und es wurden gleich zwei Grundsteine gelegt: fürs Technikum und daneben fürs Wohnheim. Man begann noch mit dem Bau des Erdgeschosses – dann kam die Sache ins Stocken. Seither fehlten drei volle Jahre lang die nötigen Geldmittel. Mal wurde versäumt, uns in irgendeine Dringlichkeitsliste aufzunehmen, mal teilten sich die zuständigen Ministerien, mal vereinigten sie sich wieder. Wir wurden von Instanz zu Instanz geschoben. Inzwischen schneite es, taute es, regnete es, und alles blieb, wie es war. Doch unlängst wurden die Volkswirtschaftsräte ins Leben gerufen, einem davon wurden wir unterstellt, der wies uns Geld an, rückwirkend vom ersten Juli des Vorjahres, und jetzt . . .«

»Tante Dussja, öffnen Sie doch bitte das Fenster, die Männer haben das Zimmer vollgeraucht!«

»Man kann doch nicht wegen jeder Zigarette rausgehen.«

»Aber das Lehrerzimmer ist kein Rauchsalon.«

»Und was für Arbeiten sind Ihnen zugefallen?«

»Sehr viele. Wir gruben die Gräben fürs Kesselhaus . . .«

»Überhaupt alle Gräben. Die für die Kabel zum

Beispiel . . . Und wir haben auch selber alles wieder zugeschüttet.«

»Dann luden wir die Ziegelsteine von den Lastern und stapelten sie in den Kammern des Aufzugs. Wir schafften die Erde aus den Kellern raus.«

»Den Abfall von allen Stockwerken trugen wir auf Lasttragen runter. Wir schleppten die Heizkörper in die einzelnen Räume, die Rohre, das Parkett. Wir wuschen, wir schrubbten.«

»Die Bauleute waren alles Spezialisten, Hilfsarbeiter waren keine dabei.«

»Wir haben aber auch unsere eigenen Spezialisten ausgebildet. Zwei Brigaden stark: Verputzer und Anstreicher. Die haben sich prima herausgemacht. Es macht Spaß, ihnen zuzuschauen.«

»Entschuldigen Sie, kommt dieser Gesang von der Straße?«

»Wir haben keine Lust, Trübsal zu blasen
Beim Schein des Kienspans oder im Kerzenlicht!
Wir werden, werden, werden produzieren
Dioden! Und Trioden! Und Tetroden! Und Pentoden!
Und möglichst viele Hochfrequenz-Lampen!«

»Sind das Ihre Studenten? Was singen sie denn da?«

»Ich kann mit geschlossenen Augen sagen, daß das der dritte Jahrgang der Vakuumabteilung ist.«

»Zum Teufel, das klingt nicht schlecht. Kann man einen Blick auf sie werfen? Sieht man sie durchs Fenster?«

»Gehen wir ans Fenster ... Marianna Kasimirowna, soll ich Ihren Stuhl ein wenig zur Seite schieben?«

»Aber ich bitte Sie! Heutzutage sind Kleider Modell ›Fäßchen‹ Mode, haben Sie noch keine gesehen? Eng in der Taille, unterhalb verbreitert sich das Modell und drapiert sich in kleine Rüschen, noch weiter abwärts verengt es sich wieder und endet auf halber Wadenhöhe . . .«

»Dort in der Richtung, hinter dem Klosterkanal, da kenne ich einen kleinen See. Dort habe ich solche Karauschen gefangen!«

»Halt, Lydia, hier kommen Sie nicht durch. Alles schon besetzt.«

»Kommen Sie hierher, Anatolij Germanowitsch. Beugen Sie mal Ihren Rücken. Sehen Sie drüben die Mädchen und Jungen?

In Flugzeugen, Raketen und einfachen Wohnungen
Überall leuchten die Radioröhren!
Auf der Erde, auf dem Mond, überall
Weckst du, Elektronik, die Talente!

Mit welchem Nachdruck sie das singen! Man spürt die Überzeugung.«

»Das ist ihr Stolz, ihr eigenes Lied, die Elektroniker-Hymne. Deshalb der Nachdruck. Auf der städtischen Leistungsschau haben sie sich damit den zweiten Preis ersungen. Fällt Ihnen auf, daß nur die Mädchen singen? Das kommt daher, daß die Jungen gerade Stimmbruch haben. Auch während der Schau standen sie nur zum Schein da. Dafür brüllen sie die Röhren und die Talente besonders laut heraus.«

»Ich betrachte sie aus folgendem Grund nicht ohne Scheu: Ich bin mehr die Arbeit mit Erwachsenen gewöhnt. Einmal hielt ich in der Schule, die mein Sohn besucht, einen Vortrag zum Thema ›Die Leistungen der Wissenschaft und Technik‹. Dabei hab ich mich vor meinem Jungen in Grund und Boden geschämt. Sie wollten einfach nicht zuhören, da war nichts zu machen. Der Chef des Lehrkörpers schlug mit der Faust auf den Tisch – nichts zu machen. Hinterher hat es mir mein Sohn erklärt. Man hatte die Garderobe geschlossen und ließ niemanden heim. Er sagt, bei ihnen in der Schule würde das öfter so gemacht: wenn eine Delegation die Schule besucht oder wenn sonst irgendeine Veranstaltung ist. Die Schüler haben also aus Trotz gestört.«

»Ein Technikum kann man nicht mit einer Schule vergleichen, die Umstände sind hier ganz anders. Es gibt keine Faulenzer, die ihre Schuljahre nur so absitzen. Und der Direktor hat größere Rechte in der Hand, er vergibt die Stipendien und die Plätze im Wohnheim. Das heißt: Ein Wohnheim haben wir diese ganzen sieben Jahre hindurch nicht gehabt. Unsere Studenten sind privat untergebracht.«

»Zahlt das Technikum die Miete?«

»Das Technikum zahlt jedem Studenten dreißig Rubel* Wohngeld. Das gilt als ausreichend. Dabei kostet eine Schlafstelle hundert Rubel im Monat, eine bessere sogar hundertfünfzig. Daher mieten manche Studenten ein Bett zu zweit. Das zieht sich jetzt schon jahrelang so hin. Natürlich haben alle die Nase voll. Sie scheinen vorhin den Charakter unserer Begeisterung angezweifelt zu haben. Aber da gibt es nichts anzuzweifeln. Wir haben das schlechte Leben satt, wir wollen gut leben. Schließlich sind die Subbotniks einst aus dem gleichen Antrieb entstanden.«

»Richtig.«

»Wir machen es genauso. Schauen Sie mal aus dem Fenster.«

»Und möglichst viele Hochfrequenz-Lampen!«

»Wie weit ist es von hier bis zum Bahnübergang?«

»Etwa sechshundert Meter.«

»Aber diese sechshundert Meter wollen gegangen sein! Viele müssen diesen Weg zweimal am Tag hin und zurück machen. Jetzt ist Sommer, seit drei Tagen hat es nicht mehr geregnet, trotzdem muß man über

* Es handelt sich dabei um den Rubel vor der Abwertung vom 1. Januar 1961

Pfützen springen. Man kann sich nie anständig anziehen, man kommt aus den Stiefeln nicht heraus. In der Stadt ist es längst trocken, bloß wir laufen verschlammt und verdreckt herum.«

»Röh!-ren!«

»So haben wir uns also versammelt, um darüber zu sprechen, wie lange wir uns hier noch quälen wollen. Das sind keine Hörsäle, sondern Abstellkammern. Und abends können wir nichts veranstalten, falls wir nicht den Saal im Klub mieten. Interessante Abende zu organisieren: danach sehnen sich unsere Studenten ganz besonders.«

»Talen!-te!«

»Lydia Georgijewna!«

»Was ist?«

»Die Jugend verlangt nach Ihnen. Könnten Sie ein paar Minuten unterbrechen?«

»Ich komme, ich komme schon! Entschuldigen Sie mich bitte!«

»Das war ein berühmtes Tor! Mit dem Rücken zum Torwart, über sich hinweg, direkt über den Kopf, aus der Ecke des Strafraums, haarscharf unter den Querbalken!«

»Ihr Hütchen? Ist bereits passé. Heute trägt man nur noch Hüte à la umgestülpter Blumentopf.«

»Marianna Kasimirowna, darf ich Sie belästigen ...«

»Ein Teil des Kellers wird als Schießstand eingerichtet, ich hab's ihnen schon versprochen.«

»Ich gehe nicht fort. Grigorij Lawrentjewitsch, ich werde mich im Treppenhaus aufhalten.«

II

»Wer von euch hat mich gerufen? Guten Tag, Kinder! Wen ich noch nicht gesehen habe, guten Tag, guten Tag!«

»Wir gratulieren zum Sieg, Lydia Georgijewna!«

»... Lydia Georgijewna!«

»... Georgijewna!«

»Und ich gratuliere euch, Jungen und Mädchen! Euch allen!« Lydia Georgijewna erhob ihre Hand hoch über den Kopf, damit es alle sehen, und winkte mit den Fingern. »Ihr habt ihn ehrlich verdient, den Sieg. Viel Glück im neuen Studienjahr! Im neuen Haus!«

»Hurraaa!«

»Und wer will sich da vor mir verstecken? Lina, du? Du hast deinen Zopf abgeschnitten? Deinen schönen Zopf?«

»Wer trägt schon noch Zöpfe, Lydia Georgijewna?«

»Was stellt die Mode bloß mit uns an, Mädchen!«

In ihrem blaugrünen Kostüm mit dem nach außen gewendeten schwarzen Blusenkragen, beherrscht und adrett, stand Lydia Georgijewna auf dem obersten Treppenabsatz, an der Tür ins Lehrerzimmer, und betrachtete mit offenem Gesicht die jungen Leute, die von drei Seiten auf sie zu drängten: aus dem engen Gang von rechts, aus dem engen Gang von links und von unten herauf über die schmale Treppe. Gewöhnlich war es hier halbdunkel, aber heute war ein sonniger Tag, und es war genug Licht da, um alle Farben wahrzunehmen. Auf den Kopftüchern, Blusen, Kleidern und Cowboyhemden lagen, so schien es, alle Farben und Farbtönungen, weiß, gelb, rosa, rot, blau, grün und braun, in Streifen, Karos oder einfarbigen Flächen.

Die Mädchen vermieden es, zu nahe an die Jungen heranzurücken, doch Freundin stand neben Freundin, Freund neben Freund, ganz eng und dicht beieinander. Dabei schoben sie den vor ihnen Stehenden das Kinn über die Schulter und reckten die Hälse, um besser zu sehen. Das alles strahlte, freute sich, lärmte und erwartete irgend etwas von Julia Georgijewna.

Sie blickte um sich und konnte gut sehen, welche neuen Mädchenfrisuren während des Sommers aufgekommen waren. Da und dort blinkten freilich noch die naiven kurzen Zöpfchen mit den bunten Schleifen, die braven Scheitel, die weniger bescheidenen Tollen, die schlicht und einfach aus der Stirn geschobenen Locken. Doch wie sehr, o ja, wie sehr hatte die Zahl der wie unabsichtlich zerzausten, ungepflegten, in Wirklichkeit aber genau berechneten Haarschöpfe à la Flachs, Hafer, Weizen, Buchweizen oder Harz zugenommen! Und die Jungen, die langbeinigen und die kleinwüchsigen, die hageren wie die besser genährten: Alle trugen sie diese bunten Hemden, und alle, wie ein Mann, ließen den Kragen offenstehen, unabhängig davon, ob der Besitzer des Hemdes bereits eine unwiderstehliche Tolle aufbot oder sein Haar sorgfältig nach hinten kämmte oder aber igelförmig wachsen ließ. Die Jüngsten, fast noch Kinder, waren nicht anwesend, aber auch die älteren Jahrgänge, die sich hier drängten, waren alle in jenem noch unverkrusteten lauschenden Alter, in dem es so leicht ist, die Menschen zum Guten zu wenden. Das leuchtete jetzt aus ihnen heraus.

Kaum war sie aus dem Lehrerzimmer herausgetreten und mit einem Blick in die zutraulichen Augen und lächelnden Gesichter eingetaucht, verspürte Lydia Georgijewna eine Erregung, denn sie empfand lebhaft den höchsten Lohn des Lehrers: daß man erwartet wird, umringt wird.

Sie hätten nicht benennen können, was sie in ihr sahen. Sie liebten, jung wie sie waren, eben das, was sich nicht verstellt. Auf Lydias Gesicht konnte jeder leicht ablesen, daß sie genau das denkt, was sie sagt. Besonders aber hatten sie sie während der Monate auf dem Bau kennen und lieben gelernt. Sie kam dorthin nicht festlich gekleidet, sondern im dunklen Kostüm und mit Kopftuch. Und scheute sich, in jener Weise zu kommandieren, die das Volk »Fuchteln« nennt. Sie hätte sich geschämt, andere dorthin zu schicken, wohin sie nicht selber gegangen wäre. Zusammen mit den Mädchen fegte sie, kehrte den Dreck zusammen, trug ihn weg.

Obwohl sie bald dreißig war und verheiratet, und eine zweijährige Tochter hatte, nannten alle Studenten, wenn sie es nicht gerade hören konnte, sie immer nur Lidotschka. Die Burschen rissen sich darum, ihre Aufträge behend zu erledigen, die sie mit leichter, jedoch herrischer Handbewegung erteilte. Zuweilen, das war ein Zeichen von besonderem Vertrauen oder Hoffnung, berührte sie die Schulter des Beauftragten dabei mit den Fingerspitzen.

»Nun, Lydia Georgijewna, wann ziehen wir um?«

»Ja, wann?!«

»Kinder, wir haben lange gewartet. Warten wir noch zwanzig Minuten. Fjodor Michejewitsch wird gleich zurück sein.«

»Und warum sind wir nicht schon umgezogen?«

»Dort . . . ist noch nicht alles fertig . . .«

»Immerzu ist was nicht fertig.«

»Das kriegen wir selber hin, wenn man uns läßt.«

Ein schlanker Bursche aus dem Komsomol-Komitee im rotbraunkarierten Hemd, eben jener, der Lydia Georgijewna aus dem Lehrerzimmer herausgerufen hatte, fragte:

»Lydia Georgijewna! Wir müssen darüber beraten, wie wir den Umzug organisieren. Wer soll was tun?«

»Kinder, ich habe folgende Idee . . .«

»Nicht so laut, ihr Pinguine!«

»Folgende Idee: Es werden ein paar Laster da sein, die werden die Werkbänke und das, was besonders schwer ist, transportieren. Und alles übrige, liebe Freunde, schaffen wir selber rüber, huckepack wie die Ameisen. Wie weit mag es sein? Die Entfernung meine ich . . .«

»Anderthalb Kilometer.«

»Tausendvierhundert, ich habe nachgemessen.«

»Womit?«

»Mit dem Fahrradtachometer.«

»Sollen wir wirklich eine Woche lang auf die Laster warten? Wir sind neunhundert Mann, wir schaffen das an einem Tag.«

»Und ob wir das schaffen!«

»Und ob!«

»Machen wir's rasch, mit der Macht des Kollektivs.«

»Möglichst bevor es regnet.«

»Igor, hör mal her!« Lydia Georgijewna legte mit einer befehlenden Bewegung ihre gespreizten Finger auf die Brust des Jünglings im rotbraunen Hemd, ganz wie ein General, der eine Medaille aus der Hosentasche hervorzieht und sie einem Soldaten anheftet. »Wer ist hier vom Komitee dabei?«

»Fast alle. Einige sind draußen.«

»Dann setzt euch gleich zusammen. Macht eine Aufstellung der Gruppen, aber bitte leserlich. Schreibt dazu, wie stark die Gruppe ist. Überlegt euch, wer welches Labor und welchen Fachsaal rüberschafft, je nach der Last. Wenn das geht, haltet euch an die Klassenleiter, und gebt den Kleinen nicht zuviel zu tragen. Dieses Projekt lege ich dann sofort Fjodor Michejewitsch vor. Wir bestätigen es, und jeder Lehrer bekommt eine Gruppe direkt zu seiner Verfügung.«

»Wird gemacht.« Igor nahm Haltung an. »Also, die letzte Komiteesitzung im Korridor, dort kriegen wir unseren eigenen Raum. Hallo! Das Komitee, Genka! Rita! Wo versammeln wir uns?«

»Kinder, wir gehen nach draußen!« rief Lydia Georgijewna mit klangvoller Stimme. »Dort sehen wir eher, wenn Fjodor Michejewitsch kommt.«

Alle rannten lärmend treppab und hinaus auf die Straße, die Treppe wurde frei.

Draußen, auf dem unbebauten Platz vor dem Technikum, wo einige kleine Bäumlein ein sieches Dasein fristen, befanden sich noch ungefähr zweihundert weitere Studenten. Der dritte Jahrgang der Vakuumabteilung stand immer noch dicht gedrängt beisammen, die Mädchen hatten sich eingehakt. Sie blickten sich in die Augen und bestanden darauf:

»Und möglichst viele Hochfrequenz-Lampen!«

Die Jüngeren spielten Abzählen und Jagen. Wer einen anderen eingeholt hatte, klatschte diesem mit der Handfläche zwischen die Schulterblätter.

»Warum haust du mir auf den Rücken?« entrüstete sich ein rundliches Mädchen.

»Nicht auf den Rücken, sondern auf den Grat«, berichtigte ein wichtig dreinblickender Junge in einem platten Käppi und mit einer Volleyballblase am Gürtel. Aber dann sah er, wie ihm Lydia Georgijewna mit dem Finger drohte, mußte lachen und lief davon.

Wer noch jünger war, das waren die Absolventen der Siebenjahresschule, stand haufenweise herum, sauber gekleidet, schüchtern, alles aufmerksam beäugend.

Einige Jungen hatten ihre Fahrräder mitgebracht und luden die Mädchen zu Spazierfahrten ein.

Über den Himmel zogen weiße flaumige Wolken, wie Daunendecken oder Schlagsahne. Manchmal verdeckten sie die Sonne.

»Och, wenn es bloß keinen Regen gibt!« seufzten die Mädchen.

Etwas abseits standen und unterhielten sich drei Studenten vom vierten Jahrgang der Radiotechnischen Abteilung, zwei Mädchen in Blusen und ein Junge im Hemd. Die Blusen und das Hemd hingen über dem Gürtel. Die Blusen der Mädchen waren unauffällig gestreift, das Hemd des Jungen grell gelb und mit bizarren Darstellungen von Palmen, Schiffen und Wellenreitern bedeckt. Lydia Georgijewna bemerkte diesen Unterschied, und wieder kam ihr ein Gedanke, der sie schon lange verblüffte. Ihre älteren Brüder und später ihre Altersgenossen kleideten sich seinerzeit besonders einfach und grau in grau. Alle Farben und Muster waren den Mädchen vorbehalten, und so mußte es auch sein. Aber irgendwann, in irgendeinem Jahr setzte ein unnatürlicher Wettbewerb ein. Fortan kleideten sich die Jungen mit großer Sorgfalt und sogar bunter und farbiger als die Mädchen. Sie zogen Socken in irgendwelchen irren Farben an, so als müßten nicht sie den Mädchen den Hof machen, sondern umgekehrt die Mädchen ihnen. Es passierte immer häufiger, daß nicht die Jungen den Mädchen ihren Arm boten, sondern diese sich bei denen einhängten. Lydia Georgijewna verspürte eine dumpfe Unruhe wegen dieser Unnatürlichkeit, sie fürchtete, die Jungen könnten irgendwelche wichtigen Charaktereigenschaften verlieren.

»Nun, Valerik«, fragte sie den Jungen im gelben Hemd mit den Wellenreitern. »Hast du den Eindruck, daß du während des Sommers klüger geworden bist?«

Valerik lächelte herablassend.

»Wie sollte ich, Lydia Georgijewna? Dümmer natürlich.«

»Und das beunruhigt dich nicht? Was wirst du wohl sagen, wenn . . . dich die Mädchen nicht mehr achten werden?«

»Die werden mich achten.«

Den Gesichtern der beiden Mädchen war anzusehen, daß seine Selbstsicherheit wohlbegründet war.

»Und was hast du während des Sommers gelesen?«

»Fast nichts, Lydia Georgijewna«, erwiderte Valerik mit der gleichen Herablassung. Es hatte den Anschein, daß ihm an einer Fortsetzung dieses Gesprächs nicht sonderlich viel gelegen war.

»Aber warum denn?« betrübte sich Lydia Georgijewna. »Wozu habe ich dich dann unterrichtet?«

»Wegen des Lehrplans, nehme ich an«, räsonierte Valerik.

»Wenn man Bücher liest, gibt's kein Kino und kein Fernsehen mehr«, schnatterten jetzt die Mädchen los. »Wie soll man das schaffen? Beim Fernsehen gibt's keine Feiertage.«

Jetzt traten auch andere Studenten vom gleichen Jahrgang heran.

Lydia Georgijewna hatte sich verfinstert. Die üppigen hellblonden Haare waren zurückgekämmt, ließen die Stirn offen, Lydias Sorgen zeichneten sich deutlich darauf ab.

»Unser Technikum, an dem ihr die Fernseher studiert, ist natürlich nicht der Ort, euch gegen das Fernsehen zu agitieren. Schaut rein nach Herzenslust, aber macht auch mal Pause. Und stellt den Fernseher nicht auf eine Stufe mit dem Buch. Eine

Fernsehsendung ist eine Eintagsfliege, sie wird für den Tag gemacht . . .«

»Aber dafür ist sie interessant und lebendig«, insistierten die Jugendlichen. »Und es wird getanzt . . .«

»Und man sieht Skifahrer von Sprungschanzen springen.«

»Und Motorradrennen.«

»Das Buch aber lebt . . . Jahrhunderte!« rief Lydia Georgijewna mit grimmiger Stimme, aber lächelnd.

»Das Buch? Das lebt auch bloß einen Tag«, widersprach ein sehr ernsthaft aussehender, untersetzter, fast buckliger Junge.

»Wo hast du das her?« entrüstete sich Lydia Georgijewna.

»Gehen Sie in den Buchladen«, sagte der Junge. »In den Glaskästen vergilben reihenweise die Romane, die Bücherbretter sind voll davon. Schaut man nach einem Jahr wieder hin, stehen sie immer noch da. Ich wohne im gleichen Hof und weiß das. Die Bücher werden gestapelt und fortgefahren. Der Fahrer sagt: Die kommen in die Makulatur, sie werden wieder zu Papier gemacht. Aber wozu hat man sie dann gedruckt?«

Vorletztes Jahr absolvierten diese Burschen ihr zweites Studienjahr, da äußerten sie noch nichts dergleichen. Damals antworteten sie wie aus der Pistole geschossen, und immer im richtigen Sinne. Sie bekamen lauter Einser und Zweier.

Es begann ein Gespräch, das nicht hierher, nicht in

den brüllenden Stehkonvent an der Schultür gehörte. Fortgeführt mußte es aber werden, das war Lydia klar. »Es kommt darauf an, was für Bücher weggefahren werden.«

»Ich habe nachgeschaut, ich kann es Ihnen sagen«, sprach jetzt wieder der untersetzte Junge, und eine schräge gescheite Falte legte sich ihm quer über die Stirn. »Einige davon wurden sogar in den Zeitungen sehr gelobt . . .«

Aber die anderen wollten auch was sagen und ließen ihn nicht weiterreden. Anikin, ein Student, der lauter Einser hatte, ein kerngesunder Kerl mit einem Fotoapparat über der Schulter, drängte sich vor und sprach (ihm hörte man immer zu):

»Lydia Georgijewna, wir wollen offen miteinander reden. Sie haben uns beim Abschied vor den Ferien eine lange Bücherliste gegeben. Jedes dieser Bücher ist mindestens fünfhundert Seiten dick. Wie lange soll man daran lesen? Zwei Monate? Womöglich ist das Buch noch der Anfang einer Trilogie, Fortsetzung folgt. Für wen werden solche Bücher überhaupt gedruckt?«

»Für die Kritiker«, sagte jemand.

»Fürs Geldverdienen«, sagte ein anderer.

»Das versteh ich noch eher«, meinte Anikin. »Denn ein technischer Mensch, und solche Menschen bilden in unserem Lande die Mehrheit, muß schließlich irgendwann auch seine technische Literatur lesen und seine Fachzeitschriften, sonst wird ein

Blödmann aus ihm, und man jagt ihn aus der Fabrik, und ganz zu Recht.«

»Richtig«, rief es durcheinander. »Und wann soll man die Sportblätter lesen?«

»Und die Filmblätter?«

Anikin war jetzt nicht mehr zu halten: »Lydia Georgijewna, ich finde, wenn ein Schriftsteller in unserer Zeit umständlich schreibt, dann handelt er einfach gewissenlos! Wir müssen in unserem Bereich doch auch nach den einfachsten Lösungen suchen! Wenn einer von uns Technikern sein Diplom verteidigt, ich war letztes Jahr dabei, dann unterbricht man ihn immerzu: Geht es nicht kürzer? Einfacher? Billiger? Und was schreibt die ›Literaturnaja Gaseta‹? Die Bilder sind klischeehaft, der Aufbau ist verworren, aber dafür sind die Ideen so erhaben! Das klingt, wie wenn einer von uns sagen würde: Der Strom wird nicht fließen, die Anlage wird nicht arbeiten, aber dafür sind die Kondensatoren richtig gewählt. Warum sagt man nicht: Diesen Roman hätte man zehnmal so kurz schreiben müssen! So ein Ungetüm paßt nicht ins Hirn rein.«

»Hinsichtlich der Kürze bin ich einverstanden«, sagte Lydia Georgijewna entschlossen und warf dabei ihren Arm nach vorn.

Das sich rund um sie herum ständig vergrößernde Menschenknäuel dröhnte befriedigt auf. Eben deshalb liebten ihre Studenten sie. Sie konnte nicht lügen. Einverstanden ist einverstanden.

»Aber begreift doch, Kinder! Das Buch stellt unsere Zeitgenossen, uns selbst und unsere großen Errungenschaften dar . . .«

»Und dann die Memoiren!« rief aus der dritten Reihe ein bebrillter Junge mit komisch kurz geschnittenem Haar. »Jeder, der fünfzig Jahre gelebt hat, ist nicht zu faul, seine Erinnerungen zu veröffentlichen: wie er geboren wurde, wie er heiratete, so was kann doch jeder Dummkopf schreiben!«

»Es kommt auf das Wie an«, donnerte die Lehrerin. »Man muß eben über die Epoche schreiben und welchen Platz man darin eingenommen hat.«

»Was wird da nicht alles hervorgekramt!« entrüstete sich der bebrillte Junge. »Das Fieber überraschte mich im Gemüsegarten. Ich kam in die Stadt, aber alle Hotelbetten waren besetzt.«

Man drängte ihn weg und übertönte ihn.

»Ich möchte was über die Kürze sagen, Lydia Georgijewna, erteilen Sie mir das Wort.« Jemand reckte die Hand hoch.

»Und ich was über die Klassiker.«

Lydia Georgijewna sah ihre erregten Gesichter und lächelte beglückt. Sollen sie sich aufregen, sollen sie gegen mich andrängen – den zum Wortstreit Bereiten kann man umstimmen. Nichts fürchtete sie bei jungen Menschen so sehr wie die Gleichgültigkeit.

Sie erteilte jenem Burschen das Wort, der etwas über die Kürze sagen wollte.

Es war der zerzauste Tschurssanow in seinem grauen Hemd mit dem gewendeten und geflickten Kragen. Sein Vater war gestorben, die Mutter arbeitete als Hausmeisterin. Tschurssanow hatte jüngere Geschwister, deshalb mußte er nach der siebenten Klasse aufs Technikum gehen. In Literatur und Russisch konnte er seine Vier freilich nur mit Mühe halten, dafür hatte er schon als Jungpionier Rundfunkempfänger gebastelt. Im Technikum galt er als genialer Funker. Er konnte einen Defekt ohne Schema finden, er spürte einfach, wo der Schaden drinsteckte.

»Hört mal zu!« erklärte er jetzt mit scharfer Stimme. »Anikin hat ganz recht. Wir haben wenig Zeit und müssen sie einsparen. Wißt ihr, wie ich das mache? Ich lese überhaupt keine künstlerische Literatur!«

Einige lachten.

»Du wolltest zum Thema ›Kürze‹ reden!«

»Tu ich doch!« wunderte sich Tschurssanow. »Ich mache also das Radio an, hör die Nachrichten und den Kommentar und kann mich inzwischen anziehen oder zu Mittag essen oder irgendeine Hausarbeit tun. So spare ich Zeit.«

Wieder wurde gelacht.

»Was grölt ihr?« wunderte sich Tschurssanow wieder.

»Das ist überhaupt nicht komisch!« unterstützte ihn Marta Potschtennych, ein großes breitgesichtiges häßliches Mädchen mit langen schwarzen Zöpfen, die in Troddeln ausliefen. »Lydia Georgijewna, finden Sie nicht auch? Welches Buch ist interessant zum Lesen? Wenn man daraus erfährt, was man nirgends sonst erfährt, sondern nur in diesem Buch. Wenn aber im Buch das drinsteht, was man im Radio hört oder in der Zeitung liest; wozu brauche ich dann noch das Buch? In der Zeitung steht es doch knapper und klarer . . .«

»Und richtiger! Die Zeitung irrt sich nicht!« riefen ein paar Stimmen.

»Und die Form?« fragte kokett ein rosiges Mädchen mit hellblonden schulterlangen Locken.

»Wieso Form? Ist in der Zeitung etwa die Form schlecht?«

»Die künst-le-ri-sche Form!« sprach das rosige Mädchen und wippte bei jeder Silbe mit dem Kopf.

»Was meinst du mit Form?« wollte Tschurssanow wissen. »Daß wer wen liebt, meinst du das?«

»Doch, doch, die Form ist wichtig!« ereiferte sich Lydia Georgijewna und berührte mit den zusammengelegten Fingern, so als wäre ihre Hand ihre größte Überzeugungskraft, die Brust. »Ein Buch muß uns die Tiefen der Psychologie aufschließen, uns erklären, wie feinsinnig . . .«

Aber schon standen sie von überallher um sie herum, nicht alle hörten ihr zu, einige sprachen und grölten untereinander.

Lydia Georgijewnas Gesicht hatte sich vor Erregung gerötet.

»Nein, wartet nur!« besänftigte sie die Aufrührer. »Ich lasse euch das so nicht durchgehen! Wir werden jetzt eine große Aula haben, da veranstalten wir gleich im September einen großen Disput. Und ich werde«, sie legte ihre Hand herrisch auf Anikins und Potschtennychs Schulter, »alle auf die Tribüne holen, wer heute gesprochen hat, und daß ihr mir . . .«

»Er kommt! Er kommt!! Er kommt!!!« riefen zuerst die Jüngeren, dann auch die Älteren. Die Jüngeren verfolgten sich jetzt noch schneller, die Älteren traten auseinander und wandten sich um. An den Fenstern im ersten Stock reckten Lehrer und Studenten ihre Hälse.

Vom Bahnübergang her fuhr der reichlich vergammelte schuleigene GAS-Laster auf sie zu. Er schlingerte dort, wo es uneben war, und verspritzte das Wasser der Pfützen. Schon sah man durch die Scheiben der Fahrkabine den Direktor und seinen Fahrer. Beide wurden sie nach rechts und links geschaukelt. Jene Schüler, die gleich losliefen, um den Direktor schreiend zu empfangen, bemerkten als erste, daß Fjodor Michejewitschs Gesicht durchaus nicht fröhlich war.

Und sie verstummten.

Sie liefen neben dem Laster her, bis er gehalten hatte. Fjodor Michejewitsch, der einen bereits leicht abgetragenen Anzug von einfachem Schnitt trug, ein kleinwüchsiger Mann mit unbedecktem graumeliertem Kopf, stieg aus dem Fahrerhaus und blickte um sich. Er mußte zum Eingang gehen, aber der direkte Weg dorthin war versperrt, und auch seitlich standen hufeisenförmig die jungen Leute, drängten sich, schauten und warteten. Aus den ungeduldigsten brach es heraus, zuerst leise:

»Was ist nun, Fjodor Michejewitsch?«

»Wann?«

»Wann? . . .«

Dann hörte man es lauter, auch aus den hinteren Reihen: »Ziehen wir um?«

»Wann ziehen wir um?«

Er drehte seinen Kopf nochmal an Dutzenden wartender fragender Augen entlang. Die Antwort war offenbar nicht mehr hinauszuzögern, er mußte sie hier unten geben, nicht erst im ersten Stock. Die gleichen Fragen hatten die Burschen den ganzen Frühling und Sommer hindurch gestellt. Doch der Direktor und die Klassenleiter hatten nur gelächelt: »Das hängt von euch ab. Von eurer Arbeit.« Jetzt blieb Fjodor Michejewitsch nichts anderes übrig, als zu seufzen und bedauernd zu sagen:

»Genossen, wir werden noch etwas warten müssen. Bei den Bauleuten ist noch nicht alles fertig.«

Seine Stimme klang stets ein wenig dumpf, gleichsam erkältet.

Auch die Schar der Studenten seufzte auf:

»Wieder warten . . .«

»Wieder nicht fertig! . . .«

»Aber übermorgen ist doch schon der erste September.«

»Sollen wir etwa wieder privat wohnen?«

Der Student im grellgelben Hemd mit den Wellenreitern lachte spöttisch und sprach zu seinen beiden Mädchen:

»Was hab ich euch gesagt? Es ist ein ehernes Gesetz. Und das dicke Ende kommt erst noch.«

Einige riefen:

»Können wir es nicht selber fertigmachen, Fjodor Michejewitsch?«

Der Direktor lächelte:

»Hat euch wohl gefallen? Aber diesmal geht es nicht.«

Die Mädchen aus der vordersten Reihe redeten auf den Direktor ein:

»Können wir nicht trotzdem umziehen? Es kann sich doch nur um Lappalien handeln!«

Der Direktor, breitschultrig, breitknochig, blickte die Mädchen verlegen an:

»Ich kann euch das alles nicht genau erklären . . . Die Fußböden zum Beispiel sind stellenweise noch nicht trocken . . .«

»Da werden wir eben nicht hintreten!«

»Wir legen einfach Bretter hin.«

»Viele Fensterriegel fehlen noch . . .«

»Macht doch nichts, jetzt ist Sommer.«

»Die Heizanlage ist nicht erprobt.«

»Das hat Zeit bis zum Winter.«

»Na, und eben noch eine Menge solcher Kleinigkeiten . . .«

Fjodor Michejewitsch machte eine abweisende Handbewegung. Auf seine Stirn hatten sich viele Falten gelegt, und alle verliefen quer. Er konnte doch schließlich den Jungen nicht erklären, daß eine Akte über die Entgegennahme des Gebäudes nötig ist; daß der Bauleiter und der Auftraggeber diese Akte unterschreiben; der Bauleiter würde wahrscheinlich sogar unterschreiben, er ist froh, wenn er die Sache vom Hals hat, und auch Fjodor Michejewitschs Zeit ist teuer, auch er würde seinen Namen druntersetzen, aber die Sache ist eben leider die, daß das Technikum gar nicht der Auftraggeber ist; es kann gar nicht als Auftraggeber auftreten, denn es besitzt keinen Etat für die Archtechbaukontrolle; Auftraggeber ist die Bauabteilung der Fabrik für Relais-Apparaturen, diese Fabrik jedoch hat keinen Grund, sich besonders zu beeilen und somit gegen die Vorschriften zu verstoßen. Fabrikdirektor Chabalygin, der dem Direktor des Technikums den ganzen Sommer über versprach, im August würde er das Gebäude unter allen Umständen abnehmen, sagte unlängst: »Nein, liebe Genossen! Solange nicht die letzte Schraube eingeschraubt ist, werden wir die Akte nicht unterschreiben!« Und er hatte im Grunde sogar recht.

Die Mädchen aber jammerten.

»Ach, wir möchten doch so gern umziehen, Fjodor Michejewitsch! Wir haben uns schon so darauf eingestellt!«

»Eingestellt habt ihr euch?!« herrschte sie Tschurssanow an, der etwas erhöht stand. »Wir fahren sowieso für einen Monat in die Kolchose, da bleibt es sich gleich, ob wir aus diesem oder aus jenem Gebäude fahren.«

»Richtig ... In die Kolchose!« fiel es jetzt auch den anderen ein. Vor lauter Bauarbeit hatten sie das ganz vergessen.

»In diesem Jahr fahren wir nicht hin!« sagte Lydia Georgijewna, die weiter hinten stand, mit fester Stimme.

Erst jetzt bemerkte Fjodor Michejewitsch sie.

»Wieso nicht, Lydia Georgijewna? Aus welchem Grund?« wollten jetzt viele wissen.

»Man muß die Gebietszeitung lesen, liebe Freunde! Da stand ein Artikel drin.«

»Ein Artikel?«

»Wir fahren trotzdem hin.«

Fjodor Michejewitsch drängte sich durch die Studenten durch und ging auf die Eingangstür zu. Lydia Georgijewna holte ihn auf der Treppe ein. Die Treppe war gerade breit genug, daß zwei Personen nebeneinander gehen konnten.

»Fjodor Michejewitsch, aber im September werden die das Gebäude doch übergeben?«

»Im September schon«, erwiderte er zerstreut.

»Wir haben einen guten Plan ausgeheckt. Von

Samstag mittag bis Montag früh werden wir alles rübergeschafft haben. Auf diese Weise werden wir nicht einen einzigen Unterrichtstag verlieren. Die Studenten werden in Gruppen aufgeteilt, die Gruppen auf die Labors verteilt. Das Komitee arbeitet alles aus.«

»Sehr gut«, nickte der Direktor, dachte aber an etwas anderes. Er konnte sich eins nicht zusammenreimen. Die restlichen Arbeiten waren wirklich minimal, der Auftraggeber hätte das schon vor zwei, drei Wochen sehen können. Er hätte die Arbeiten vorantreiben und das Gebäude übernehmen können. Aber einige Details schienen darauf hinzuweisen, daß der Auftraggeber selber die Sache in die Länge zog.

»Noch etwas, Fjodor Michejewitsch! . . . Wir haben im Komitee den Fall Jengalytschew besprochen. Er hat uns sein Wort gegeben, wir bürgen für ihn. Geben Sie ihm ab ersten September wieder sein Stipendium!«

Sie blickte bittend und überzeugt.

»Sie setzen sich immer ein«, sprach der Direktor kopfschüttelnd und blickte sie aus bläulichen Augen an.

»Und wenn er wieder . . .«

»Ganz bestimmt nicht!« versicherte sie bereits auf dem oberen Treppenabsatz, angesichts der anderen Lehrkräfte und des Sekretärs.

»Nun gut, wenn Sie meinen.«

Er ging in sein kleines Arbeitszimmer und ließ zugleich den Chef des Lehrkörpers und die Abteilungsleiter rufen. Er wollte von ihnen hören und sich vergewissern, daß sie bereit seien, das neue Unterrichtsjahr unter allen Umständen zu beginnen; daß sie bereits ohne ihn alle notwendigen Schritte dazu unternommen hätten.

In all den langen Jahren in diesem Technikum bemühte sich Fjodor Michejewitsch, seine Direktorschaft so zu handhaben, daß so viel wie möglich auch ohne ihn sich dreht und abläuft, daß es seiner höchstpersönlichen Entscheidungen so selten wie möglich bedarf. Er hatte noch vor dem Krieg das Institut für Fernmeldewesen beendet und konnte unmöglich in alle neuen Spezialgebiete der sich rasend schnell verändernden Technik eindringen. Er hatte nicht den Ehrgeiz, klüger als seine Ingenieure zu sein, denn er war ein maßvoller Mann. Seine leitende Stellung faßte er nicht als Versuchung zu Launenhaftigkeit und Willkür auf, sie war für ihn vielmehr der Punkt, in dem einander vertrauende, aufeinander eingestellte Mitarbeiter ihre Abrundung und Vereinigung fanden.

Faina, die Sekretärin, ein überaus unabhängiges und nicht mehr allzu junges Mädchen, das ihr buntes Kopftuch dergestalt unter dem Kinn festband, daß dessen freies Ende bei raschem Gehen wie ein dreieckiges Fähnchen hinter dem Scheitel herflatterte, kam mit einem ausgefüllten Diplom angelaufen, legte es vor den Direktor hin und öffnete das Fläschchen mit Tinte.

»Was ist das?« fragte Fjodor Michejewitsch.

»Das ist das Diplom der Gomosina, die krankheitshalber . . .«

»Ach ja . . .«

Er prüfte die Feder, tauchte sie in die Tinte, umfaßte mit den Fingern der linken Hand, so fest wie mit einem Armband, die rechte Handwurzel. Erst dann unterschrieb er.

Als er zum zweiten Mal verwundet wurde, in Transsilvanien, erwischte es nicht nur sein Schlüsselbein, das nie wieder richtig verwuchs, sondern er erlitt auch noch eine starke Kontusion. Seitdem hörte er nicht mehr so gut, und seine Hände waren zittrig. Er konnte es nicht verantworten, seine Unterschrift bloß mit der rechten Hand zu geben.

III

Anderthalb Stunden später waren die meisten fortgegangen. Geblieben waren jene Lehrkräfte und Laboranten, die ein Praktikum vorbereiten mußten. In der Buchhaltung registrierten die Studenten ihre Privatquartiere. Lydia Georgijewna und das Komitee hatten inzwischen den Umzugsplan ausgearbeitet, der Direktor und die Abteilungsleiter hatten ihn bestätigt.

Fjodor Michejewitsch saß noch mit dem Chef des Lehrkörpers zusammen, als Faina fähnchenflatternd angerast kam und sensationslüstern verkündete, es seien vom Bahnübergang her zwei Wolgas unterwegs, und ihr Ziel könne nur das Technikum sein. Der Direktor schaute zum Fenster hinaus und sah, daß tatsächlich zwei Wolgas, ein meerfarbener und ein grauer, holpernd auf dem Weg zu ihnen waren.

Das konnten zweifellos nur Vorgesetzte sein, und es gehörte sich eigentlich, sich zu deren Empfang nach unten zu begeben. Aber Fjodor Michejewitsch erwartete keinerlei Vorgesetzte und blieb daher am offenen Fenster des ersten Stockes stehen.

Große weiße, sich ballende Wolken zogen mit merklicher Geschwindigkeit über den Himmel.

Die beiden Personenwagen fuhren vor dem Haus vor, ihnen entstiegen fünf Männer in Hüten. Zwei der Hüte waren hart und grün, wie sie in dieser Stadt von leitenden Persönlichkeiten getragen wurden, die restlichen Hüte waren hell. Den vordersten Mann erkannte Fjodor Michejewitsch sofort: Es war Wsewolod Borissowitsch Chabalygin, der Direktor der Fabrik für Relaisanlagen und *Titelverteidiger* beim Bau des neuen Technikums. Er war ein Klassechef und drehte ganz andere Dinger als Fjodor Michejewitsch, behandelte diesen indessen stets mit Freundlichkeit. Seit heute früh hatte ihn Fjodor Michejewitsch bereits zweimal anzurufen versucht, um ihn zu bitten, er möge sich doch erweichen und der zuständigen Abteilung gestatten, das neue Gebäude nebst einer Liste der noch zu leistenden Arbeiten entgegenzunehmen. Beide Male wurde ihm gesagt, der Chef sei nicht da.

Eben blitzte in Fjodor Michejewitsch eine Vermutung auf, und er sprach zu seinem bohnenstangendürren Lehrkörperchef:

»Hör mal, Grischa! Vielleicht soll die Kommission die Sache beschleunigen? Hoffentlich!«

Und er eilte davon, um die Gäste zu empfangen. Der grimmige, übersachliche Lehrkörperchef, den die Studenten sehr fürchteten, folgte ihm nach.

Fjodor Michejewitsch fand nur noch Zeit, einen Treppenabsatz hinabzusteigen – da kamen alle fünf Ankömmlinge, einer nach dem anderen, bereits die Treppe herauf. Den Anfang machte Chabalygin. Dieser untersetzte Mann war noch keine sechzig, aber er war mächtig in die Breite gegangen, hatte die Hundertkilogrenze längst überschritten, und sein Körpergewicht machte ihm sehr zu schaffen. Seine Schläfen waren versilbert.

Er streckte dem Direktor wohlwollend die Hand entgegen. Als er den Treppenabsatz erreicht hatte, drehte er sich um und sagte: »Dieser Genosse kommt aus unserem Ministerium.«

Der Genosse aus dem Ministerium war wesentlich jünger, aber auch nicht mehr der dünnste. Fjodor Michejewitsch durfte einen Augenblick lang drei seiner weißen weichen Fingerspitzen in der Hand halten, dann stieg der Genosse weiter treppauf.

»Unser Ministerium hatte übrigens seit über

einem Jahr, als das Technikum dem Volkswirtschaftsrat unterstellt worden war, mit der Sache gar nichts mehr zu tun.«

»Und ich habe Sie heute zweimal angerufen!« lächelte Fjodor Michejewitsch und berührte Chabalygins Hand. »Ich habe nämlich die große Bitte an Sie . . .«

»Und dieser Genosse«, fuhr Chabalygin fort, »kommt aus dem Komitee für Angelegenheiten der . . .« Er sagte, um was für Angelegenheiten es sich handelte, aber Fjodor Michejewitsch war so verwirrt, daß er nichts verstand.

Der Genosse aus dem Komitee für Angelegenheiten war ein ganz junger Mann, gut gebaut, gut aussehend und betont gut gekleidet.

»Und das«, sagte Chabalygin, »ist der Inspektor für Elektronik aus . . .« Er nannte den Ort, war aber bereits ein Stück weiter treppauf gestiegen, so daß auch dieser Ortsname Fjodor Michejewitsch entging.

Der Inspektor für Elektronik war ein kleiner schwarzhaariger höflicher Mann mit einem kleinen schwarzen Schnurrbart, der nur die Stelle direkt unter der Nase bedeckte.

Als letzter kam der Instrukteur an der Industrieabteilung des Gebietskommitees der Partei, den Fjodor Michejewitsch gut kannte. Sie begrüßten sich.

Keiner hatte irgendwas in der Hand.

Auf dem oberen Absatz, direkt am Geländer, das

die Treppenflucht abschloß, stand streng und stramm wie ein Soldat der Leiter des Lehrkörpers. Die einen nickten ihm zu, die anderen nicht.

Auch Chabalygin hob seinen in die Breite gegangenen Körper aufwärts. Auf der engen Treppe des Technikums konnte man weder neben ihm noch an ihm vorbei gehen. Oben angelangt, mußte er schwer atmen. Nur sein stets belebter und energischer Blick unterdrückte den Wunsch, ihm sein Mitgefühl auszudrücken, wegen der Schwierigkeiten beim Fortbewegen seines ausgiebigen Leibes, dessen unansehnliche Fettheit von geschickten Schneidern versteckt worden war.

»Gehen wir zu mir?« meinte Fjodor Michejewitsch.

»Was sollen wir herumsitzen!« widersprach Chabalygin. »Führ uns lieber durch dein Haus, Direktor, zeig uns, wie du lebst. Nicht wahr, Genossen?«

Der Genosse aus dem Komitee für Angelegenheiten schob den Ärmel seines Importstaubmantels weg, schaute auf die Uhr und sprach:

»Natürlich.«

»Wie ich lebe?« seufzte Fjodor Michejewitsch und ging sofort in den Plural über: »Wir leben nicht, wir quälen uns. In zwei Schichten. In den Labors sind nicht genug Arbeitsplätze da. Verschiedene Praktika finden im gleichen Raum statt, immerzu muß man die Geräte wegräumen und neue aufstellen.«

Er blickte mal den einen, mal den anderen an und sprach so, als müßte er sich rechtfertigen und entschuldigen.

»Du, sing keine Klagelieder!« wogte Chabalygin, sei es vom Husten, sei es vom Lachen geschüttelt. Die Hängefalten, die er wie ein Ochse am Hals hatte, wogten mit. »Da muß man sich ja wundern, daß du sieben Jahre hier gehaust hast!«

Der Direktor hob seine buschigen hellen Brauen über den hellen Augen:

»Aber, Wsewolod Borissowitsch, früher waren es nicht soviel Abteilungen. Und weniger Studenten.«

»Komm, komm, zeig uns dein Reich!«

Der Direktor gab dem Lehrkörperchef ein Zeichen, damit dieser überall für offene Türen sorgt, und die Besichtigung begann. Die Gäste behielten ihre Mäntel und Hüte an.

Sie betraten ein geräumiges Zimmer. Dessen Wände waren mit Stellagen bedeckt, die Stellagen mit Geräten vollgepfropft. Der Lehrer, eine Laborantin im blauen Kittel und ein Student im fortgeschrittenen Semester, eben jener Tschurssanow mit dem geflickten Hemdkragen, bereiteten ein Praktikum vor. Es war ein Südzimmer, die Sonne schien herein.

»Nun!« sagte Chabalygin fröhlich. »Ist doch nicht übel! Ein vorzüglicher Raum!«

»Aber begreifen Sie doch«, sagte Fjodor Michejewitsch gekränkt; »hier hocken drei Labors buchstäblich aufeinander: das Labor für Grundlagen der Rundfunktechnik und Antennen, das für Sendegeräte und das für Empfangsgeräte.«

»Und was soll dabei sein?!« Der Genosse aus dem Ministerium, seinerseits gekränkt, drehte seinen großen auffallenden Kopf dem Direktor zu. »Sie denken wohl, daß bei uns im Ministerium nach der Reorganisation die Tische weiter auseinanderstehen? Im Gegenteil: Sie stehen noch enger zusammen.«

»Außerdem sind es verwandte Labors.« Chabalygin klopfte dem Direktor hochbefriedigt auf die Schulter.

»Stell dich nicht arm, lieber Genosse, stell dich nur nicht arm!«

Fjodor Michejewitsch blickte ihn verlegen an.

Chabalygin bewegte ab und zu seine Lippen und schweren Backen, so als hätte er gerade vorzüglich gespeist, aber noch nicht die Zähne geputzt und von Speiseresten befreit.

»Und wozu ist das gut?« Der Genosse aus dem Komitee für Angelegenheiten stand vor einem Paar höchst seltsamer, übergroßer, offenbar für einen Riesen bestimmter Gummistiefel mit zurückgeklappten Rändern und berührte die Stiefel mit dem spitzen Ende seines Halbschuhs.

»Das sind Hochspannungsstiefel«, erläuterte der Lehrer.

»Wie bitte, was für Stiefel?«

»Hochspannungsstiefel!« rief Tschurssanow mit dem Wagemut eines Menschen, der nichts zu verlieren hat.

»Ach so ist das also«, sagte der Genosse aus dem Komitee für Angelegenheiten und schloß sich den anderen an.

Der Inspektor des Gebietskomitees, der als letzter hinausging, fragte Tschurssanow:

»Wofür braucht man solche Stiefel?«

»Wenn ein Übertrager repariert wird«, erwiderte Tschurssanow.

Fjodor Michejewitsch wollte den Gästen jeden Raum zeigen, aber die Gäste gingen an mehreren Zimmern vorbei und betraten einen Hörsaal. An den Wänden hingen Tabellen der englischen Tempora sowie Anschauungsbilder. Die Schrankfächer waren mit stereometrischen Modellen vollgestellt.

Der Inspektor für Elektronik zählte die Tische nach (es waren dreizehn Tische), strich sich mit zwei Fingern seinen kurzen Schnurrbart zurecht und fragte:

»Wie stark sind bei Ihnen die Gruppen? Dreißig Mann?«

»So um die dreißig.«

»Von dreien können also zwei nicht sitzen.«

Sie gingen weiter.

Im kleinen Fernsehlabor standen ungefähr zehn funkelnagelneue und halbzerlegte Fernseher verschiedener Modelle auf den Tischen.

»Gehen sie? Alle?« fragte der Genosse aus dem Komitee für Angelegenheiten.

»Die gehen sollen, die gehen auch«, anwortete leise ein junger, stutzerhaft gekleideter Laborant. Er trug einen sandfarbenen Anzug, einen grellen Schlips und auf dem Revers irgendein technisches Abzeichen.

Auf einem Tisch lag ein Stoß Arbeitsanweisungen. Der Inspektor blätterte sie durch und las mit leiser Stimme: »Der Bau des Fernsehers nach der Kontrolltabelle. Die Verwendung des Fernsehers als Verstärker. Der Bau der Darstellungssignale . . .«

»Hier in dem Raum sind keine Stellagen, ihr kommt auch ohne aus«, bemerkte Chabalygin.

Fjodor Michejewitsch begriff immer weniger, was diese Kommisson eigentlich wollte.

»Hier im Raum sind deshalb keine Stellagen, weil sich alles nebenan im Präparationsraum befindet. Zeig ihn, Wolodja.«

»Was, einen Präparationsraum habt ihr auch? Ihr lebt nicht schlecht.«

Die Tür in den Präparationsraum war nicht größer als eine Abstellkammertür. Der dünne elegante Laborant paßte hinein, der Genosse aus dem Ministerium zwängte sich nicht ohne Mühe durch, merkte aber sofort, daß man sich da drin die Beine nicht vertreten kann. Die anderen steckten bloß der Reihe nach die Köpfe hinein.

Der Präparationsraum entpuppte sich als enge

Schlucht zwischen zwei Reihen von Stellagen, die bis zur Decke reichten. Der Laborant zeigte mit der Geste eines Fremdenführers von unten nach oben:

»Das hier ist Eigentum des Fernsehlabors, das gehört dem Labor für Elektrospeisung, das dem Labor für radiotechnische Messungen.«

Geräte mit Zeigern, schwarze, braune und gelbe Kisten verstopften alle Regale.

»Und was soll das da?« Der Genosse aus dem Ministerium zeigte mit dem Finger auf eine Stelle an der Wand, wo der Laborant all den vielen Geräten dennoch ein wenig Platz abgewonnen und ein Farbfoto hingeklebt hatte. Das Foto, es war das Brustbild einer jungen Frau, war an den Umrissen der Darstellung entlang ausgeschnitten. Ob diese Sünderin einer inländischen oder ausländischen Zeitschrift entstammte, war nicht mehr festzustellen. Es war einfach eine schöne Frau mit kastanienbraunem Haar in einer Bluse mit rotem, doppelt gewelltem Ausschnitt. Die Frau berührte mit dem Kinn ihre verschlungenen, bis zu den Ellbogen entblößten Arme, hielt den Kopf leicht geneigt und blickte mit einem so gar nicht dienstlichen Blick auf den jungen Laboranten und den lebenserfahrenen Genossen aus dem Ministerium.

»Da sagen Sie, Sie hätten keinen Platz«, brummte der Genosse und machte mit Mühe in der Tür kehrt, »und hängen weiß Gott was an die Wand.«

Er warf noch einen Seitenblick auf die schöne Frau und ging hinaus.

Die Kunde von irgendeiner Unheil verheißenden Kommission war bereits durchs Technikum geeilt. Da und dort blickte man aus den Türen, Gesichter blinkten im Gang auf.

Lydia Georgijewna lief der Kommission schnurstracks in die Arme. Sie trat beiseite, wuchs gleichsam mit dem Rücken und den Handflächen in die Wand hinein und begleitete die Gäste mit einem beunruhigten Blick. Sie hatte das Gespräch nicht mit angehört, las aber vom Gesicht des Direktors ab, daß sich etwas Ungutes zusammenbraute.

Fjodor Michejewitsch ergriff den Instrukteur des Gebietskomitees am Ellbogen, blieb mit ihm ein Stück zurück und fragte leise:

»Sag mal, wer hat überhaupt diese Kommission geschickt? Warum ist aus dem Volkswirtschaftsrat niemand dabei?«

»Viktor Wawilowitsch hat mich angewiesen, die Leute zu begleiten. Mehr weiß ich auch nicht.«

Auf dem obersten Treppenabsatz hustete Chabalygin wieder, brachte wieder die gelblichen Fettfalten an seinem Hals zum Wogen und zündete sich eine Zigarette an:

»So ist das also. Na, und alles Weitere in der gleichen Art.«

Der Genosse aus dem Komitee für Angelegenheiten schaute auf seine Armbanduhr:

»Ich denke, der Fall ist klar.«

Der Inspektor für Elektronik strich sich mit zwei Fingern über den Schnurrbart und sagte gar nichts.

Der Genosse aus dem Ministerium fragt:

»Und wieviel Gebäude haben Sie noch?«

»Noch zwei, aber ...«

»Was, noch zwei??«

»Aber was für welche! Einstöckige. Ganz unbequeme. Außerdem liegen sie auseinander. Wir können sie gern besichtigen.«

»Befinden sich dort auch die Werkstätten?«

»Ja, begreifen Sie denn überhaupt, unter welchen Bedingungen wir leben?« rief Fjodor Michejewitsch aus. Der Bann der Gastfreundlichkeit oder die Faszination durch die hohe Stellung der Gäste begann ihn endlich zu verlassen. »Wir besitzen zum Beispiel kein Wohnheim. Dieses Gebäude soll jetzt als Wohnheim eingerichtet werden. Die Jungen und Mädchen wohnen in Privatquartieren, über die ganze Stadt verstreut. Manchmal bekommen sie Flüche zu hören und sehen, wie gesoffen wird. Da ist unsere ganze Erziehungsarbeit beim Teufel. Wo sollen wir sie auch durchführen? Vielleicht auf dieser Treppe?«

Sein Ausbruch rief innerhalb der Kommission Protest hervor.

»Die Erziehungsarbeit liegt ganz in Ihren Händen«, sagte der junge Mann aus dem Komitee für Angelegenheiten streng.

»In dieser Sache brauchen Sie sich auf niemanden zu berufen«, fügte der Instrukteur des Gebietskomitees hinzu.

»Da gibt es für Sie keinerlei Rechtfertigungen«, zuckte Chabalygin mit den Achseln.

Fjodor Michejewitsch machte eine unwillkürliche Kopfbewegung und schüttelte sogar seine Schultern, ob er sich nun gegen die auf ihn einstechenden Stimmen wehren oder den hilflosen Stand des Sichverantwortenden abschütteln wollte.

Wenn er nicht selber fragte, würde er wohl nichts begreifen und nichts erfahren. Seine weißen buschigen Brauen vereinigten sich.

»Entschuldigen Sie, ich hätte doch ganz gern gewußt, wer Sie bevollmächtigt hat. Und in welcher Angelegenheit.«

Der Genosse aus dem Ministerium lüftete seinen Hut und wischte sich mit dem Taschentuch die Stirn ab. Ohne Hut wirkte er noch imposanter. Sein Haar war zwar schon schütter, aber höchst eindrucksvoll. Es schmückte seinen Scheitel.

»Ach, Sie wissen es noch nicht?« verwunderte er sich gelassen. »Es liegt eine Verfügung unseres Ministeriums vor, wonach ein wichtiges wissenschaftliches Forschungsinstitut, das in Ihrer Stadt eröffnet werden soll, in jenen Gebäuden untergebracht wird, die ursprünglich Ihrem Technikum zur Verfügung gestellt werden sollten. Gebe ich das richtig wieder, Wsewolod Borissowitsch?«

»Völlig richtig«, bestätigte Chabalygin durch mehrfaches Nicken seines grünbehuteten Kopfes. Dann blickte er den Direktor teilnehmend an und zauste ihn freundschaftlich an der Schulter. »Zwei Jährchen oder so kannst du es hier noch getrost aushalten, lieber Genosse. Unterdessen wird man dir ein neues Haus bauen, ein noch besseres. Es muß so sein, mein Lieber, sei nicht traurig. Es muß so sein! Zum Nutzen der Sache.«

Der ohnehin kleinwüchsige Fjodor Michejewitsch schien sich noch weiter verkleinert zu haben. Er blickte so vor sich hin, als hätte ihm jemand mit dem Knüppel auf den Kopf gehauen.

»Aber wir haben doch . . .«, lief ihm etwas ganz Beiläufiges über die Zunge, »wir haben doch das alte Gebäude weder geweißt noch instand gesetzt! . . .« Wenn sich Fjodor Michejewitsch betrübte, wurde seine ohnehin wie erkältet klingende Stimme vollends heiser.

»Macht nichts!« beruhigte ihn Chabalygin. »Letztes Jahr habt ihr doch sicher geweißt!«

Der Genosse aus dem Komitee für Angelegenheiten stieg eine Stufe treppab.

Es gab so viel zu sagen in dieser Sache, daß der Direktor des Technikums das richtige Wort einfach nicht fand.

»Aber was habe ich denn mit eurem Ministerium zu tun?« protestierte er heiser und stellte sich den Gästen in den Weg. »Wir sind dem lokalen Volkswirtschaftsrat unterstellt. Wenn Sie das neue Gebäude haben wollen, brauchen Sie dazu einen Beschluß der Regierung.«

»Völlig richtig«, drängte ihn die Kommission dezent beiseite, bereits im Hinuntersteigen. »Wir sind gerade dabei, das Material für diesen Beschluß vorzubereiten. In zwei Tagen wird der Beschluß vorliegen.«

Alle fünf gingen jetzt hinunter, während der Direktor oben stehenblieb, sich am Geländer festhielt und mit sinnlosem Blick in die Treppenflucht schaute.

»Fjodor Michejewitsch«, trat Lydia Georgijewna aus dem Gang auf ihn zu. Aus irgendeinem Grund hielt sie ihren Hals fest, den während der Bauarbeiten braungebrannten Hals, den der Kragen ihres Kostüms offenließ: »Fjodor Michejewitsch, was haben sie gesagt?«

»Sie nehmen uns das Gebäude weg«, sagte der Direktor mit ausdrucksloser, tonloser, abgesackter Stimme, ohne sie anzublicken.

Und ging in sein Arbeitszimmer.

»Wie? Wi-ie?« rief sie nach einer Weile aus. »Das neue nehmen sie uns weg?!« Und lief ihm nach, mit den Absätzen trippelnd. In der Tür des Direktorzimmers stieß sie mit der Buchhalterin zusammen, drängte sie weg und lief, dem Direktor nach, ins Zimmer.

Er ging langsam auf seinen Tisch zu.

»Hö-ö-ören Sie mal!« Diese Worte wurden fast gesungen, mit einer Stimme, die nicht mehr Lidotschka zu gehören schien. »Hö-ö-ören Sie mal! Warum denn so ungerecht? Das ist doch *ungerecht*!« schrie sie immer lauter das heraus, was er ihnen hätte zurufen müssen, aber er war ein Direktor und keine Frau. Plötzlich rannen viele Tränen über ihr Gesicht. »Was sollen wir denn den Studenten sagen? Wir haben sie also *betrogen*? . . .« Der Direktor konnte sich nicht erinnern, sie weinend gesehen zu haben.

Er setzte sich in seinen Sessel und blickte sinnlos vor sich hin auf den Tisch. Seine ganze Stirn hatte sich in Falten gelegt. Sie waren klein und verliefen alle horizontal.

Die Buchhalterin, eine alte ausgetrocknete Frau mit einem dünnen Haarknoten im Nacken, stand mit einem Scheckbuch in der Hand daneben.

Sie hatte alles gehört und begriffen. Gern wäre sie, statt sich aufzudrängen, fortgegangen, aber sie hatte eben in der Bank angerufen, und man hatte ihr gesagt, sie könne vorbeikommen, um das Geld abzuholen. Der Scheck war schon ausgestellt, Summe und Datum standen da.

Und also trat sie auf den Direktor zu, legte das längliche Buch mit den blauen Streifen vor ihn auf den Tisch und hielt es mit der Hand fest.

Fjodor Michejewitsch tauchte die Feder ein, umklammerte mit den Fingern der linken Hand die

Wurzel der rechten und wollte schon unterschreiben, aber seine Hände zitterten sogar noch im verschränkten Zustand. Er versuchte, seinen Schriftzug auf ein loses Blatt Papier zu setzen. Zuerst schrieb die Feder etwas Unähnliches, dann bohrte sie sich ins Papier und verspritzte die Tinte. Fjodor Michejewitsch erhob seine Augen zur Buchhalterin und lächelte.

Die Buchhalterin biß sich in die Lippen, nahm das Scheckbuch und ging rasch hinaus.

IV

Alles das stürzte so plötzlich auf den Direktor herab, die Kommission trat so siegreich und schnell auf, daß er in deren Anwesenheit die richtigen Worte nicht fand und nach ihrem Weggang Mühe hatte, sich die Reihenfolge der nunmehr notwendigen Schritte zurechtzulegen.

Er rief im Volkswirtschaftsrat an, in der Abteilung für Lehranstalten. Dort wußte man von nichts, schimpfte und versprach, die Sache aufzuklären. Das hätte ihn aufmuntern können.

Es munterte ihn aber nicht auf.

Die Kommission war nicht von ungefähr dagewesen.

Fjodor Michejewitsch schämte sich so: vor den Studenten, vor den Lehrkräften, vor allen, die er zum Mitbauen aufgerufen, denen er voller Gewißheit den

Umzug versprochen hatte. Was er monate-, sogar jahrelang mit seinen Mitarbeitern über die Einteilung des neuen Gebäudes erörtert hatte, war jetzt so gründlich in ihm zerstört, daß es ihm wahrscheinlich leichter gefallen wäre, seine eigene Wohnung für eine schlechtere wegzugeben, wenn das Technikum nur das neue Gebäude bekäme.

In seinem Kopf hatte sich etwas verfinstert, es gab offenbar etwas, worauf er einfach nicht kam.

Ohne zu sprechen, ohne den Hut aufzusetzen, ging er hinaus, damit sich sein Verstand aufhellte.

Er ging auf den Bahnübergang zu und merkte gar nicht, wohin er ging. Sein Kopf hechelte jene zig Lebensnotwendigkeiten durch, die das Technikum mit dem neuen Gebäude verlor. Die Schranke senkte sich vor seiner Nase, Fjodor Michejewitsch blieb stehen, obwohl er hätte hindurchschlüpfen können. In der Ferne tauchte ein langer Güterzug auf. Er kam näher und raste donnernd vorbei. Das alles nahm Fjodor Michejewitsch nicht bewußt wahr. Die Schranke hob sich, er ging weiter.

Als er klar begriff, wo er sich befand, war er bereits im Hof des neuen Gebäudes. Seine Beine hatten ihn von selbst hierhergebracht. Der Haupteingang, völlig fertiggestellt und blankgeputzt, war verschlossen. Fjodor Michejewitsch nahm den Weg über den Hof, den die Studenten geebnet, gesäubert und in Ordnung gebracht hatten. Der Hof war groß, hier sollte ein Sportplatz hinkommen.

Im Hof stand ein Lastwagen der Bauarbeiter. Die Sanitätstechniker beluden ihn mit Tragsteinen, Rohren und sonstigem Hauszubehör, doch Fjodor Michejewitsch beachtete das nicht.

Er ging hinein und schritt mit Wohlgefallen über die Steinfliesen der großen Eingangshalle, an deren Seite sich Garderoben für tausend Personen hinzogen. Die Garderobenstangen aus Aluminium mit den Haken für die Mäntel und den Höckern für die Mützen glitzerten hell. Vielleicht gab dieses Glitzern dem Direktor jenen einfachen Gedanken ein, der ihm bisher nicht gekommen war, weil er die ganze Zeit fürs Technikum, nicht für den neuen Hausherrn dachte, nämlich den Gedanken: Was soll denn das Institut mit so einem Gebäude anfangen? Diese Kleiderablagen zum Beispiel würde man entfernen müssen, denn im Institut werden höchstens hundert Leute arbeiten. Und der Turnsaal mit der riesigen Kletterwand, den in die Wand eingelassenen Ringen, dem Reck, den Gittern und Netzen an den Fenstern? Soll man das jetzt alles rausreißen und abmontieren? Und die Werkstätten mit den Betonböden, je nach Zahl der Werkbänke? Und das ganze System der Elektroleitungen? Und die Aufteilung des Gebäudes nach Hörsälen? Die Tafeln? Das amphitheatralisch aufgebaute Audimax? Die Aula? . . .

Unterdessen gingen zwei Anstreicher an ihm vorbei, dann zwei Zimmerleute mit ihrem Werkzeug. Sie alle eilten auf den Ausgang zu.

»He! Hört mal!« besann sich der Direktor. »Genossen!«

Sie entfernten sich.

»Leute!«

Sie wandten sich um.

»Wohin geht ihr denn? Es ist doch Arbeitszeit!«

»Alles fertig, Direktor!« sagte der jüngste der beiden Zimmerleute mit fröhlicher Stimme, während der ältere mürrisch seinen Weg fortsetzte. »Gib uns Feuer! Bei uns ist Feierabend.«

»Aber wohin geht ihr denn?«

»Man löst uns ab. Auf Befehl von oben.«

»Man löst euch ab?«

»Genau. Wir werden einem anderen Bauvorhaben zugeteilt. Gleich heute fangen wir dort an.« Der Zimmermann, dem schon früher aufgefallen war, daß dieser grauhaarige Direktor kein eingebildeter Mann ist, kehrte noch mal um, klopfte dem Direktor auf den Arm und sprach:

»Gib Feuer, Direktor.«

Fjodor Michejewitsch hielt ihm eine zerbeulte Packung hin.

»Und wo ist der Chef des Bauabschnitts?«

»Weggefahren. Längst über alle Berge.«

»Und was hat er gesagt?«

»Er hat gesagt: Macht Schluß, das geht uns nichts mehr an. Das ist Sache der neuen Behörde.«

»Und wer soll das fertigmachen?« schimpfte Fjodor Michejewitsch.

»Grins nicht! Hier ist noch eine ganze Menge nicht fertiggemacht!« Wenn er die Brauen zusammenzog, bekam er ein wütendes Gesicht.

Der Zimmermann holte bereits qualmend seinen Kollegen ein:

»Du weißt wohl nicht, wie das gemacht wird? Nase reingesteckt, Kopie ausgestellt, alles in Ordnung, hier habt ihr euer Haus, auf Wiedersehen!«

Fjodor Michejewitsch blickte dem fröhlichen Zimmermann im verschmierten Arbeitsanzug nach. Mit den Schuheisen blinkend, lief ihm jener Volkswirtschaftsrat davon, der das drei Jahre lang Grundstein gebliebene unglückselige Gebäude seinerzeit übernommen, aufgerichtet, überdacht und eingespiegelt hatte.

Der Volkswirtschaftsrat lief davon, aber der Gedanke an die Umbauten, an die ungezählten und völlig sinnlosen Umbauten in diesem Gebäude gab dem Direktor die Kraft zum Widerstand zurück. Er begriff, daß die Gerechtigkeit auf seiner Seite war. Er begann selber fast zu laufen, auch seine Schuhe klapperten über den tönenden Fußboden der Eingangshalle.

Das Zimmer mit dem Fernsprechanschluß war abgeschlossen. Fjodor Michejewitsch eilte nach draußen. Der aufkommende Wind fegte und wirbelte den Sand hoch. Der Laster mit den Bauarbeitern fuhr bereits zum Tor hinaus. Der Wachmann war jenseits des Tores, aber der Direktor kehrte nicht zurück, er suchte und fand fünfzehn Kopeken und ging zur Telefonzelle.

Er rief Gratschikow, den Sekretär des Stadtkomitees, an. Die Sekretärin antwortete, Gratschikow sei auf einer Besprechung. Er nannte seinen Namen und bat zu erfragen, ob ihn der Sekretär des Stadtkomitees empfangen wird und wenn ja, wann. Die Antwort lautete: in einer Stunde.

Fjodor Michejewitsch ging los, wieder zu Fuß. Unterwegs und hinterher im Wartezimmer bei Gratschikow überschlug er noch einmal alle Stockwerke und alle Hörsäle des neuen Gebäudes und fand, so schien es ihm, nicht eine einzige Stelle, wo das Institut nicht eine Wand einreißen oder einziehen müßte. Er begann in seinem Notizbuch nachzurechnen, wieviel das wohl kosten würde.

Iwan Kapitonowitsch Gratschikow war für Fjodor Michejewitsch nicht bloß Sekretär des Stadtkomitees, er war außerdem sein Kriegskamerad. Sie kämpften im gleichen Regiment, freilich nur kurz. Fjodor Michejewitsch war Nachrichtenchef des Regiments, Gratschikow traf erst später aus dem Lazarett ein und ersetzte einen gefallenen Bataillonskommandeur. Sie stellten damals fest, daß sie Landsleute sind, sahen sich ab und zu, plauderten, wenn nachts Kampfruhe war, übers Feldtelefon, gedachten der heimatlichen Orte. Da wurde in Gratschikows Bataillon ein Kompaniechef getötet. Wie das in Regimentern immer so ist, wurden alle Lücken mit Stabskommandeuren gestopft. So wurde Fjodor Michejewitsch zum zeitweiligen Kompaniechef ernannt. Die Zeitweiligkeit dauerte zwei Tage und Nächte. Dann wurde Fjodor Michejewitsch verwundet. Aus dem Lazarett kehrte er nicht mehr in die alte Division zurück.

Jetzt saß er da und dachte daran, daß alle Unannehmlichkeiten in seinem Leben stets auf die letzten Augusttage fallen. Damals anno zweiundvierzig, in Gratschikows Bataillon, wurde er am neunundzwanzigsten August verwundet, das heißt: gestern. Im Jahre vierundvierzig wurde er am dreißigsten August verwundet. Das war heute.

Aus Gratschikows Arbeitszimmer kamen Leute heraus. Fjodor Michejewitsch wurde hereingerufen.

»Ein Unglück ist passiert, Iwan Kapitonowitsch!« sagte der Direktor dumpf und heiser, schon gleich von der Schwelle aus.

Er setzte sich auf einen Stuhl (Gratschikow hatte angeordnet, alle Sessel aus seinem Zimmer zu entfernen, in denen die Leute mit dem Kinn kaum bis zur Tischkante reichten) und begann zu erzählen. Gratschikow stützte den Kopf auf, legte die Wange auf die Handfläche und hörte zu.

Die Natur hatte sein Gesicht grob geschnitzt. Die Lippen waren dick, die Nase breit, die Ohren groß. Doch obwohl sein Haar schwarz war und die Haartolle schräg emporragte, was dem Mann einen furchtgebietenden Anblick verlieh, war das Gesicht insgesamt so ausdrucksvoll russisch, daß es fruchtlos gewesen wäre, Gratschikow in irgendeine fremdländische Gewandung oder Montur zu stecken; man hätte in ihm trotzdem sofort den Russen erkannt.

»Nun, sag mal, Iwan Kapitonowitsch«, erregte sich der Direktor, »ist das nicht dumm? Vom Technikum ganz zu schweigen. Aber auch vom staatlichen Standpunkt: Ist das nicht dumm?«

»Es ist dumm«, sagte Gratschikow mit Überzeugung, ohne seine Körperhaltung zu verändern.

»Hör mal, wieviel die Umbauten kosten werden. Ich hab's überschlagen. Das ganze Gebäude kostet vier Millionen, nicht? Und die Umbauten kommen auf anderthalb, wenn nicht auf zwei Millionen zu stehen.« Er las aus seinem Notizbuch die Bezeichnungen der Umbauarbeiten vor und gab gleich den Kostenpunkt an. Er fühlte sich immer mehr und unwiderlegbar im Recht.

Gratschikow saß unbeweglich da, hörte ruhig zu und dachte. Er hatte einmal Fjodor Michejewitsch gesagt, die vielleicht wichtigste Befreiung vom verfluchten Krieg hätte er darin verspürt, daß die Pflicht von ihm genommen war, einsame und plötzliche Entscheidungen zu fällen, deren Richtigkeit oder Falschheit sich dann im Jenseits herausstellen würde. Gratschikow liebte es, eine Frage nicht huschhusch, sondern mit Verstand zu lösen, er dachte selber nach und hörte die Leute an. Es lag ihm nicht, Gespräche und Besprechungen durch Befehle zu beenden. Er bemühte sich, den Gesprächspartner ganz und gar zu überzeugen oder sich von diesem beweisen zu lassen, daß er selber, Gratschikow, im Unrecht war. Wie hartnäckig man ihm auch immer widersprach, er gab niemals den freundlich gelassenen Gesprächston auf.

Das alles nahm natürlich Zeit weg.

Der erste Sekretär des Gebietskomitees Knorosow vermerkte bald diese Schwäche Gratschikows und schleuderte ihm einmal in seiner jeden Widerspruch ausschließenden lakonischen Manier die Worte entgegen: »Ein Pudding bist du und kein Sowjetarbeiter! Dein Stil ist kein Rätestil!« Aber Gratschikow konterte: »Wieso? Im Gegenteil. Ich arbeite ratsmäßig, ich berate mich mit dem Volk.«

Zum Sekretär des Stadtkomitees war Gratschikow seit der letzten Stadtkonferenz avanciert, nachdem die Fabrik, in der er das Parteikomitee leitete, große und vielfältige Erfolge erzielt hatte.

»Hast du etwas über dieses Forschungsinstitut gehört, Iwan Kapitonowitsch? Was ist damit los?«

»Einiges.« Kopf und Arm Gratschikows behielten weiter die gleiche Haltung. »Noch im Frühling war davon die Rede. Dann zog sich die Sache in die Länge.«

»Ja-a«, lamentierte der Direktor des Technikums. »Hätte Chabalygin das Gebäude nur abgenommen, wären wir so um den zwanzigsten August herum eingezogen – dann könnte uns jetzt keiner was anhaben.«

Sie schwiegen eine Weile.

In diesem Schweigen spürte Fjodor Michejewitsch, daß unter seinen Füßen und aus seinen Händen jenes Feste entschwand, an das er sich eben noch geklammert hatte. Die anderthalb Millionen Umbaukosten hatten das Zimmer nicht erschüttert, Gratschikow hatte nicht mit beiden Händen nach zwei Telefonhörern gegriffen, war nicht aufgesprungen, war nirgendwohin gerannt.

»Du, ist es ein sehr wichtiges Institut, ja?« fragte Fjodor Michejewitsch mit erschlaffter Stimme.

Gratschikow seufzte:

»Du fragst noch, sie haben eine Postlageradresse. Bei uns ist alles wichtig.«

Jetzt seufzte auch der Direktor.

»Iwan Kapitonowitsch, aber was soll ich denn tun? Die werden sich einen Beschluß der Regierung verschaffen, dann ist alles aus. Es geht doch bloß noch um zwei winzige Tage.«

Gratschikow dachte.

Fjodor Michejewitsch machte noch eine kleine Drehung auf ihn zu, seine Knie preßten sich gegen den Schreibtisch, er beugte sich zum Tisch hinüber und stützte seinen Kopf auf beide Hände auf.

»Hör mal, was hältst du davon, direkt in den Ministerrat ein Telegramm zu schicken? Jetzt ist gerade die richtige Zeit, der Kontakt von Schule und Leben und so . . . Ich setze meinen Namen drunter. Ich habe keine Angst.«

Gratschikow schaute ihn ungefähr eine Minute lang an, sehr aufmerksam. Und plötzlich fiel von seinem Gesicht der gestrenge Ausdruck ab, statt dessen lächelte er teilnehmend. Gratschikow begann zu reden, in jenem Ton, den er liebte: leicht singend, in langen abgerundeten Perioden, mit einem Anflug von altväterlicher Milde:

»Fjodor Michejewitsch, du mein Herz, wie stellst du dir das eigentlich vor, wie ein Regierungsbeschluß zustande kommt? Du glaubst wohl, der ganze Ministerrat sitzt an einem langen Tisch und beratschlagt darüber, wie man die Sache mit dem neuen Gebäude am besten löst? Sie haben nämlich nichts anderes zu tun. Und dann kommt auch noch dein Telegramm herbeigeflitzt, genau im richtigen Augenblick ... Ein Regierungsbeschluß, das bedeutet, daß in einigen Tagen einer der stellvertretenden Komiteevorsitzenden empfangen wird. Der Minister erscheint mit diversen Papieren zum Rapport und sagt unter anderem: Da gibt es also dieses Forschungsinstitut, wir brauchen es dringend, wie Sie selber wissen, das soll in jene Stadt kommen, und ein Neubau ist auch gerade fertiggeworden. Der Stellvertretende fragt: Und für wen hat man das Haus gebaut? Der Minister erwidert: Für ein Technikum, aber das Technikum ist einstweilen durchaus passabel untergebracht, wir haben eine Kommission hingeschickt, die Genossen haben die Frage an Ort und Stelle untersucht. Nehmen wir einmal an, der Stellvertretende zögert, seine Zustimmung zu geben, und fragt: Erhebt das Gebietskomitee keine Einwände? Verstehst du: das Gebietskomitee! Und dein Telegramm wandert den Weg zurück, mit dem Vermerk: Prüfen Sie die Umstände nach!«

Gratschikow schnalzte mit seinen dicken Lippen. »Die Entscheidung würde also beim Gebietskomitee liegen.«

Jetzt legte er eine Hand auf den Hörer, nahm ihn aber noch nicht ab.

»Es gibt eins, was mir nicht gefällt. Der Instrukteur vom Gebietskomitee war dabei und hat nicht widersprochen. Falls auch Viktor Wawilowitsch bereits seine Einwilligung gegeben hat, dann, mein Lieber, stehen die Dinge schlecht. Der wirft seine Entscheidungen nicht mehr um.«

Vor Viktor Wawilowitsch Knorosow hatte Gratschikow natürlich ein wenig Angst – aber wer im Gebiet hatte das nicht?

Er nahm den Hörer ab.

»Ist dort Konewskij? ... Hier spricht Gratschikow. Höre, ist Viktor Wawilowitsch auf seinem Zimmer? ... Und wann kommt er wieder? ... So ... Sollte er trotzdem schon heute zurückkommen, dann sag ihm, daß ich ihn sehr darum bitte, mich zu empfangen ... Er kann mich auch abends zu Hause anrufen.«

Er legte den Hörer auf und massierte ihn, als er schon auf der Gabel lag, mit der Handfläche: nach links, nach rechts, hin und zurück. Er schaute die abgesägte schwarze Pyramide des Apparats an und wendete seinen Blick dann zu Fjodor Michejewitsch hinüber, der seinen Kopf zwischen den Armen versteckt hatte.

»Überhaupt, Fjodor Michejewitsch«, sagte Gratschikow herzlich, »ich liebe die Technikums, jawohl, ich liebe sie. Bei uns hofiert man die Akademiemitglieder, wer nicht wenigstens Ingenieur ist, der ist nicht gebildet. Aber die Industrie braucht am dringendsten Techniker. Die Technikums jedoch bleiben links liegen, nicht nur deines. Dabei nehmt ihr solche Kinder auf« (er deutete mit der Hand, nur ein kleines Stück über dem Tisch, den Körperwuchs der Kinder an, die Fjodor Michejewitsch in Wirklichkeit niemals an seinem Technikum angenommen hatte), »und siehe da: In vier Jahren« (er richtete seinen großen Finger hörnchenförmig auf) »sind solche Spezialisten daraus geworden. Ich war im Frühling bei der Verteidigung der Projekte zugegen, weißt du noch?«

»Ja, ich weiß«, nickte Fjodor Michejewitsch unlustig.

An diesem breiten Arbeitstisch, an den noch ein quergestellter grünbetuchter zweiter Tisch angerückt war, redete Iwan Kapitonowitsch mit einem solchen Wohlwollen, als würden nicht Tintengarnituren, Federhalter, Ständer, Kalender, Löscher, mehrere Telefone, Wassergefäß, Tablett und Aschenbecher draufstehen, sondern, auf weißem Tischtuch, Teller mit Geselchtem, Gebackenem und Mariniertem, und der Hausherr würde auf den Gast einreden, sich so viel wie möglich zu Gemüte zu führen und auch noch was nach Hause mitzunehmen.

»Irgendein Bursche von etwa neunzehn Jahren, der vielleicht zum erstenmal einen Schlips angezogen hat, und seine Weste paßt nicht zu den Hosen – oder ist das jetzt Mode? –, hat die ganze Tafel mit Entwürfen vollgehängt, hat irgend so einen Regulator-Indikator-Kalibrator auf den Tisch gestellt, den er selber angefertigt hat, dieser Indikator schnalzt und blinkt vor sich hin, der Bursche aber geht hin und her, zeigt mit dem Stöckchen auf die Zeichnungen und redet wie ein Buch. Da ist mir der schiere Neid gekommen! Was für Worte, was für Begriffe: die Fehler der derzeitigen Indikatoren, das Prinzip meines Vorgehens, stellen wir die Größe des Anodenstroms in Rechnung, die Angaben der Geber, die ökonomische Effektivität, der Koeffizient der konstruktiven Kontinuität, ja zum Teufel nochmal! Ein blutjunger Bursche! . . . Ich saß da und wurde richtig sauer. Da bin ich also ein halbes Jahrhundert lang über die Erde gestiefelt. Und was kann ich, was ist meine Spezialität? Irgendwann hab ich hinter der Werkbank gestanden. Richtig, aber jene Werkbänke gehören längst zum alten Eisen. Ich kenne die Parteigeschichte und die marxistische Dialektik. Richtig, aber die müssen alle kennen, das ist noch kein Verdienst. Jetzt ist die Zeit gekommen, wo ein Parteiarbeiter ohne Spezialität kein Parteiarbeiter ist. Solche Burschen haben auch in meiner Fabrik herumgewerkelt. Wie soll ich so einem Anweisungen zur Erhöhung der Produktivität geben? . . . Ich habe selber mit Augen und Ohren so viel in mich hineingeschlungen, wie ich nur konnte. Wäre ich nur etwas jünger, ich käme mit Vergnügen in dein Technikum angerollt, zum Abendkurs . . .«

Und fügte, als er sah, wie niedergeschlagen der Direktor war, lachend hinzu:

». . . ins alte Gebäude!«

Aber Fjodor Michejewitsch lächelte nicht. Er zog wieder den Kopf zwischen die Schultern und saß da, wie vom Blitz getroffen.

Da meldete die Sekretärin, daß man auf Gratschikow warte.

V

Obwohl niemand den Studenten etwas mitgeteilt hatte, wußten bis zum nächsten Morgen alle Bescheid.

Am Morgen hatte sich der Himmel bezogen. Es sah nach Regen aus.

Wer ins Technikum kam, stand in Gruppen zusammen, aber draußen war es kalt. In die Hörsäle wurde niemand hineingelassen, die diensthabenden

Studenten räumten dort auf, in die Labors kam erst recht keiner rein, wegen der Vorbereitungen. So versammelten und drängten sich die Studenten wieder auf der Treppe.

Es dröhnte. Die Mädchen ächzten und jammerten. Alle redeten über das Gebäude, das Wohnheim, die Privatquartiere. Mischka Simin, ein kräftiger Bursche, der sich beim Ausheben der Gräben besonders hervorgetan hatte, brüllte aus Leibeskräften:

»Haben wir uns also umsonst abgerackert, Leute? War alles für die Katz; na, Igor? Was wirst du uns jetzt erklären?«

Igor, Mitglied des Komsomol-Komitees, jener schwarzhaarige Bursche im rotbraun karierten Hemd, der gestern den Plan ausarbeitete, welche Gruppe welches Labor rüberschaffen soll, stand verlegen auf dem obersten Treppenabsatz.

»Warte ab, das wird noch aufgeklärt . . .«

»Von wem wird das aufgeklärt?«

»Nun, von uns . . . Wir könnten wo hinschreiben . . .«

»Ist doch wahr, Kinder«, begann ein Mädchen mit einem dünnen Scheitel und dem strengen Gesicht einer Musterschülerin. »Beschweren wir uns doch in Moskau! Sicher dringen wir durch!«

Sie war die allerbravste gewesen, aber jetzt reichte es ihr. Sie konnte von ihrem Stipendium keine *siebzig* Rubel mehr zum Wohngeld zulegen. Eher würde sie das Studium aufgeben.

»Setzen wir doch gleich was auf!« klatschte ein anderes Mädchen mit der Hand aufs Geländer, ein attraktives Geschöpf mit harzfarbenen dünnen Lokken, in einer legeren Sportjoppe.

»Und dann unterschreiben wir, neunhundert Mann hoch!«

»Richtig!«

»Das machen wir!«

»Aber fragt vorher, ob man solche Unterschriften einsammeln darf«, meinten kühlere Stimmen.

Waljka Rogoskin, der erste Leichtathlet des Technikums, der beste Hundert- und Vierhundertmeterläufer, der beste Springer und lauteste Schreier, lag gleichsam auf dem abschüssigen Treppengeländer. Sein einer Fuß hielt sich an einer Stufe fest, das andere Bein schlang sich um das Geländer, auf dem seine Brust ruhte. Dort hatte er auch die Hände verschränkt, und auf den Händen lag sein Kinn. In dieser Spreizhaltung blickte er, ungeachtet des Zischens der Mädchen, aufwärts, dorthin, wo Igor stand, wo am Knick des Geländers furchtlos der braungebrannte, breitschultrige, sehr ruhige Waljka Gugujew saß, als würde er die sechs Meter tiefe Treppenflucht hinter seinem Rücken überhaupt nicht spüren.

»Hört mal zu, he!« brüllte Waljka Rogoskin los. »Das ist alles Quatsch! Wollen wir lieber morgen alle wie ein Mann nicht zum Unterricht kommen!«

»Und statt dessen ins Stadion!« riefen ein paar Stimmen.

»Wer wird dir das erlauben?« spitzte Igor die Ohren.

»Und wer muß es erlauben?« legte Rogoskin los.

»Natürlich wird das keiner erlauben! Aber wir kommen einfach nicht!« Er kam immer mehr in Rage und schrie immer lauter: »Einige Tage später kommt eine ganz andere Kommission, mit dem Flugzeug kommt sie angeflogen, und wir bekommen unser Gebäude wieder und noch was dazu!«

Die Menge erregte sich.

»Und wenn sie uns das Stipendium wegnehmen?«

»Das wäre ein starkes Stück!«

»Sie könnten uns ausschließen!«

»Das ist keine Methode«, überschrie Igor die anderen.

»Das ist nicht unsere Methode! Vergiß das wieder!«

Vor lauter Lärm war ihnen entgangen, daß Tante Dussja mit ihrem verzinkten Eimer die Treppe hinaufstieg. Als sie auf der Höhe von Rogoskin angelangt war, nahm sie den Eimer mit der anderen Hand und holte mit der einen aus. Mit Wonne hätte sie ihm was verpaßt, an einer Stelle unterhalb des Rückens, aber Rogoskin sah sie noch rechtzeitig und sprang behend ab, so daß Tante Dussjas Hand ihn nur leicht streifte.

»Hee!« kreischte Rogoskin. »Tante Dussja!« Er drohte ihr im Scherz mit dem Finger. »Das ist keine Methode! Nächstes Mal werde ich . . .«

»Nächstes Mal bleue ich dich durch, daß du keine Puste mehr kriegst«, drohte Tante Dussja ihrerseits mit der ganzen Hand. »Daß mir das nicht noch mal passiert! Das Geländer ist keine Liegewiese!«

Alles lachte. Bei jedermann im Technikum war Tante Dussja wegen ihrer Entschlossenheit sehr beliebt.

Sie stieg die Treppe hinauf, bahnte sich einen Weg durch die Studenten. Ihr Gesicht war runzlig, aber beweglich, es verjüngte sich zu einem entschlossenen Kinn. Möglicherweise war sie von Natur aus eines besseren Postens würdig als dessen, den sie innehatte.

»Alles purer Quatsch, Tante Dussja!« Mit dieser Redensart, die unter den Studenten Mode war, stellte sich ihr Mischka Simin in den Weg. »Sagen Sie uns lieber, warum wir das Gebäude losgeworden sind.«

»Ach, du weißt das nicht?« Tante Dussja stellte sich dumm. »Es gibt dort soviel Parkettböden. Bis ich die alle poliert habe, gehe ich am Stock.«

Und sie machte sich eimerscheppernd von dannen.

Alle lachten.

»Waljka, jetzt zeig, was du kannst!« riefen die Jungen zu Gugujew, da sie vom obersten Treppenabsatz aus eine neue Gruppe Mädchen herannahen sahen. »Ljusska kommt!«

Waljka Gugujew sprang vom Geländereck herunter, schob seine Nachbarn auseinander, stellte sich sehr ernst vor das oben abschließende gerade Geländer hin, tastete sich mit den Handflächen zurecht, nahm Augenmaß, umfaßte das Geländer, schwang mit einem leichten Beinruck seinen geschmeidigen Körper empor und machte Handstand über dem Abgrund.

Es ging dabei um Leben und Tod.

Auf der Treppe wurde es still. Alle blickten hinauf. Die Jungen blickten voller Hochachtung, die faszinierten Mädchen erstarben im Schreck.

Besagte Ljusska, der das alles galt, war bereits einige Stufen treppauf gestiegen. Jetzt drehte sie sich um, öffnete weit ihre blauen Äuglein und blickte steil hinauf, dorthin, von wo der kopfabwärts stehende Mann direkt auf sie und auf den Steinboden herabgestürzt wäre, wäre er gestürzt – aber er stürzte nicht.

Unmerklich balancierend, beinahe unbewegt machte er seinen Handstand auf der Treppenflucht und hatte es gar nicht eilig aufzuhören. Dabei wandte er dem Abgrund seinen ungeschützten Rükken zu. Seine in die Länge gestreckten und zusammengelegten Beine hingen zu allem Überfluß bogenförmig über der Leere, während der Kopf den niedrigsten Ort einnahm und gleichfalls zum Rükken gedreht war. So konnte Waljka direkt auf Ljusska blicken, die winzige, gertenschlanke, in einen hellen Staubmantel mit hochgeklapptem Kragen angetane Ljusska, der ihr kurzes, unbedecktes weißblondes, vom Regen benetztes Haar ganz besonders gut stand.

Aber betrachtete er sie denn? Sogar im trüben Licht des Treppenhauses war zu sehen, daß Gesicht und Hals des Kühnen dunkelrot gefärbt waren.

Plötzlich erschallten halblaute Rufe:

»Halali! Halali!«

Gugujew neigte sich sofort zum Treppenabsatz hinüber, ließ sich weich auf die Füße nieder und umklammerte unschuldig eben dieses Geländer.

Eine solche Nummer konnte sehr wohl den Entzug des Stipendiums nach sich ziehen, ein Mißgeschick, das Gugujew schon einmal passiert war, als er im ganzen Technikum das Klingelzeichen zehn Minuten früher ertönen ließ (man verspätete sich ins Kino).

Die Treppe hinauf, wo die Menge noch keine Zeit gefunden hatte aufzulärmen und jetzt gehorsam Platz machte, stieg der finstere schlaksige Lehrkörperchef Grigorij Lawrentjewitsch.

Er hatte das Halali! vernommen, er wußte, daß das ein Warnruf war, und begriff, daß die ihn empfangende Stille unnatürlich war. Aber den Missetäter bemerkte er nicht.

Um so weniger als Rogoskin, der sich gern in Streitgespräche einließ, sich an ihn hängte:

»Grigorij Lawrentjewitsch!« rief er, daß die Treppe widerhallte. »Warum haben wir das Gebäude weggegeben? Wir haben es doch selber gebaut!«

Er neigte seinen Kopf gewollt dümmlich zur Seite und wartete so auf die Antwort. Diese Manier der Volksbelustigung hatte er aus der Schule mitgebracht und meistens während des Unterrichts praktiziert.

Alle schwiegen und warteten, was der Lehrkörperchef wohl sagen würde.

So ist es nun mal, das Leben des Pädagogen. Schlagfertigkeit ist alles, und jeder neue Anlaß ist unvorhersehbar.

Grigorij Lawrentjewitsch schaute Rogoskin mit einem langen herausfordernden Blick an. Der hielt dem Blick stand, immer mit der gleichen schiefen Kopfhaltung.

»Also«, begann langsam der Lehrkörperchef, »nehmen wir mal an, du beendest das Technikum . . . Obwohl . . . ich glaub nicht recht daran!«

»Sie spielen wohl auf die Wettkämpfe an?« parierte Rogoskin unverzüglich. (Jeden Frühling und jeden Herbst schwänzte er eine Menge Stunden, sei es wegen der Gebiets-Wettkämpfe, sei es wegen der allrussischen. Aber er holte das Versäumte wieder auf, seine Zensuren waren gut.) »Da tun Sie mir Unrecht. Wenn Sie es genau wissen wollen: In mir reift bereits das Diplomprojekt heran.« Dabei drehte er auf der Höhe der Schläfe mit dem Finger.

»Nicht möglich! Das ist gut. Also, wenn du das

Technikum beendest, wohin gehst du dann arbeiten?«

»Wohin man mich schickt«, rapportierte Rogoskin mit übertriebenem Schneid und rückte seinen Kopf wieder gerade.

»Vielleicht schickt man dich just in jenes Gebäude. Oder andere kommen dorthin. So wird sich eure Arbeit bezahlt machen. Alles wird uns gehören.«

»Oh, das ist fein! Da mach ich mit! Vielen Dank!« sagte Rogoskin überaus erfreut.

Der Lehrkörperchef setzte schon seinen Weg fort. Aber noch bevor er in den Gang entschwand, rief Rogoskin wieder:

»Grigorij Lawrentjewitsch! Ich hab mir's anders überlegt. Ich möchte gar nicht dort rein!«

»Wohin dann?«

»Ich will aufs Neuland fahren!«

»Dann stell einen Antrag«, lächelte der Lehrkörperchef.

Und ging über den Gang ins Direktorzimmer.

Der Direktor selber war nicht da. Er war gestern nicht empfangen worden und war heute wieder ins Gebietskomitee gegangen. Aber einige Lehrer, die im Zimmer des Direktors auf seinen Anruf warteten, hatten indessen die Hoffnung auf einen Erfolg verloren.

Regentropfen hatten sich da und dort an den Fensterscheiben plattgedrückt. Das unebene höckrige

Gelände bis zum Bahnübergang war feucht und dunkel geworden.

Die Abteilungsleiter saßen über den bettlakengroßen Stundenplänen, reichten einander die Buntstifte und Radiergummi, stimmten Räume, Stunden und Lehrkräfte aufeinander ab. Jakow Ananjewitsch, Sekretär des Parteibüros, saß an einem kleinen Tisch in Fensternähe neben dem Parteisafe und vertiefte sich in seine Schnellhefter. Am gleichen Fenster stand Lydia Georgijewna. Mit der Schnelligkeit, mit der Frauen sich verändern, sah sie, die gestern so Fröhliche, Schnelle und Junge, heute betagt und krank aus. Und war nicht grünblau, sondern dunkel gekleidet.

Jakow Ananjewitsch, ein eher kleiner, an Haaren bereits armer, sehr gewissenhafter, gut rasierter Mann mit reiner rosiger Wangenhaut, unterhielt sich, ohne dabei indessen seine Arbeit zu verlassen. Jedwedes Papier in seiner Mappe blätterte er vorsichtig um, als wäre es ein lebendes Wesen. Niemals hätte er es geknickt. War da etwas gar auf Zigarettenpapier getippt, dann behandelte er es geradezu zärtlich.

Er sprach sehr weich und ziemlich leise, dabei jedoch recht einprägsam:

»Nein, Genossen. Nein. Keine Vollversammlung. Und nichts dergleichen in den Abteilungen, Semestern oder Klassen. Das lassen wir schön bleiben. Das würde die Aufmerksamkeit allzusehr auf diese Frage lenken. Und wozu? Sie werden es auch so erfahren, ganz von allein.«

»Sie wissen es bereits«, sagte der Lehrkörperchef. »Aber sie wollen Erklärungen hören.«

»Nun gut«, erwiderte Jakow Ananjewitsch gefaßt, ohne hierin einen Widerspruch entdeckt zu haben, »in Privatgesprächen können Sie antworten, das ist unvermeidlich. Und wie antworten? Folgendermaßen: Dieses Institut ist wichtig fürs Vaterland. Seinem Charakter nach kommt es uns nahe, und die Elektronik ist heute die Grundlage des technischen Fortschritts, niemand darf ihr Hindernisse in den Weg stellen, im Gegenteil: Wir müssen ihr den Weg ebnen.«

Alle schwiegen. Jakow Ananjewitsch blätterte noch zwei, drei weitere Blättchen um, ohne das Gesuchte zu finden.

»Aber schließlich braucht man auch das nicht zu erläutern. Es genügt zu sagen: Dieses Institut ist von allgemein staatlicher Bedeutung, und es ist nicht unsere Sache, über seine Zweckmäßigkeit zu diskutieren.«

Er blätterte noch einmal um und fand, was er suchte. Wieder hob er seine klaren ruhigen Augen empor:

»Was sollen da noch Versammlungen? Wozu sollen wir diese Frage extra beraten? Nein, das wäre ein politischer Fehler. Ganz im Gegenteil: Falls die Studenten und das Komsomol-Komitee auf Versammlungen dringen werden, soll man sie davon abhalten.«

»Ich bin nicht einverstanden!« drehte sich Lydia Georgijewna scharf zu ihm herum, und ihre zurückgekämmten, bis zum Genick geschnittenen Haare zitterten.

Jakow Ananjewitsch blickte sie verständig an und fragte mit gleichbleibender Behutsamkeit:

»Was gibt es denn, womit Sie nicht einverstanden sein könnten, Lydia Georgijewna?«

»Vor allem damit«, sie stieß Rumpf, Arm und Kopf vor, »damit vor allem . . . Mit Ihrem Ton! Sie haben sich nicht nur bereits abgefunden, Sie scheinen zufrieden zu sein, jawohl, regelrecht zufrieden damit, daß man uns dieses Gebäude weggenommen hat!«

Jakow Ananjewitsch zuckte nicht mit den Achseln, nein, bloß mit den Handwurzeln:

»Aber Lydia Georgijewna, wenn das doch eine staatliche Notwendigkeit ist! Warum soll ich dann unzufrieden sein?«

»Und ganz besonders nicht einverstanden bin ich mit Ihrem Prinzip, jawohl, mit Ihrem Prinzip!« Sie konnte nicht mehr stehen bleiben, sie begann im kleinen Direktorenzimmer hin und her zu rennen und mit den Armen zu fuchteln. »So engen Kontakt mit den Jungen wie ich hat keiner von euch. Ich bin von früh bis spät mit den Komsomolzen zusammen. Und ich begreife, wie das aussehen wird, was Sie uns diktieren. Die Studenten werden denken, und zwar mit Recht, daß wir die Wahrheit scheuen. Ich glaube kaum, daß sie uns daraufhin noch achten werden. Wenn etwas Gutes bei uns passiert, dann verkünden wir es, machen einen Anschlag, bringen es im Radio, oder? Das Schlechte und Schwierige aber sollen sie erfahren, von wo sie wollen, sollen darüber tuscheln, wie sie wollen ... Nein!« Ihre Stimme tönte auf, aber unglückseligerweise, schon zum zweitenmal in Tagesfrist, direkt an der Schwelle der Tränen. »Nein! So kann man nicht leben, am allerwenigsten mit der Jugend! Lenin hat gelehrt: Fürchtet euch nicht vor der Öffentlichkeit! Sie ist ein heilendes Schwert!«

Zur Unzeit versperrten ihr die Tränen den Hals. Sie ging rasch hinaus, um nicht loszuweinen.

Jakow Ananjewitsch blickte ihr betrübt nach, schloß tieftraurig die Augen und schüttelte den Kopf.

Lydia Georgijewna ging rasch den dunklen Gang entlang und preßte ihr Taschentuch in der Hand zusammen. Hier und da waren die Studenten beim Aufräumen. Sie schleppten Pappschilder aus dem sozialistischen Wettbewerb vom Vorjahr, Karikaturen auf Schulschwänzer sowie Wandzeitungen.

Dort wo sich der Gang verbreiterte, neben der Abstellkammer, wo die Kisten mit den Vakuumrohren standen, wurde Lydia Georgijewna von zwei Studenten des dritten Jahrgangs angesprochen. Ihnen war beim Entrümpeln ein Modell zwischen die Finger gekommen, und jetzt wußten sie nicht, was sie damit anfangen sollten. Es war jenes besagte Modell, das sie bei den Umzügen am Revolutionstag und am Ersten Mai auf vier Stangen der Kolonne des Technikums vorangetragen hatten.

Auf Kisten ruhend, stand das bereits so wohlbekannte und bis ins Detail geliebte Gebäude leibhaftig vor ihnen: weiß, mit blauen und grünlichen Schattierungen an den gehörigen Stellen, mit den beiden charakteristischen Halbtürmchen, die aus den Pilastern emporwuchsen, mit den beiden Eingängen, dem großen und dem kleinen, mit den riesengroßen Fenstern der Aula und den gewöhnlichen, genau nachgezählten Fenstern der vier Stockwerke, wovon ein jedes bereits für irgendwen bestimmt war.

»Vielleicht sollten wir...«, fragte einer der beiden Jungen, ohne Lydia Georgijewna in die Augen zu blicken, schuldbewußt auf der Stelle tretend, »vielleicht sollten wir es zerhacken? Wo wir uns auch so kaum bewegen können...«

VI

Iwan Kapitonowitsch Gratschikow mochte keine Kriegserinnerungen, am wenigsten seine eigenen. Er mochte sie deshalb nicht, weil er im Krieg viel Schlechtes und sehr wenig Gutes erlebt hatte. Denn jeder Tag und Schritt im Krieg verband sich in seinem Infanteristengedächtnis mit dem Leid, dem Opfer und dem Tod guter Menschen.

Was er auch nicht liebte, war die völlig unpassende Verwendung militärischer Ausdrücke im zweiten Nachkriegsjahrzehnt. »An der Front des Angriffs für die Einführung der progressiven Technik ... werfen wir in die Einbruchsstelle ... überschreiten wir die Grenze ... ziehen wir Reserven heran ...« Als er noch in der Fabrik war, vermied er diese Ausdrucksweise und versuchte, sie den anderen abzugewöhnen. Er war der Meinung, daß solche Wörtchen, die den Krieg in den Frieden einschleppen, die Menschen bloß abstumpfen. Die russische Sprache kann mit Leichtigkeit auf sie verzichten.

Aber heute war er dieser Regel untreu geworden. Er saß im Empfangszimmer des ersten Sekretärs des Gebietskomitees, zusammen mit dem Direktor des Technikums, und wartete (unterdessen saßen in seinem eigenen Empfangszimmer andere Leute und warteten auf ihn). Gratschikow war nervös, rief zweimal seine Sekretärin an, rauchte zwei Zigaretten. Dann betrachtete er Fjodor Michejewitschs freudlos zwischen den Schultern eingezogenen Kopf und glaubte festzustellen, daß gestern die kleinere Hälfte seiner Haare grau war, heute dagegen die größere. Damit sich jener nicht allzusehr grämte, erzählte ihm Gratschikow einen komischen Vorfall, in den einige gemeinsame Bekannte verwickelt waren, in jenen kurzen Tagen, als die Division Ruhestellung bezogen hatte. Das war bereits dreiundvierzig, nach Fjodor Michejewitschs Verwundung, gewesen.

Aber es war umsonst, er vermochte Fjodor Michejewitsch nicht zum Lachen zu bringen. Es wäre besser gewesen, das wußte Gratschikow genau, die Kriegserinnerungen gar nicht erst aufzufrischen. Jetzt fiel ihm, unwillkürlich und assoziativ, der nächste Tag ein, an dem die Division den dringenden Befehl bekam, den Sosh zu überschreiten und sich auf dem Gegenufer festzusetzen.

Die Brücke war zerstört gewesen, nachts hatten Pioniere sie instand gesetzt. Gratschikow hatte man als wachhabenden Offizier an die Brückeneinfahrt gestellt, mit der Anweisung, niemanden durchzulassen, solange ihre Division nicht übergesetzt hatte. Die Brücke war schmal, der Belag rauh, die Ränder schadhaft. Ansammlungen mußten vermieden werden, denn einige einmotorige Jus waren schon zweimal aus dem Wald emporgetaucht und hatten sich auf die Brücke gestürzt; die Bomben waren allerdings ins Wasser gefallen. Die Flußüberquerung, die noch vor Tagesanbruch begonnen hatte, zog sich bis in den Nachmittag hinein. Auch andere Einheiten hatten sich eingefunden, die ebenfalls ans andere Ufer wollten. Sie warteten in einem kleinen Kiefernwäldchen, daß die Reihe an sie kam. Plötzlich kamen sechs fabrikneue Limousinen angefahren, alle vom gleichen Typ, überholten die Kolonne der Division und schickten sich an, über die Brücke zu rollen.

»Ha-a-lt!« brüllte Gratschikow dem Fahrer des ersten Wagens zu und rannte ihm in die Quere, aber jener fuhr weiter. Gratschikows Hand hätte fast nach der Revolvertasche gegriffen oder griff bereits danach. Da öffnete ein älterer Offizier in einer Zeltplane eine Wagentür und brüllte genauso grimmig: »Komm mal her, Major!« Dann warf er mit einer Schulterbewegung die Plane ab und entpuppte sich als Generalleutnant. Gratschikow lief zum General, sein Mut ließ nach. »Nach was hast du gegriffen?« tobte der General. »Du willst wohl vors Kriegsgericht? Laß gefälligst meine Wagen durch!« Bevor er diesen letzten Befehl erteilte, war Gratschikow bereit gewesen, alles im guten und ohne Geschrei aufzuklären. Vielleicht hätte er den General passieren lassen. Aber wenn Gerechtigkeit und Ungerechtigkeit frontal zusammenstießen, und die Ungerechtigkeit hat von Natur nun einmal die härtere Stirn, da wuchsen Gratschikows Füße in die Erde hinein, und es wurde ihm egal, was mit ihm geschehen würde. Er nahm Haltung an und salutierte: »Ich lasse Sie nicht durch, Genosse Generalleutnant!«

»Du bist wohl . . .«, röhrte der General und stellte sich aufs Trittbrett.

»Wie heißt du?« –

»Major Gratschikow, Genosse Generalleutnant, darf ich auch Ihren Namen erfahren?« –

»Morgen kommst du ins Strafbataillon«, wütete der General.

»Und heute werden Sie sich in die Schlange einordnen!« konterte Gratschikow, trat vor den Kühler des Generalwagens und blieb so stehen. Er spürte, daß Hals und Gesicht dunkelrot anlaufen, aber er wußte, daß er nicht von dort weggehen wird. Der General hüllte sich zorngeschwellt in die Zeltplane, dachte ein wenig nach, schlug die Wagentür zu, und seine sechs Wagen machten kehrt . . .

Endlich kamen aus Knorosows Zimmer einige Leute heraus, Mitarbeiter der Landwirtschafts-Leitung und der landwirtschaftlichen Abteilung des Gebietskomitees. Knorosows Sekretär Konewskij (er legte ein solches Gehaben an den Tag und besaß einen solchen Schreibtisch, daß ihn ein Neuling durchaus für den Chef selber hätte halten können) ging zu Knorosow hinüber und kam wieder.

»Viktor Wawolowitsch wird Sie allein empfangen«, verkündete er unbeirrbar.

Gratschikow blinzelte Fjodor Michejewitsch zu und entfernte sich.

Bei Knorosow hielt sich noch der Chefzootechniker auf. Er hielt seinen Kopf verdreht, soweit das nur ging, und auch die ganze Körperhaltung ließ vermuten, daß der Mann höchst elastische Knochen besaß. In dieser Stellung blickte er auf ein großes Blatt Papier, das vor Knorosow lag. Das Blatt war mit schönen bunten Diagrammen und Zahlen bedeckt.

Gratschikow grüßte.

Der hochgewachsene kahlköpfige Knorosow

wandte sich nicht zu ihm um, er sagte nur mit einem Seitenblick:

»Du kümmerst dich nicht um die Landwirtschaft. Und fällst mir dann noch auf den Wecker. Statt stillzusitzen.«

Die Vernachlässigung der Landwirtschaft warf er öfter Gratschikow vor, als würde sich die städtische Industrie nicht allein bezahlt machen.

Neuerdings, Gratschikow wußte das, hatte Knorosow mit der Landwirtschaft große und ruhmreiche Dinge vor. »Das wär's«, sprach Knorosow zum Zootechniker, indem er seine fünf langen gespreizten Finger im Halbkreis langsam und gewichtig auf das große Blatt niedersinken ließ, so als würde er ihm einen riesigen Stempel aufdrücken. Er saß gerade aufgerichtet da, ohne die Rückenlehne zu benötigen. Wer immer ihn anschaute, ob von vorn oder von der Seite, sah Knorosows Figur von scharfen harten Linien begrenzt. »Das wär's also. Ich sage Ihnen das, was Sie jetzt brauchen. Und brauchen werden Sie das, was ich jetzt sage.«

»Völlig klar, Viktor Wawilowitsch«, verneigte sich der Chefzootechniker.

»Nimm es.« Knorosow löste seine Hand vom Blatt.

Der Zootechniker nahm vorsichtig, mit beiden Händen, den Bogen vom Tisch, rollte ihn zusammen. Dann senkte er den Kopf und durchquerte, mit der Glatze voran, dieses sehr geräumige, an Stühlen reiche, für große Sitzungen bestens eingerichtete Zimmer.

Gratschikow nahm an, daß er gleich den Direktor des Technikums hineinrufen wird. Daher setzte er sich nicht, sondern stützte sich bloß auf den Lederrücken des Sessels, der vor ihm stand.

Sogar noch im Sitzen machte sich Knorosows Stattlichkeit geltend. Sein hoher Kopf ließ ihn noch höher erscheinen. Obwohl er nicht mehr der Jüngste war, machte ihn das Fehlen der Haare nicht alt, sondern im Gegenteil jung. Er machte nicht eine einzige überflüssige Bewegung, und auch seine Gesichtshaut bewegte sich nicht ohne Notwendigkeit. Das Gesicht wirkte wie ein für allemal gegossen, es drückte keine augenblicklichen Empfindungen aus. Ein verwaschenes Lächeln hätte bloß Verwirrung hineingebracht, hätte die Perfektion dieser Züge zerstört.

»Viktor Wawilowitsch«, begann Gratschikow. Er verschluckte keine Silbe. Seine halbsingende Redeweise schien den Gesprächspartner im vorhinein zur Weichheit hinneigen zu wollen. »Ich komme auf einen Sprung. Wegen des Gebäudes des Technikums für Elektronik. Der Direktor ist auch da. Aus Moskau war eine Kommission da. Sie verkündete, daß das Gebäude an ein wissenschaftliches Forschungsinstitut übergeben wird. War das mit Ihnen abgestimmt?«

Weiterhin nicht auf Gratschikow, sondern vor sich blickend, in jene Fernen, die nur ihm sichtbar waren, öffnete er die Lippen gerade nur so viel, wie nötig war, und erwiderte abgehackt:

»Ja.«

Damit war das Gespräch eigentlich beendet.

»Ja? . . .«

»Ja.«

Knorosow war stolz darauf, daß er einmal Gesagtes nie zurücknahm. So wie früher in Moskau Stalins Wort, wurde in diesem Gebiet auch heute noch Knorosows Wort weder geändert noch aufgehoben. Und obwohl es Stalin längst nicht mehr gab, gab es dennoch Knorosow. Er war ein angesehener Vertreter des »willensstarken Führungsstils« und sah darin sein größtes Verdienst.

Er konnte sich nicht vorstellen, daß man auch anders führen kann.

Gratschikow merkte, daß er sich zu erregen begann. Darum zwang er sich, noch freundlicher und freundschaftlicher zu reden:

»Viktor Wawilowitsch! Könnte denn das Institut nicht sein eigenes Gebäude bauen, nach Maßgabe seiner Aufgaben? Sonst müßte man so viel umbauen . . .«

»Die Termine!« hackte Knorosow. »Die Thematik duldet keinen Aufschub. Das Objekt muß unverzüglich eröffnet werden.«

»Aber lohnt das denn die Umbauten, Viktor Wawilowitsch? Und . . .«, er redete schnell weiter, damit Knorosow das Gespräch nicht beendete, »und dann vor allem die erzieherische Seite! Die Studenten des Technikums haben völlig ohne Entgelt und mit großem Schwung ein Jahr lang gearbeitet, sie haben . . .«

Knorosow drehte Gratschikow seinen Kopf zu – nur den Kopf, nicht die Schultern – und sagte mit bereits metallischer Stimme:

»Ich verstehe nicht. Du bist Sekretär des Stadtkomitees. Soll ich dir vielleicht noch erklären, wie man um die Ehre der Stadt kämpft? In unserer Stadt gab und gibt es nicht ein einziges Forschungsinstitut. Unseren Leuten ist es gar nicht leichtgefallen, das durchzusetzen. Wir müssen die Gelegenheit beim Schopf packen, solange das Ministerium keinen Rückzieher gemacht hat. Dadurch kommen wir schlagartig in eine andere Kategorie von Städten: in der Größenordnung von Swerdlowsk oder Gorkij.«

Er blinzelte. Vielleicht sah er seine Stadt bereits in Swerdlowsk verwandelt. Oder er maß seine Person irgendwelchen neuen hohen Posten an.

Gratschikow jedoch hatten diese wie Stahlträger herabfallenden Sätze weder überzeugt noch erschlagen. Er fühlte eine jener entscheidenden Lebensminuten herannahen, da ihm die Füße von alleine in den Boden wuchsen und er nicht wegtreten konnte.

Denn wieder stießen Gerechtigkeit und Ungerechtigkeit aufeinander.

»Viktor Wawilowitsch!« sagte er wesentlich schärfer als bisher, schärfer sogar, als er wollte. »Wir sind keine mittelalterlichen Barone, wir haben es nicht nötig, unser Wappen möglichst bunt anzumalen. Die Ehre unserer Stadt besteht darin, daß diese Burschen gebaut und sich gefreut haben, und es ist unsere Pflicht, sie zu unterstützen! Nehmen wir ihnen aber das Gebäude weg, dann werden sie ihr Lebtag nicht vergessen, daß wir sie beschwindelt haben. Und wer einmal schwindelt, so werden sie denken, der schwindelt auch öfter!«

»Es gibt nichts zu beraten!« krachte ein noch etwas größeres Kaliber. »Der Entschluß ist gefaßt!«

In Gratschikows Augen zerplatzte eine orangegelbe Detonation. Hals und Gesicht färbten sich dunkelrot.

»Was geht uns denn näher? Die Steine oder die Menschen?« rief Gratschikow aus. »Was soll das Getue um diese Steine!«

Knorosow erhob sich in seiner ganzen wütigen Gestalt, und man sah, daß er aus purem Stahl bestand, ganz ohne Gelenke.

»De-ma-go-gie!« donnerte er über dem Haupt des Ungehorsamen.

Und ein solcher Wille, eine solche Kraft steckten in ihm, daß Gratschikows Kopf, hätte Knorosow seinen Arm ausgestreckt, womöglich vom Rumpf geflogen wäre.

Aber das Reden oder Schweigen hing nicht mehr von Gratschikow ab.

Er konnte nicht mehr anders.

»Nicht in Stein, sondern in den Menschen müssen wir den Kommunismus bauen, Viktor Wawilowitsch!« rief er berauscht. »Das ist schwieriger und dauert länger! Selbst wenn morgen in Stein alles fertiggebaut ist, werden wir deswegen noch lange keinen Kommunismus haben!«

Beide verstummten.

Und standen da, ohne sich zu rühren.

Iwan Kapitonowitsch bemerkte, daß seine Finger schmerzten. Sie hatten sich in die Sessellehne verkrallt. Er lockerte den Griff.

»Für deinen Posten bist du noch zu grün«, äußerte Knorosow leise. »Wir haben einen Fehler gemacht.«

»Na, wenn schon, was soll's!« entgegnete Gratschikow bereits erleichtert, denn er hatte das Wesentliche gesagt.

»Ich finde schon eine Arbeit.«

»Welche Arbeit?« merkte Knorosow auf.

»Eine gewöhnliche Proletenarbeit! Wir sind ein Arbeiterstaat!« sprach Gratschikow mit voller Stimme.

Er hatte tatsächlich die Nase voll davon, ohne Ratschlag und Meinungsaustausch zu arbeiten. Die Weisungen von oben hingen ihm zum Hals heraus. In der Fabrik hatten andere Sitten geherrscht.

Knorosow ließ pfeifend die Luft zwischen seinen zusammengebissenen Zähnen entweichen.

Er legte die Hand auf den Hörer.

Er nahm den Hörer und setzte sich.

»Sascha. Verbinde mich mit Chabalygin.«

Man verband ihn.

Hier im Zimmer – kein Wort.

»Chabalygin? . . . Sag mal, was willst du mit einem ungeeigneten Gebäude anfangen? . . .«

(Wieso wird Chabalygin etwas anfangen?)

»Keine großen, sagst du . . . Sehr große Umbauten, sage ich . . . Das mit dem Termin stimmt, da hast du recht . . . Kurz und gut, ein Gebäude genügt . . . Zerbrich dir darüber den Kopf . . .«

(Wieso: dir?)

»Das Haus daneben kriegst du nicht. Du baust dir ein besseres.«

Er legte den Hörer auf.

»So, jetzt ruf den Direktor.«

Gratschikow ging den Direktor holen. Dabei beschäftigte ihn ein neuer Gedanke: Geht Chabalygin etwa ins Institut?

Er kam mit dem Direktor wieder.

Fjodor Michejewitsch straffte seine Figur und fixierte den Sekretär des Gebietskomitees. Er liebte ihn. Er hatte ihn stets bewundert. Er freute sich, wenn er an einer Konferenz bei Knorosow teilnehmen durfte, wenn von dessen Willenskraft und Energie auch für ihn ein Quentlein abfiel. Bis zur nächsten Konferenz spornte ihn der Wunsch an, alles Aufgetragene prompt auszuführen: die Anhebung der Lernleistung, das Ausbuddeln von Kartoffeln, die Altmetallsammlung. Fjodor Michejewitsch schätzte an Knorosow, daß bei dem das Ja ein Ja, das Nein ein Nein war. Nichts gegen Dialektik, aber wie viele andere Leute liebte Fjodor Michejewitsch die eindeutige Bestimmtheit.

Auch jetzt trat er zu Knorosow ein, um das Urteil über sein Gebäude nicht anzufechten, sondern anzuhören.

»Man hat dich also beleidigt?« fragte Knorosow.

Fjodor Michejewitsch lächelte schwach.

»Kopf hoch!« sagte Knorosow leise und fest. »Du verlierst ganz schön schnell die Nerven!«

»Verlier ich nicht«, sagte Fjodor Michejewitsch mit heiserer Stimme und mußte husten.

»Nebenan bei dir ist ein Wohnheim im Bau. Das baust du fertig, und schon hast du ein neues Gebäude. Klar?«

»Ist klar«, versicherte Fjodor Michejewitsch.

Aber diesmal übertrug sich Knorosows froher Mut auf ihn nicht. Sogleich kamen ihm schwere Gedanken. Der Winter steht vor der Tür. Wieder ein Unterrichtsjahr im alten Gebäude. Auch im neuen Technikum werden Aula und Sportsaal fehlen. Und ein Wohnheim wird es auch nicht geben.

»Allerdings, Viktor Wawilowitsch!« meinte Fjodor Michejewitsch besorgt. »Man wird das Projekt abändern müssen. Die Räume sind klein, auf vier Mann berechnet, daraus muß man dann Hörsäle und Labors machen . . .«

»Das kriegt ihr schon hin!« Noch eine scharfe Armbewegung, und die beiden waren entlassen. Mit solchen Lappalien brauchte man den Chef nun wirklich nicht zu belästigen.

Auf dem Weg zur Kleiderablage klopfte Gratschikow dem Direktor auf die Schulter.

»Besser so als gar nichts? Das kriegst du hin.«

»Und die Kellergewölbe müssen wir auch auswechseln.« Der Direktor entdeckte immer neue Sorgen. »Sonst brechen die Werkbänke ein. Wegen der Gewölbe muß aber auch das Erdgeschoß wieder weg, das schon gebaut ist.«

»So ist das«, sagte Gratschikow. »Aber denk doch mal so: Man hat dir in guter Lage ein Grundstück gegeben, die Baugrube ist ausgehoben, der Grundstein ist gelegt. Da kann nichts schiefgehen. Bis zum Frühling hast du fertiggebaut und bist eingezogen, die Stadt und der Volkswirtschaftsrat helfen mit. Sei froh, daß wir wenigstens dieses Gebäude gerettet haben.«

Beide traten in dunklen Regenumhängen und Mützen auf die Straße hinaus. Es wehte ein kühler, aber angenehmer Wind, der kleine frische Tropfen mit sich führte.

»Übrigens«, runzelte Gratschikow die Stirn, »weißt du zufällig, ob Chabalygin im Ministerium einen Stein im Brett hat?«

»Oh, der ist dort hoch angesehen! Er hat mir schon

immer gesagt, daß er im Ministerium Freunde hat. Meinst du, er könnte helfen?« In Fjodor Michejewitsch flammte eine jähe Hoffnung auf, aber er widerlegte sofort sich selbst: »Nein. Sonst hätte er widersprochen, als er mit der Kommission die Runde drehte. Er war aber einverstanden . . .«

Gratschikow blieb stehen und blickte die Straße entlang. Er fragte noch:

»Ist er Fachmann für Relais-Apparaturen?«

»Was heißt hier Fachmann! Er hatte auch mit Transformatoren zu tun. Er ist einfach eine leitende Persönlichkeit mit Erfahrung.«

»Weißt du eigentlich, weshalb er bei der Kommission dabei war?«

Tatsächlich. In Fjodor Michejewitschs seit gestern verwirrtem Kopf schälte sich diese Frage erst jetzt heraus. »Warum eigentlich?«

»Dann gehab dich wohl!« seufzte Gratschikow, gab ihm mit Schwung seine Hand und drückte die Hand Fjodor Michejewitschs.

Er ging seines Weges und dachte über Chabalygin nach. So ein wissenschaftliches Forschungsinstitut ist natürlich ganz was anderes als eine klitzekleine Fabrik für Relaisanlagen. Der Direktor wird besser bezahlt und höher geachtet.

Und wenn er es geschickt anstellt, kann er auch einen Staatspreis einsacken.

Gratschikow war der festen Überzeugung, daß man nicht warten darf, bis ein Parteimitglied gegen die Strafgesetze verstößt, bis er sich ein Eigenheim, irgendeinen feudalen Landsitz baut. Schon die kleinste Kleinigkeit, der leiseste Anhauch von Korruption müßte genügen, um den Schuldigen unverzüglich aus der Partei zu jagen. Ermahnungen und Verwarnungen sind ein zu schwaches Mittel, denn hier liegt nicht ein Fehltritt, ein Irrtum, eine Schwäche vor, sondern ein ganz und gar fremdes Bewußtsein. Hier geht es um den inneren Kapitalisten im Kopf.

In der Gebietszeitung prangerte man irgendeinen Chauffeur an, der mit seiner Frau, einer Lehrerin, neben seinem Haus ein Blumenbeet angelegt und die Blumen auf dem Bazar verkauft hatte. Dort hatte man ihn geschnappt.

Wie aber soll man Chabalygin schnappen? . . .

Fjodor Michejewitsch schritt langsam einher, er wollte, daß ihn der Wind durchpustete. Die Schlaflosigkeit, das Beruhigungsmittel, die vielen abgerissenen Gedanken hatten ihn irgendwie starr gemacht. Ihm war, als hätte man ihm Gift eingeflößt. Aber dieser frische Wind blies das Gift stückchenweise aus ihm heraus.

Nun gut, dachte er, beginnen wir eben wieder von vorne. Versammeln wir alle neunhundert und erklären wir ihnen: Wir haben kein Gebäude, Burschen. Es muß erst gebaut werden. Wenn wir mithelfen, geht es schneller.

Zuerst werden sie maulen.

Dann werden sie sich mitreißen lassen, wie Arbeit eben mitreißt. Werden glauben.

Und das Gebäude fertigbauen.

Ein Jährchen halten wir es noch im alten aus, schon gut.

So kam er, ohne es selbst zu merken, beim metallen und gläsern glitzernden neuen Gebäude an.

Das zweite, daneben, ragte nur schwach empor, von Sand und Lehm verschmiert.

In Fjodor Michejewitschs arglosem Gedächtnis hatten sich nach den Fragen Gratschikows irgendwelche abgerissene Fäden gerührt, die Chabalygin betrafen. Ihre Enden strebten einander zu, um sich zu verknoten. Fjodor Michejewitsch dachte daran, wie Chabalygin im August die Entgegennahme des Objekts hinausgezögert hatte, und auch an seinen freudestrahlenden Anblick als Mitglied der Kommission.

Und seltsam, eben jener Mensch, über den er sich unterwegs nach hier Gedanken zu machen begann, war der erste, dessen er auf dem großen Hinterhof des Baugeländes ansichtig wurde. Wsewolod Borissowitsch Chabalygin, in hartem grünem Hut und braunem Qualitätsmantel, stolzierte voller Entschlossenheit durch den aufgeweichten Lehm, ohne Rücksicht auf seine bereits verdreckten Halbschuhe, und erteilte einigen Arbeitern, die ihm offensichtlich unterstellt waren, Befehle. Zwei Arbeiter und ein Fahrer waren damit beschäftigt, aus einem Lastwagen Pfähle auszuladen. Die Pfähle waren zum Teil frisch gestrichen, zum anderen Teil bereits reichlich mitgenommen, im Pfahldienst ergraut. Diesen letzteren hatte man die angefaulten Enden abgehackt. Zwei weitere Arbeiter taten mit gebeugtem Rücken irgendwas, wozu sie Chabalygin durch befehlshaberische Gesten seiner kurzen Arme anwies.

Fjodor Michejewitsch trat näher und sah, daß sie die Pfähle einrammten, aber nicht ehrlich, nicht von oben nach unten, sondern mit irgend so einem schlauen Vorsprung, damit das Institut möglichst viel und das Technikum möglichst wenig Hof bekommt.

»Wsewolod Borissowitsch, haben Sie doch ein Gewissen! Was tun Sie denn da?« rief der benachteiligte Direktor aus. »Wer fünfzehn, sechzehn ist, muß atmen und rennen können!«

Chabalygin hatte gerade einen wichtigen Punkt eingenommen, von wo aus sich die letzte Linie seines expansionistischen Zaunes bestimmte. Er hatte seine Füße, quer zum künftigen Grenzverlauf, in den Boden gestampft und bereits den Arm gehoben, um den nächsten Befehl zu erteilen. Da hörte er Fjodor Michejewitsch, der ganz dicht an ihn herangekommen war. Mit der Handkante vor dem Kopf bewegte Chabalygin nur leicht diesen letzteren (Hals und Nacken waren bei ihm so gearbeitet, daß an ausgiebige Kopfdrehungen nicht zu denken war), sog mit der Oberlippe seine schweren Backen ein und brummte unleidlich:

»Was? Waaas?«

Ohne eine Antwort abzuwarten, wandte er sich ab, kontrollierte unter der Handfläche hindurch seine Markierer, glich einen von ihnen durch eine knappe Bewegung seiner vier zusammengelegten Finger aus, hob endgültig seinen kurzen Arm empor und zerhackte damit die Luft.

Nicht nur die Luft – auch die Erde schien er zerhackt zu haben. Nein, er zerhackte sie nicht, sein erhobener Arm bahnte gleichsam eine große Straße. Es war die Armbewegung eines antiken Feldherrn, der seinen Truppen den Weg weist.

Oder die jenes Kapitäns, der zum erstenmal den Nordpol eroberte.

Erst jetzt, nach getaner Pflicht, drehte er sich zu Fjodor Michejewitsch herum und erläuterte:

»Das muß so sein, lieber Genosse.«

»Was heißt hier: MUSS?« brach es zornig aus diesem heraus, und sein Kopf begann zu zittern. »Vielleicht zum Nutzen der Sache, ja? Ja? Na, warte nur!« Er ballte die Fäuste. Aber weiterzureden ging über seine Kraft. Er wandte sich ab und entfernte sich rasch Richtung Straße. Dabei murmelte er: »Na, warte nur, du Widerling! Du Gauner!«

Die Arbeiter schleppten die Pfähle herbei.